AL FARO

ALMA CLÁSICOS ILUSTRADOS

VIRGINIA
WOOLF

AL FARO

Traducción de
Carmen Martín Gaite

Ilustrado por
Gala Pont

Título original: *To the Lighthouse*

© de esta edición:
Editorial Alma
Anders Producciones S.L., 2022
www.editorialalma.com

 @almaeditorial

© de la traducción: Carmen Martín Gaite
Traducción cedida por Edhasa

© de las ilustraciones: Gala Pont

Diseño de la colección: lookatcia.com
Diseño de cubierta: lookatcia.com
Maquetación y revisión: LocTeam, S.L.

ISBN: 978-84-18395-55-0
Depósito legal: B18775-2021

Impreso en España
Printed in Spain

Este libro contiene papel de color natural de alta calidad que no amarillea (deterioro por oxidación) con el paso del tiempo y proviene de bosques gestionados de manera sostenible.

ÍNDICE

I. LA VENTANA

II. PASA EL TIEMPO

III. EL FARO

I
LA VENTANA

1

—Desde luego, si hace bueno mañana, desde luego —dijo la señora Ramsay—. Pero habría que levantarse con el alba —añadió.

A su hijo estas palabras le causaron un gozo extraordinario, como si asegurase que la excursión se llevaría a cabo sin falta y que tan solo mediaban, pues, una noche oscura y una jornada de mar para poder alcanzar al fin aquel prodigio con el que le parecía haber estado soñando durante toda la vida. Comoquiera que perteneciese —ya a los seis años— a esa raza de seres que no logran mantener sus sentimientos separados uno de otro, sino que dejan que las alegrías y penas del porvenir proyecten su sombra sobre el presente, y como para esta clase de gente, desde la más tierna infancia, cualquier quiebro en la rueda de las sensaciones tiene el poder de cristalizar y transfigurar el instante sobre el que descansa su huella sombría o luminosa, James Ramsay, mientras oía hablar a su madre, sentado en el suelo, sin dejar de recortar figuras del catálogo ilustrado de las *Army and Navy Stores* veía un halo jubiloso en torno a la nevera que estaba recortando. Le parecía una imagen dotada de magia divina. La carretilla, la segadora de césped, el rumor de los chopos, el blanquear de las hojas antes de la lluvia, el graznido de los grajos, el roce de las escobas, el crujido de las ropas, todo se destacaba en su mente tan neto e iluminado que ya estaba en posesión de su código particular, de su lenguaje secreto, aunque él presentase un aspecto de rigurosa e insobornable severidad, con aquella frente despejada y la bravía mirada azul, de un candor y pureza sin tacha, levemente fruncido el ceño ante el espectáculo de las flaquezas humanas, hasta tal punto que su madre, mientras le miraba contornear diestramente con las tijeras la silueta de la nevera, se lo imaginaba como un magistrado vestido de púrpura y armiño en un tribunal o al frente de una ardua y trascendental empresa, en algún trance crítico para los negocios públicos.

—Pero no hará bueno —dijo el padre, parándose delante de la ventana del salón.

Si en aquel momento James hubiera tenido a mano un hacha, un atizador del fuego o cualquier otro tipo de herramienta capaz de acertarle a su padre en mitad del pecho y de dejarlo muerto allí mismo, la habría empuñado sin vacilar. Tales eran los extremos de exaltación que el señor Ramsay era capaz de provocar con su mera presencia en el ánimo de sus hijos, cuando, como ahora, se quedaba ahí de pie, tan estrecho y afilado que parecía la hoja de un cortaplumas, sonriendo con mueca sarcástica, complaciéndose no solo en desilusionar a su hijo y dejar en ridículo a su mujer —diez mil veces superior a él en todo, según James—, sino también, con secreta jactancia, en la rectitud de sus propias convicciones. Todo cuanto decía era artículo de fe. Siempre artículo de fe. Era incapaz de equivocarse. Jamás tergiversó un hecho ni atemperó una palabra desagradable para proporcionar gusto o provecho a ser humano alguno, y menos que a nadie a sus propios hijos que, carne de su carne como eran, tenían que saber desde la niñez que la vida es dura, que los hechos no admiten componendas y que el tránsito por este valle de lágrimas donde se desvanecen nuestras más luminosas esperanzas y nuestras frágiles barquillas se van a pique en la oscuridad (y al llegar aquí podía el señor Ramsay adoptar una postura erguida y mirar a lo lejos entornando los ojillos azules) requiere, sobre todas las cosas, valentía, sinceridad y capacidad de supervivencia.

—Pero puede que haga bueno; yo creo que hará bueno —dijo la señora Ramsay, empezando a menguar, con gesto nervioso, en el calcetín marrón rojizo que estaba tejiendo.

Caso de que lo acabara esa noche y de que fueran por fin al Faro, se lo llevaría al torrero para su hijo, que tenía tuberculosis de cadera, junto con un montón de revistas atrasadas, algo de tabaco y todo lo que pudiera encontrar tirado por la casa y que no sirviera más que de estorbo, por llevarle algo a esa pobre gente que se debía aburrir de muerte, todo el día allí sin nada que hacer más que sacarle brillo a la lámpara del faro, ajustarle la mecha y rastrillar aquella birria de jardín, algo para que se entretuvieran un poco. «¿Quién podría aguantar —se preguntaba— vivir encerrado durante un mes entero, o incluso más en tiempo de borrasca, en un promontorio del tamaño de un campo de tenis? Y no recibir cartas, ni periódicos ni visitas, y si eres casado no ver a tu mujer ni tener idea de cómo andan tus hijos, no saber si están enfermos, si se han caído y han podido romperse un brazo o una pierna, no ver otra cosa que las mismas olas monótonas de siempre rompiendo una semana tras otra, y una horrible tormenta que se avecina, y las ventanas salpicadas de espuma y los pájaros estrellándose contra la lámpara y todo el promontorio sacudido, sin que te atrevas a asomarte fuera por miedo a que te barran los embates del mar.» «¿Quién aguantaría una vida así? —preguntaba, dirigiéndose especialmente a sus hijas—. Por eso mismo —añadía luego en otro tono— tenemos que llevarles todo el consuelo que podamos.»

—Va a soplar viento del oeste —dijo Tansley, el ateo, manteniendo abierta la mano contra el viento y dejándolo pasar por entre sus dedos huesudos, mientras acompañaba al señor Ramsay en su paseo vespertino, arriba y abajo por la terraza.

Lo cual era tanto como decir que, para un desembarco en el Faro, el viento no podía venir de lado peor. Sí, la señora Ramsay tenía que reconocer que siempre estaba diciendo cosas desagradables, y que era odioso por su parte insistir en aquello, contribuyendo a acentuar más todavía la decepción de James; pero, con todo, no le gustaba que se metieran con él y su hijos que le habían puesto el mote de «el ateo» o «el ateíllo». Rose se burlaba de él; Prue se burlaba de él; se burlaban de él Andrew, Jasper y Roger; y hasta el viejo Badger, a quien no quedaba ni un solo colmillo, se había tirado a morderle una vez —según la versión de Nancy— por ser el enésimo de aquellos chicos que les perseguían hasta las Hébridas, estropeándoles el placer de estar solos y en paz.

—¡No digas tonterías! —había replicado la señora Ramsay en tono severo.

Aparte de la tendencia a exagerar, que había heredado de ella, y de la objeción (totalmente cierta) de que invitaba a demasiada gente, tanta que luego a muchos se veía obligada a buscarles alojamiento en el pueblo, no podía soportar que sus hijos trataran con descortesía a sus invitados, y menos cuando se trataba de jóvenes más pobres que las ratas que venían a pasar un fin de semana; «esos chicos de tanto mérito», como decía su marido, a quien admiraban incondicionalmente. La verdad es que ella sentía debilidad por el sexo fuerte en su totalidad y tendía a ser protectora con él, por razones que nunca acertó a explicarse del todo; tal vez a causa de su caballerosidad y valentía, porque negociaban tratados, gobernaban la India y controlaban las finanzas, o también puede que por aquella manera especial que tenían de dirigirse a ella y que ninguna mujer podía dejar de captar y recibir con placer, un trato mezcla de confianza, ingenuidad y respeto, que, viniendo como venía de chicos jóvenes, una mujer de cierta edad podía aceptar sin el menor desdoro de su dignidad; y pobre de la muchacha (y ojalá que sus hijas no llegaran a contarse nunca entre ellas) incapaz de dejarse empapar hasta la médula por esa sensación y de apreciarla en lo que vale y significa.

Se había revuelto contra Nancy. Tansley era un invitado suyo, no un perseguidor.

«Por dónde saldrán estas chicas mías —suspiró—, algún camino tendrán que encontrar, alguna fórmula de vida más sencilla, menos enrevesada.» Cuando se miraba al espejo y se veía a sí misma con cincuenta años, el pelo gris y las mejillas hundidas, a veces pensaba que probablemente hubiera podido llevar mejor las cosas: el dinero, los libros de su marido y a su marido mismo. Pero, por su parte, nunca sería capaz de arrepentirse de sus decisiones, escurrir el bulto de las dificultades o esquivar el cumplimiento del deber. Ofrecía ahora un aspecto imponente para quienes la contemplaban, y solo en el silencio que siguió a los reproches formulados a propósito de Charles Tansley fueron capaces sus hijas —Prue, Nancy y Rose— de levantar la mirada de sus respectivos platos y seguir haciendo alarde de aquellas ideas tan poco ortodoxas sobre la vida que andaban siempre rumiando, tan diferentes de las suyas; soñaban con una vida desenfrenada, tal vez en París, sin tener que andarse ocupando de este hombre o del de más allá; albergaban en sus mentes un sordo recelo hacia todo lo que tuviera que ver con la caballerosidad, la deferencia, el Banco de Inglaterra, el Imperio de la India, los dedos ensortijados y los encajes, aunque en todo ello atisbaran un cierto elemento esencial de belleza que hacía surgir la virilidad contenida en sus corazones de muchacha, algo que las impulsaba, sentadas allí a la mesa bajo la mirada de su madre, a respetar la exquisitez de sus maneras, su rara seriedad, como la de una reina que se digna agacharse para lavar el pie sucio de barro de un mendigo, y a prestarle atención cuando las reprendía de forma tan severa por culpa de ese desgraciado ateo que los perseguía cuando iban a la isla de Skye; o que había sido invitado a acompañarlos, para hablar con propiedad.

—Mañana será imposible desembarcar en el Faro —dijo Charles Tansley, batiendo palmas, en pie junto a la ventana, al lado del señor Ramsay. La verdad es que ya estaba bien. La señora Ramsay deseó que siguieran hablando los dos y la dejaran sola con James. Miró a Tansley; los chicos decían que era un desecho de la raza humana, que parecía que estaba hecho de hoyos y jorobas. Tan encogido y escurridizo y no sabía jugar al críquet; resoplaba; jadeaba. Un animal sarcástico, decía Andrew. Se veía bien que lo que más le gustaba era pasarse el día paseando de acá para allá con el señor Ramsay, diciéndole quién había ganado este premio o el otro, quién era el as de la versificación latina, quien era «brillante, pero a mi parecer sin consistencia», a quién podía tenerse sin género de dudas por «el muchacho más dotado de Balliol», quién, aunque por ahora viese oscurecida su luz en Bristol o en Bedford, no tardaría en dar que hablar, en cuanto publicase aquellos prolegómenos a la filosofía o a cierta rama de las matemáticas, de los cuales, por cierto, Tansley tenía los primeros capítulos en el bolsillo, ¿los quería leer el señor Ramsay? Y de eso hablaban en aquel momento.

La propia señora Ramsay no había podido contener la risa algunas veces. El otro día, por ejemplo, cuando ella estaba hablando de las olas «altas como montañas», Charles Tansley asintió diciendo que sí, que «el mar estaba un poco bravo». «¿Y no se ha calado usted hasta los huesos? —le preguntó ella—. Solo estoy húmedo, no mojado», dijo Tansley, al tiempo que se retorcía la manga y se palpaba los calcetines.

Pero los chicos decían que, a pesar de todo, no eran ni su cara ni sus modales lo que más les molestaba. Era él mismo, sus puntos de vista. Siempre que estaban hablando de algo interesante, ya fuera de gente, de música, de historia o de cualquier cosa, incluso simplemente de que hacía buena tarde para salir a sentarse fuera, lo que más les molestaba de Charles Tansley era que no se quedaba tranquilo hasta que no daba la vuelta a todos los argumentos para quedar él encima y hundir a los demás, aquella manera corrosiva que tenía de sacarle punta a todo, de quitarle la piel, de desustanciarlo. Si iba, por ejemplo, a una exposición de pintura, decían los chicos que todo lo que podía preguntar era: «¿Os gusta mi corbata?». «Y no nos gusta nada, bien lo sabe Dios», comentaba Rose.

Solo empezar a levantar los manteles de la comida, y ya los ocho hijos de los señores Ramsay estaban escapándose furtivos como gamos a buscar cobijo en sus respectivos cuartos, su única fortaleza en una casa que no ofrecía otra posibilidad de aislarse en la intimidad y poder hablar de todo lo divino y lo humano: de la corbata de Tansley; del voto de la Reform Bill; de pájaros marinos y mariposas, de la gente; mientras que en aquellas habitaciones de la buhardilla, separadas unas de otras por un tabique, de tal manera que se podían oír distintamente todos los pasos y el llanto de la criada suiza a quien se le estaba muriendo el padre de cáncer en un valle de los Grisones, el sol entraba a raudales e iluminaba con sus rayos palos de críquet, ropas de franela, sombreros de paja, tinteros, botes de pintura, escarabajos y pequeños esqueletos de pájaros, al tiempo que extraía un olor a sal y a hierba seca de la fila de onduladas algas que colgaban de una pared, un olor que impregnaba también las toallas de baño, ásperas de arena.

Riñas, discusiones, divergencias de opinión, prejuicios que llevaban en la masa de la sangre. Qué pronto habían empezado sus hijos con todo aquello —se lamentaba la señora Ramsay— qué arraigado tenían el sentido crítico. Y cuántas tonterías decían. Salió del comedor llevando de la mano a James, que no quería ir con los demás. Le parecía tan tonto que anduvieran inventando diferencias, cuando sin necesidad de eso, bien sabe Dios lo sobradamente diferente que es la gente de por sí. «Demasiadas diferencias hay ya, demasiadas», se decía parada junto a la ventana del salón. Y le pasaban por la cabeza en aquel momento ricos y pobres, humildes y encumbrados; los de noble cuna, aun en contra de su voluntad, merecían para ella un respeto especial por consideración a su nacimiento, pues no en vano llevaba en las venas sangre de aquella familia italiana noble y un tanto mítica, cuyos vástagos femeninos, desperdigados por decimonónicos salones ingleses, habían ceceado de forma tan seductora y se habían apasionado tan salvajemente. Toda la agudeza y el porte y el temperamento le venían de aquellas antepasadas y no de los ingleses flemáticos ni de los fríos escoceses; pero rumiaba con mayor ahínco la cuestión de los ricos y los pobres, recordando las cosas que veía con sus propios ojos, todas las semanas, todos los días, cuando, con su bolso al brazo, aquí o en Londres, iba a visitar personalmente a una pobre viuda o a una esforzada esposa, cuando sacaba lápiz y cuaderno e iba apuntando en columnas cuidadosamente dispuestas al respecto gastos y salarios, gente empleada y gente sin trabajo, alimentando la esperanza de desmentir así su condición de mujer para quien la caridad es un pretexto mediante el cual justificar su indignación, un desahogo a su curiosidad, la esperanza de llegar a convertirse en lo que su mente inexperta más admiraba: un investigador lúcido de los problemas sociales.

Las cuestiones que meditaba, allí de pie, con James agarrado de su mano, le parecían insolubles. Aquel joven Tansley del que tanto se burlaban todos lo había seguido al salón, no necesitaba mirar en torno suyo para comprobarlo, estaba de pie detrás de la mesa, dándole vueltas a algo entre los dedos, violento, sintiéndose excluido. Se había ido todo el mundo, los chicos; Minta Doyle y Paul Ramsay; Augustus Carmichael; su marido, todos se habían ido. Se volvió con un suspiro y dijo:

—Tansley, ¿le importaría a usted acompañarme?

Tenía que ir al pueblo a hacer una diligencia enojosa, tenía que escribir un par de cartas, subía a ponerse el sombrero y en diez minutos estaba lista. Y a los diez minutos estaba lista y reaparecía con su bolso y su sombrilla, como dispuesta a emprender una excursión que tuvo que interrumpir, con todo, unos momentos cuando, al pasar por el campo de tenis, se detuvo a preguntarle si quería algo al señor Carmichael, que estaba tomando el sol, entrecerrados sus ojos amarillos de gato, porque como los de los gatos parecían reflejar el movimiento de las ramas o el paso de las nubes, pero sin dar nunca el menor indicio de sus pensamientos íntimos o de cualquier otro tipo de emoción.

Se iban de excursión al pueblo —le dijo riendo, de pie junto a él—. ¿Necesitaba sellos, tabaco, papel de escribir? —le sugirió—. Pero no, no necesitaba nada. Con las manos cruzadas sobre su voluminosa panza, guiñaba los ojos como si hiciera un esfuerzo por contestar amablemente a sus ofrecimientos (estaba seductora, aunque un poco nerviosa) y no fue capaz de hacerlo, sumido como estaba en una somnolencia gris verdosa, en aquel vasto, benévolo y acogedor letargo que no necesitaba de palabras para abarcarlos a todos dentro de él, a la casa, a la gente que vivía en ella, al mundo entero, porque —según decían los chicos— a la hora de comer se echaba en el vaso unas gotas de no sé qué, a las que había que achacar también aquel reguero de color amarillo canario en la barba y el bigote, blancos como la leche, por lo demás. «No quería nada», murmuró.

«Podía haber llegado a ser un gran filósofo —comentó la señor Ramsay, según se encaminaban hacia el pueblecito de pescadores—, de no haber sido por aquella desdichada boda.» Manteniendo muy tiesa la sombrilla abierta y un indescriptible aire de expectativa al caminar, como si fuera a encontrarse con alguien a la vuelta de la esquina, fue contando la historia: un asunto con una chica en Oxford, una boda prematura, escasez

18

de recursos, un viaje a la India, traducciones de poemitas, «lo hacía muy bien, creo», tentativas como profesor de hindú y de persa, pero ¿para qué?, para acabar tirado en el césped, como le acababan de ver.

Charles Tansley se sentía halagado por las confidencias de la señora Ramsay, le compensaban de tantos desaires, se sentía revivir. Como aludía, además, a la superioridad de la inteligencia masculina, incluso en su decadencia, y al respeto que las mujeres deben sentir por el trabajo de sus maridos —no es que ella tuviera nada contra aquella chica, hasta puede que hubieran sido bastante felices—, todo aquello le hacía sentirse tan a gusto como pocas veces en su vida, y le hubiera encantado tomar un taxi, por ejemplo, para poder pagar él. O llevarle el bolso a la señora Ramsay, ¿quería que se lo llevara? Dijo que no, que tenía costumbre de llevarlo ella siempre, lo cual era verdad. Sí, Tansley lo notaba. Notaba muchas cosas, una, en especial, que le hacía sentirse excitado y turbado sin acertar a explicarse la razón. Le hubiera gustado que pudiera verlo vestido de toga y muceta en algún cortejo universitario; una plaza de profesor, una cátedra, se sentía capaz de cualquier cosa y se veía a sí mismo... ¿pero a qué estaba atendiendo ella ahora? A un hombre que pegaba un cartel. El pliego amplio y ondulante se iba desenrollando y a cada golpe de cepillo aparecían nuevas piernas, aros, caballos, rojos y azules relucientes, todo bien alisado, hasta que media pared quedó cubierta con el anuncio de un circo; cien caballistas, veinte focas amaestradas, leones, tigres. Estirando el cuello, porque era corta de vista, alcanzó a leer: «Próximamente en esta ciudad». «Qué faena tan peligrosa para un manco —exclamó— mantenerse así en equilibrio en lo alto de una escalera.» Una máquina cosechadora se le había llevado el brazo izquierdo hacía dos años.

—¡Tenemos que ir! —exclamó reemprendiendo su camino, como si todos aquellos caballos y jinetes la hubieran llenado de una infantil exultación y le hubieran hecho olvidar su piedad.

—Sí, tenemos que ir —dijo él repitiendo sus palabras con una falta de convicción tal que ella se quedó impresionada—. Tenemos que ir al circo.

No lo decía bien. No lo estaba sintiendo. «¿Pero por qué no? —se preguntaba la señora Ramsay—. ¿Qué le pasaba?». En aquel momento sentía por él una cálida simpatía. ¿Es que no lo habían llevado nunca al circo de pequeño?, preguntó. Y él le contestó que no, que nunca, como si fuera precisamente la pregunta que quería contestar, lo que estaba deseando contar todos aquellos días atrás, por qué no lo llevaban al circo. Su familia era numerosa, nueve hijos entre hermanos y hermanas, y su padre un hombre muy trabajador. «Es boticario, señora Ramsay, tiene una farmacia.» Él se ganaba la vida desde los trece años, y muchas veces en invierno iba sin abrigo. Nunca podía «cumplir» (esa fue su afectada expresión) con los amigos del colegio. Le tenían que durar las cosas el doble que a los demás, fumaba el tabaco más barato, de picadura, de ese que fuman los marineros viejos del puerto. Trabajaba de firme, siete horas diarias, el tema de su actual trabajo era la influencia de alguien sobre no sé quién; seguían andando y la señora Ramsay no podía captar bien el sentido de todo lo que le decía, solo palabras sueltas, tesis... cátedra... lectorado... conferencia. No podía seguir del todo la horrible jerga académica que emitía como un sonsonete con tanta elocuencia, pero se dijo que ahora comprendía por qué la idea de ir al circo le había alterado tanto, pobre hombre, y por qué había salido de pronto con todo aquello de su padre, de su madre y de sus hermanos; ya se encargaría ella de que nadie le volviera a tomar el pelo, se lo tenía que decir a Prue. Se imaginaba cuánto le hubiera gustado poder contar que había ido al teatro con los Ramsay a ver Ibsen. Era un pedante horrible, eso desde luego, y pesado como un plomo, porque, aunque ahora ya habían llegado al pueblo y estaban en la calle principal, con carretas que pasaban rechinando sobre los adoquines, él seguía hablando de convenios, de métodos de enseñanza, de solidaridad con la propia clase, de conferencias, hasta que se dio cuenta de que había vuelto a recobrar la confianza en sí mismo, había superado lo del circo (ella le volvía a mirar ahora con simpatía) y estaba a punto de contarle... pero al llegar aquí las casas de ambos lados habían desaparecido, habían desembocado en el muelle, toda la bahía se desplegaba ante sus ojos y la señora Ramsay no pudo menos de exclamar: «¡Qué maravilla!». Porque tenía delante el inmenso plato de agua azul, con el viejo faro en el medio, distante y austero, y a la derecha, hasta donde

20

podía abarcar la vista, descendiendo y desdibujándose en suaves y escotados pliegues, las verdes dunas arenosas coronadas de hierba salvaje, ondulante, que parecía siempre escapando hacia algún paraje lunar, no hollado por la planta del hombre.

Aquel era el paisaje que más le gustaba a su marido, dijo deteniéndose, al tiempo que el tono gris de sus ojos se intensificaba.

Se quedó inmóvil unos instantes. Pero ahora —dijo— aquello se había llenado de artistas. Y era verdad, allí mismo, a pocos pasos, había uno, con su jipijapa y sus botas amarillas, en un silencio serio y absorto, con un gesto de profunda complacencia en el rostro colorado y redondo a pesar de que le estaban mirando diez chiquillos; miraba a lo lejos y, después de haber mirado bien, introducía la punta del pincel en un blando montículo de gris o de rosa. Desde que vino por aquí el señor Paunceforte, hacía tres años, todos los cuadros eran iguales —dijo— en gris y verde, con barcos de vela amarillo limón y mujeres de color rosa en la playa.

A los amigos de su abuela —dijo, lanzando una mirada discreta al pasar— les costaba mucho más trabajo; para empezar tenían que preparar ellos mismos la mezcla de los colores, luego los trituraban y los cubrían con una tela húmeda para que se conservaran frescos.

«Entonces, quería decir —aventuró Tansley— que el cuadro de aquel hombre era un poco chapucero, ¿no se decía así?, y que los colores que empleaba no eran sólidos, ¿se decía así?» Embargado por la extraordinaria emoción que había ido creciendo en su interior a lo largo de todo el paseo, que se había iniciado en el jardín cuando quiso llevarle el bolso y que se acentuó al llegar al pueblo cuando quiso contarle cosas de su vida, empezaba a parecerle que la visión que tenía de sí mismo y de todo cuanto había conocido sufría una pequeña transformación. Era una impresión muy rara.

Se quedó esperándola en un cuarto de aquella cochambrosa y pequeña vivienda adonde le había llevado, mientras ella visitaba a una mujer en el piso de arriba. Oía encima de su cabeza los pasos ligeros de ella, oía su voz primero animosa y luego apagada; miraba los pañitos, las latas de té, las tulipas; la esperaba con bastante impaciencia, pensando ilusionado en la vuelta a casa, dispuesto a llevarle el bolso; la oyó salir, cerrar una puerta, decir que debían dejar siempre abiertas las ventanas y cerradas las puertas, que pidieran cualquier cosa que necesitaran de su casa (parecía estarle hablando a un niño) y, cuando de repente entró, permaneció unos instantes en silencio (como si hubiera estado representando una función arriba y ahora se permitiera volver a ser ella misma) y se quedó inmóvil ante un retrato de la reina Victoria con la cinta azul de la Jarretera; él se dio cuenta súbitamente —eso era, claro, era eso— de que era la persona más guapa que había visto en toda su vida.

Con aquellas estrellas en los ojos y aquellas gasas en torno al cabello, entre ciclámenes y violetas silvestres —pero ¿qué tonterías estaba pensando?, tenía cincuenta años por lo menos, y ocho hijos—, caminando a través de campos en flor, llevaba en los brazos ramilletes de capullos tronchados y corderos caídos, con estrellas en los ojos y brisa en los cabellos. Le cogió el bolso.

—Adiós, Elsie —dijo ella.

Y volvieron a salir a la calle, la señora Ramsay muy tiesa, con la sombrilla abierta, caminando como si esperara encontrar a alguien a la vuelta de la esquina, mientras Charles Tansley, por primera vez en su vida, sintió un extraordinario orgullo; un hombre que estaba cavando una zanja interrumpió su trabajo y la miró, dejó caer los brazos y la miró; Charles Tansley se sintió lleno de orgullo; sintió la brisa y un olor a ciclámenes y a violetas, porque iba paseando con una mujer hermosa por primera vez en su vida. Y llevaba su bolso.

2

—No se podrá ir al Faro, James —dijo.

Estaba en pie junto a la ventana y hablaba atropelladamente, aunque, por consideración a la señora Ramsay, trataba de suavizar el tono de su voz para que pareciera, por lo menos, un poco simpática.

«Qué hombre tan pesado —pensó la señora Ramsay—, ¿otra vez con lo mismo?»

3

—A lo mejor mañana, cuando te despiertes, te encuentras con que luce el sol y cantan los pájaros —dijo ella compadecida, acariciando el pelo de su hijo pequeño; se veía que el comentario tajante del padre de que no iba a hacer bueno había significado un jarro de agua fría para él. Se daba cuenta de la ilusión que le hacía aquella excursión al Faro, y por si no habían tenido bastante con el comentario cáustico del padre, asegurando que iba a hacer mal tiempo, ahora encima venía este hombre odioso a hurgar más en la herida.

—Verás como aún puede que amanezca despejado —dijo acariciando el pelo del niño.

De momento, lo único que podía hacer por él era admirar la nevera y volverle las páginas del *Stores*, deseando que apareciese otra figura entretenida de recortar, una segadora o un rastrillo por ejemplo, con todas esas púas y mangos que exigen un especial cuidado para contornearlos con las tijeras. Pensaba que muchos de aquellos jóvenes eran como parodias de su marido; si él decía que iba a llover, ellos, que iba a caer un verdadero diluvio.

Pero al llegar a este punto, la búsqueda de esa estampa de un rastrillo o una segadora quedó interrumpida de súbito, según pasaba la página. Aquel sordo murmullo, quebrado a intervalos por un meter y sacar de pipas, que venían manteniéndola en la certeza de que los hombres seguían conversando tranquilamente (aunque desde la ventana donde estaba sentada no pudiera entender bien lo que decían), ese rumor que llevaba media hora buscando acomodo pacíficamente entre la escala de ruidos que oprimían sus sienes, como el de las pelotas rebotando contra los palos de críquet y el agudo grito repentino acá y allá —«¡a ver!, ¡venga!»— de los niños que jugaban, había cesado; y ahora tronaba cavernoso aquel monótono romper de las olas en la playa que casi siempre imprimía un acompasado y sedante tamborileo a sus pensamientos, repitiendo una y otra vez para consolarla, mientras estaba allí sentada con su hijo, palabras de una vieja canción de cuna susurrada por la naturaleza —«Estoy velando por ti, soy tu apoyo»—, pero que otras veces inesperada y repentinamente, sobre todo cuando su mente se desligaba de la tarea que se traía entre manos, no tenía un significado tan amable, sino que, como un espectral redoble de tambores marcando inexorablemente el plazo de la vida, hacía pensar en la destrucción de la isla engullida por el mar y a ella —que había consumido el día en un quehacer detrás de otro— venía a avisarla de que todo es efímero como el arco iris; ese ruido que había estado oscurecido y camuflado debajo de los demás, de repente tronaba cavernoso en sus oídos y le hacía levantar la vista, con un sobresalto de terror.

Habían dejado de hablar; esa era la explicación. Y pasando en un segundo de la tensión que había hecho presa en ella al extremo opuesto que, como para compensarla de aquella inútil descarga emocional, era un estado de ánimo tranquilo, divertido e incluso levemente malicioso, vino a deducir que Charles Tansley había sido dejado de lado. No le importó. Si su marido necesitaba holocaustos (y de hecho solía necesitarlos), ella de muy buen grado inmolaba a Charles Tansley, que había ofendido a su hijo.

Unos minutos más tarde, con la cabeza erguida, como alerta a algún rumor familiar, percibió un ruido regular y maquinal, algo rítmico, mitad dicho mitad cantado, que venía del jardín, mientras su marido paseaba de un lado a otro de la terraza, y al escuchar aquella mezcla de graznido y canción, se tranquilizó nuevamente, se sintió otra vez segura de que las cosas iban bien, y bajando los ojos al libro que tenía en las rodillas descubrió la estampa de una navaja de seis hojas, que solo si James ponía mucho cuidado sería capaz de recortar bien.

De improviso, un grito agudo, como de sonámbulo que pugna por despertarse, algo así como «¡Al asalto con pólvora y granadas!», resonó en su oído con la máxima intensidad y la hizo volverse con aprensión para comprobar si alguien lo había oído. Solo Lily Briscoe: se alegró, no importaba que ella lo oyera. Pero la visión de aquella chica que estaba allí pintando, de pie, en el extremo del prado, le refrescó la memoria; tenía que conservar la cabeza en la misma postura todo el rato que pudiera para el cuadro de Lily. La señora Ramsay sonrió. ¡El cuadro de Lily! Con sus ojillos de china y aquella cara fruncida, era difícil que se llegara a casar; pero, aunque su pintura no mereciera ser tomada demasiado en serio, Lily era una criatura independiente, y por eso le gustaba a la señora Ramsay, así que, acordándose de su promesa, inclinó la cabeza.

4

La verdad es que había estado a punto de derribarle el caballete, al llegar corriendo hacia ella agitando las manos y gritando: «Cabalgamos intrépidamente». Por fortuna, luego dio media vuelta y siguió su galope para ir a morir gloriosamente —suponía ella— a las cumbres de Balaclava. No había nadie tan ridículo y a la vez tan peligroso. Pero mientras no hiciera más que eso, agitarse y gritar, menos mal; así no se paraba a contemplar su cuadro, que es lo que Lily Briscoe no hubiera podido soportar. Incluso cuando estaba atenta a los bultos, las líneas y los colores o a la señora Ramsay sentada en la ventana con James, mantenía una antena conectada con el entorno por miedo a que alguien pudiera acercarse sigilosamente y aparecer de repente allí detrás, mirando su cuadro. Así que ahora, con todos los sentidos despiertos, como los tenía, mirando tan intensamente que el color de la pared con las buganvillas al fondo se le quedaba grabado al fuego en los ojos, se daba cuenta de que alguien salía de la casa y venía hacia ella; pero, al adivinar por las pisadas que era William Bankes, aunque le tembló el pincel, no le dio la vuelta al lienzo sobre la hierba, como habría hecho si se tratara de Tansley, Paul Rayley, Minta Doyle o de cualquier otra persona, sino que lo dejó como estaba. William Bankes se detuvo a su lado.

Tenían alquiladas habitaciones en el pueblo, así que al entrar, al salir o al despedirse ya tarde en el quicio de sus puertas habían hablado de banalidades, de la sopa, de los niños, de todo un poco, y eso había creado entre ellos cierta alianza; de manera que cuando se paró allí tan formal (además, podía ser su padre, un botánico viudo, tan limpio y escrupuloso, con aquel olor a jabón) ella no se movió. Tampoco él se movía;

miraba los zapatos de Lily y pensaba que estaban muy bien hechos, que permitían a los dedos su natural expansión. Como vivían en la misma casa, también había podido darse cuenta de lo ordenada que era, siempre se levantaba antes del desayuno y enseguida se iba por ahí sola, creía él que a pintar; seguramente era pobre y desde luego no tenía la tez ni los encantos de la señorita Doyle, pero sí un sentido común que la hacía, a sus ojos, muy superior a aquella señorita. Ahora, por ejemplo, cuando el señor Ramsay se había precipitado gritando y gesticulando hacia ellos, estaba seguro de que la señorita Briscoe lo había entendido. Alguien había cometido un error.

El señor Ramsay los taladró con la mirada, pero parecía que no los estaba viendo. Esto les hizo sentirse vagamente incómodos. Habían presenciado juntos algo que no hubieran debido ver. Habían usurpado un terreno de intimidad ajena. Y Lily entendió que lo que decía inmediatamente el señor Bankes de que estaba refrescando y por qué no daban una vuelta seguramente era una excusa para alejarse, para quedar fuera del alcance del oído. Sí, claro, iría con él con mucho gusto. Pero le costó trabajo arrancar los ojos de su cuadro.

Las buganvillas eran de un morado brillante, la pared de un blanco deslumbrador. No le hubiera parecido honesto adulterar aquel morado brillante y aquel blanco deslumbrador, ya que era así como los veía, aunque, desde la visita del señor Paunceforte, estuviera de moda verlo todo pálido, elegante y medio transparente. Y bajo el color estaba la forma. Podía ver las cosas con toda nitidez y preponderancia; era al coger el pincel en la mano cuando todo cambiaba por completo. En ese momento de vuelo entre la imagen y el lienzo hacían presa en ella los demonios que solían llevarla al borde de las lágrimas, y convertían el tránsito de la concepción a la obra en algo tan horrible como un pasadizo oscuro para un niño. Y así, a veces, cuando se sentía luchando contra terribles enigmas, se decía, para darse ánimos: «Pero si lo que yo veo es eso, si es así como lo veo», como queriendo abrazar así contra su pecho los precarios fragmentos de aquella visión que mil fuerzas pugnaban por desbaratarle. Y era también entonces, al ponerse a pintar, cuando, de la misma manera fría y tumultuosa, se le imponían otras evidencias, su propia incapacidad, su insignificancia, su padre que vivía cerca de Brompton Road y de cuya casa tenía que ocuparse, y le costaba mucho controlar el impulso que sentía (y que gracias a Dios hasta ahora había venido resistiendo) de echarse a los pies de la señora Ramsay y decirle... ¿Pero qué podía decirle? «¿Me he enamorado de usted?» No, porque no era verdad. ¿O «estoy enamorado de todo esto?», señalando con la mano al decirlo la casa, el seto y los niños. Era absurdo, era imposible. No se puede expresar lo que se siente. Así que depositó cuidadosamente los pinceles en la caja, uno al lado de otro, y le dijo a William Bankes:

—Empieza a refrescar. Parece que, de pronto, ya calienta menos el sol.

Lo dijo mirando en torno suyo, porque aún era bastante claro, la hierba era de un verde suave e intenso, todo el verdor de la casa estaba esmaltado de pasionarias color púrpura y las cornejas lanzaban fríos chillidos desde el alto azul; pero algo se movió como en un relampagueo, un ala de plata surcando el aire. Después de todo, era septiembre, mediados de septiembre y las seis de la tarde pasadas. Así que echaron a andar por el jardín en la dirección de siempre, más allá del campo de tenis y de los juncos, hacia aquel boquete en el espeso seto, resguardado por tritonias de un rojo caliente, como brasas de carbón ardiendo, a través del cual las azules aguas de la bahía se veían más azules que nunca.

Iban allí puntualmente todas las tardes, arrastrados por una especie de necesidad. Era como si el agua sacase a flote e hiciese navegar pensamientos que habían crecido estancados en tierra, y proporcionase incluso a sus cuerpos una especie de desahogo físico. Primero, el latido del color anegaba la bahía de azul, y el corazón se henchía con él y el cuerpo echaba a nadar para quedar al instante detenido y helado por la negrura punzante de las olas alborotadas. Casi todas las tardes, de allí, de detrás de la gran roca negra, surgía a intervalos irregulares, de modo que había que estarlo acechando y era una delicia verlo aparecer, un surtidor de agua blanca, y durante la espera se veían llegar las olas una y otra vez a depositar suavemente una película de madreperla en el pálido semicírculo de la playa.

Los dos sonreían, allí de pie, se sentían unidos por la hilaridad que les provocaba el vaivén de las olas o la veloz y recortada carrera de un velero que, tras haber practicado una curva en la bahía, se detenía, parecía vibrar y dejaba caer sus velas. Luego, como para completar el cuadro, trascendiendo su rápido ritmo, ambos se quedaban mirando a lo lejos, a las dunas, y una especie de tristeza venía a desplazar aquel sentimiento de felicidad, en parte porque algo se había consumado y en parte porque lo mirado desde lejos parece que va a sobrevivir un millón de años a quien lo mira (pensaba Lily) y que ha entrado a formar parte de un cielo que contemplaba la tierra en perfecto reposo.

Al mirar los lejanos montículos de arena, William Bankes pensaba en Ramsay; se acordaba de un camino en Westmorland, de Ramsay recorriendo a zancadas un camino, vagabundeando por él con aquel aire de soledad que parecía serle tan natural. Pero aquello se interrumpió de pronto, y William Bankes rememoraba que la causa había sido un incidente concreto, una gallina desplegando sus alas protectoramente sobre una banda de polluelos, a cuya vista Ramsay, deteniéndose, la había señalado con su bastón al tiempo que decía: «Bonita, bonita», y Bankes, por una extraña iluminación, había pensado que aquello ponía de manifiesto su sencillez, su solidaridad con las cosas humildes; pero también le pareció como si la amistad entre ellos se hubiera quebrado allí, en aquel tramo del camino. Después, Ramsay se casó y, a partir de entonces, entre unas cosas y otras, la sustancia de su amistad se había evaporado. De quién había sido la culpa, no podría decirlo, solo que, al cabo de algún tiempo, la rutina había desplazado a la novedad. Se veían para repetir siempre lo mismo. Pero en aquel mudo coloquio con las dunas arenosas, William Bankes se decía que su afecto por Ramsay no había disminuido de ninguna manera, sino que allí estaba su amistad, yaciendo sobre las dunas, al otro lado de la bahía, como el cuerpo de un joven acostado sobre la turba durante cien años, pero con el rojo de sus labios tan vivo como siempre.

Le preocupaba aquella amistad y tal vez también justificarse ante sí mismo de la culpa que le tocaba en haberla dejado disminuir y secarse

—ya que Ramsay vivía rodeado de un montón de hijos, mientras que él era viudo y no los tenía—; le preocupaba que Lily Briscoe pudiera menospreciar a Ramsay (un gran hombre, a su manera) o no entender la clase de amistad que se había dado entre ellos. Aquella amistad, que arrancaba de hacía tanto tiempo, y que se agotó una mañana en un camino de Westmorland, cuando la gallina aquella extendió las alas sobre sus polluelos; después de eso, Ramsay se había casado y, al seguir sus trayectorias rumbos diferentes, sin que nadie tuviera realmente la culpa, se había dado cierta tendencia a la repetición cada vez que se volvían a encontrar.

Sí. Eso era todo. Lo dio por concluido. Apartó los ojos del paisaje. Y de vuelta por otro camino, por el paseo, el señor Bankes se venía fijando en cosas que no habrían llamado su atención si las dunas no le hubieran hecho ver el cuerpo de su amistad, yaciendo enfermo en la turba, con los labios rojos; por ejemplo en Cam, la hija más pequeña de los Ramsay. Estaba cogiendo flores silvestres en el ribazo. Era agreste y violenta. No quería «darle una flor a ese señor», como la niñera le decía. ¡No, no, no!, no se la daría. Cerraba el puño, pataleaba. Y el señor Bankes se sintió viejo y triste, como si ella le hiciera sentirse un poco culpable en aquel asunto de la amistad con su padre. Debía de haberse secado y encogido.

Los Ramsay no eran ricos y causaba maravilla ver lo bien que se las arreglaban. ¡Ocho hijos! ¡Dar de comer a ocho hijos con la filosofía! Allí estaba ahora otro de ellos, Jasper, deambulando en busca de un pájaro sobre el que disparar, se lo dijo al pasar, como al descuido, sacudiendo la mano de Lily Briscoe como si fuera una bomba hidráulica, lo cual le hizo decir al señor Bankes con amargura que se notaba que ella era allí la favorita. Y luego había que tener en cuenta lo que cuesta la educación (aunque la señora Ramsay pudiera aportar algo de lo suyo), eso dejando aparte el gasto y el destrozo diarios de todos los calcetines y zapatos que aquellos muchachotes ya crecidos, angulosos e implacablemente jóvenes, debían exigir. En cuanto a diferenciarlos uno de otro o saber en qué orden venían, era algo que estaba por encima de sus posibilidades. Los había bautizado, para su gobierno, con apodos de reyes y reinas de

Inglaterra: Cam la Perversa, James el Cruel, Andrew el Justiciero, Prue la Bella, porque Prue —pensó— poseía el don de la belleza, no lo podía evitar, y Andrew el de la inteligencia. Según venía andando por el paseo, mientras Lily Briscoe decía que sí o que no para rematar sus comentarios (porque ella los amaba a todos, como amaba todo ese mundo), reflexionaba sobre el caso de Ramsay, le compadecía, le envidiaba, como si le hubiera visto despojarse de aquellos gloriosos atributos de austeridad y aislamiento que le coronaron en la juventud para cargar definitivamente con revuelos de alas y cacareos domésticos. Claro que encontraría alguna compensación en ellos; William Bankes tuvo que reconocer que a él también le gustaría que Cam le pusiera una flor en el ojal y se le subiera a la espalda, como hacía con su padre, para mirar una estampa del Vesubio en llamas, pero también es verdad que habían echado a perder algo en él, y los viejos amigos no podían por menos de lamentarlo. ¿Cómo lo verían ahora los extraños? ¿Qué pensaría esta Lily Briscoe? No podrían evitar darse cuenta de las manías que estaba adquiriendo, de sus rarezas y debilidades. Era asombroso que un hombre de su talento pudiera haber caído tan bajo —aunque decir eso tal vez fuera algo duro—, pudiera vivir tan pendiente de las alabanzas ajenas.

—Sí —dijo Lily—, pero hay que pensar en su obra.

Siempre que Lily «pensaba en su obra» veía con claridad ante sus ojos una ancha mesa de cocina. La culpa la tenía Andrew. Una vez le había preguntado de qué trataban los libros de su padre. «Sujeto, objeto y naturaleza de la realidad», había contestado Andrew; y cuando ella le dijo que válgame Dios, que no tenía ni idea de lo que aquello quería decir, él le contestó: «Pues piensa en una mesa de cocina cuando tú no estás allí.»

Así que, siempre que pensaba en la obra del señor Ramsay, se imaginaba una mesa de cocina bien fregada. La estaba viendo ahora entre las ramas de un peral, porque habían llegado a la huerta. Y hacía arduos esfuerzos de concentración para enfocar su pensamiento, no sobre las plateadas protuberancias de la corteza del árbol o sobre sus hojas en forma de pez, sino sobre esa mesa de cocina fantasma, una de esas mesas ásperas y nudosas de tanto fregarlas, cuyas virtudes parecen haber quedado al desnudo al cabo de años de sólida integridad, allí plantada con las cuatro patas en el aire. Desde luego que si alguien se pasa el día mirando la esencia de las cosas desde este ángulo, reduciendo los adorables atardeceres con sus nubes azules, plateadas y rosadas a la simple cuestión de una mesa de pino de cuatro patas (y era un indicio de la inteligencia más elevada el ser capaz de hacerlo), naturalmente que ese alguien no puede ser juzgado por el mismo rasero que las personas corrientes.

Al señor Bankes le gustó que hiciera la sugerencia de «pensar en su obra». Él pensaba en eso muchísimas veces. «Ramsay —había dicho en incontables ocasiones— es uno de esos hombres que llevan a cabo lo mejor de su obra antes de los cuarenta años.» Cuando no tenía más que veinticinco, había aportado una definitiva contribución a la filosofía en un pequeño librito; todo lo que había hecho después no pasaba de ser una repetición o ampliación de lo mismo. Claro que el número de hombres que aportan una contribución definitiva a algo, sea lo que sea, es bien reducido; y al decir esto se detuvo junto al peral, pulcro y meticuloso, exquisitamente legal. Y fue como si de repente el gesto de su mano hubiese abierto la puerta al cúmulo de impresiones que se habían asentado en Lily y ahora se derramase en poderosa avalancha todo lo que sentía por él. Allá iba una sensación; se elevaba como una humareda la esencia de su ser. Allá iba otra. Se sintió transfigurada por la intensidad de su percepción; era tan riguroso, tan bueno. «Te respeto hasta la última partícula de tu ser —le dijo en silencio—, no eres vanidoso, sino totalmente objetivo, eres mucho más delicado que el señor Ramsay, eres el ser humano más delicado que conozco, no tienes esposa ni hijos (exenta como estaba de todo deseo sexual, tendía a valorar aquella soledad), no vives más que para la ciencia (unas mondas de patatas surgieron, sin querer, ante sus ojos), cualquier alabanza sería como un insulto para ti, ¡oh, ser generoso, heroico, limpio de corazón!», pero al mismo tiempo pensaba que había venido acompañado de un criado, recordaba cómo le molestaba que los perros se subieran a las butacas, cómo discurseaba durante horas enteras (hasta que el señor Ramsay se iba de la habitación dando

un portazo) sobre la sal que hay que echar a la verdura o sobre lo detestables que son las cocineras inglesas.

¿Y cómo poner de acuerdo, entonces, todo aquello? ¿Qué regla había para juzgar a la gente, para opinar sobre ella? ¿Cómo sumar unas cosas con otras y llegar a la conclusión de que uno sentía simpatía o antipatía? ¿Y qué significado había que concederle a esas nociones, después de todo? Allí de pie junto al peral, aparentemente transfigurada, las impresiones sobre aquellos dos hombres le fluían a raudales, y seguir su pensamiento era como intentar seguir una voz que habla demasiado deprisa para el lápiz que toma notas, y aquella voz era la suya propia diciendo, sin que nadie se la dictara, cosas tan evidentes, perdurables y contradictorias, de modo que incluso las grietas y los salientes de la corteza del peral estaban irrevocablemente marcados allí por los siglos de los siglos. «Tienes grandeza de alma —continuó—, y en cambio el señor Ramsay carece de ella. Es mezquino, interesado, vano, egoísta; está echado a perder, es un tirano, a la señora Ramsay la está matando; pero tiene algo que tú no tienes —seguía diciendo el señor Bankes—: su orgullosa falta de realismo; no entiende de nimiedades y le gustan los perros y los niños. Tiene ocho y tú no tienes ninguno. ¿Y no bajó la otra noche envuelto en dos abrigos para que la señora Ramsay le cortara el pelo a lo tazón?» Todo esto revoloteaba arriba y abajo, como una bandada de cínifes, cada uno independiente del otro, pero todos amaestrados dentro de una malla elástica e invisible. Le revoloteaban a Lily por dentro de la cabeza, metiéndose y saliendo por entre las ramas del peral, de donde aún colgaba la efigie de aquella mesa de cocina fregada, símbolo de su profundo respeto por la inteligencia del señor Ramsay, hasta que su pensamiento, que venía girando cada vez más deprisa, explotó de puro intenso; se sintió relajada; había sonado un tiro muy cerca y, escapando de los perdigones, se levantó una bandada de estorninos asustados, efusivos, en tropel.

—¡Jasper! —dijo el señor Bankes.

Siguieron el vuelo de los estorninos sobre la terraza. Y en pos de aquella diáspora de pájaros que volaban raudos por el cielo, atravesaron el agujero del alto seto, para acabar tropezando con el señor Ramsay, que iba gritando con acento patético: «¡Alguien ha cometido un error!».

Sus ojos, vidriados por la emoción, intensa y trágicamente desafiantes, se encontraron con los de ellos durante unos segundos y se estremecieron a dos dedos del reconocimiento, pero luego, levantando la mano a media altura de su cara, como si en un ataque de enojo y vergüenza quisiera desviar, borrar, aquella mirada normal de ellos o les pidiera que detuviesen un momento lo que sabía que era inevitable, o quisiera imputarles su propio pueril resentimiento de haber sido pillado por sorpresa, a pesar de que en el momento de serlo no se sintiera irremisiblemente perdido, sino dispuesto a agarrarse en parte a esa deliciosa emoción, a esa impura rapsodia que le avergonzaba pero le deleitaba también, se dio la vuelta bruscamente, cerrándoles en las narices su puerta privada; y Lily Briscoe y el señor Bankes volvieron al cielo la mirada azorada y pudieron ver cómo la bandada de estorninos que Jasper había levantado con la escopeta iba a posarse en la copa de los olmos.

5

—Y aunque no hiciera bueno mañana, hay más días —dijo la señora Ramsay, levantando los ojos para mirar a Lily Briscoe y a William Bankes que cruzaban en aquel momento.

Y mientras pensaba que el encanto de Lily residía en aquellos ojos de china oblicuos sobre la blanca carita fruncida, pero que tendría que ser un hombre muy listo el que lo supiera apreciar, añadió:

—Y ahora ponte de pie, que te voy a tomar la medida de la pierna.

Porque si por fin iba al Faro, había que ver si al calcetín le faltaban una o dos pulgadas con relación al largo de la pierna.

Y sonriendo, puesto que una maravillosa idea acababa de iluminar su mente por un segundo —William y Lily se debían casar—, cogió el calcetín de mezclilla con las agujas de acero cruzadas en la parte de arriba y lo midió contra la pierna de James.

—Pero estate quieto, mi vida —le dijo.

Porque como James, celoso y rebelándose a servir de maniquí al niño del torrero, rebullía a propósito, ¿cómo iba así a poder ver ella —se preguntaba— si el calcetín le estaba corto o largo?

Levantó la vista —¿qué demonio le había entrado en el cuerpo a su pequeñín, a su favorito?—, y al mirar la habitación, se dio cuenta de que las sillas estaban horriblemente estropeadas. Se les caían las tripas al suelo, como dijo Andrew el otro día. ¿Pero qué sentido tenía —se preguntó— comprar sillas buenas para dejarlas pudrirse aquí todo el invierno, en una casa chorreando literalmente humedad, al solo cuidado de una criada vieja? Daba igual, pagaban un alquiler de dos peniques y medio, a los niños les gustaba el sitio y a su marido le convenía mucho estar a tres mil millas (bueno, a trescientas para ser exactos) de su despacho, de sus libros y de sus alumnos; y además había cuarto de huéspedes. Todas las alfombras, catres y disparatados espectros de mesas y sillas que se jubilaban de la casa de Londres, aquí se podían aprovechar, al igual que unas cuantas fotos y libros. «Los libros —pensó— crecen por sí mismos.» Nunca tenía tiempo de leerlos; ni siquiera, ay, los que le regalaba el propio autor con dedicatoria de su puño y letra: «Para ella, a quien no se puede menos de obedecer», «A la más dichosa Helena de nuestro tiempo»..., era triste tener que decirlo, pero nunca los había leído. Ni la obra de Croom sobre la mente, ni la de Bates sobre los usos de los salvajes de la Polinesia («Estate quieto, mi vida», dijo), podía enviarlas al Faro.

Llegaría un momento —lo veía venir— en que la casa se caería a pedazos y habría que tomar una determinación. Si alguien pudiera meterles en la cabeza que se limpiaran los pies para no traer consigo la playa entera, tal vez sirviera de algo. Porque a los cangrejos, si a Andrew le gustaba disecarlos, tenía que soportarlos, ni tampoco iba a prohibir lo de las algas, si Jasper estaba convencido de que se podía hacer con ellas una buena sopa, ni todos aquellos objetos —conchas, cañas, piedras— que coleccionaba Rose; a cada uno le daba por una cosa y, a su manera, todos tenían talento. Pero el caso era —y suspiró abarcando la habitación del techo al suelo, mientras apretaba el calcetín contra la pierna de James— que de un verano para otro aumentaba el estado de ruina de todas las cosas: las alfombras estaban descoloridas, el papel de la pared se despegaba y ya no quedaba ni rastro de aquel dibujo de rosas que tuvo. Claro que si nunca se cierra la puerta de una casa y no hay un cerrajero de toda Escocia capaz de arreglar una cerradura, las cosas tienen que estropearse. ¿A qué tomarse el trabajo de adornar el marco de un cuadro con un chal de cachemira verde, si a las dos semanas iba a parecer puré de guisantes. Pero lo que más le disgustaba era lo de las puertas; nadie cerraba nunca una puerta. Se quedó escuchando: estaba abierta la del salón, abierta la del *hall* y hasta le parecía que las de los dormitorios. Y la ventana del rellano, claro, esa la había dejado abierta ella misma. ¿Cómo no entenderían de una vez —con lo fácil que era— que las puertas hay que dejarlas cerradas y las ventanas abiertas? Si iba por la noche a los dormitorios de las criadas, los encontraba cerrados herméticamente, como si fueran hornos, menos el de Marie, la chica suiza, que prefería prescindir del baño antes que del aire puro, porque allá en su pueblo —había dicho— «las montañas eran tan preciosas». Lo había dicho la noche anterior, mirando por la ventana, con lágrimas en los ojos: «¡Las montañas son tan preciosas!». Su padre se estaba muriendo en ese pueblo, los iba a dejar huérfanos y la señora Ramsay lo sabía. Las estaba reprendiendo y explicando cómo se hace una cama, cómo hay que dejar una ventana abierta —cerraba las manos y las extendía como una francesa—, cuando, de pronto, la chica contó aquello y todo se plegó serenamente en torno, como se pliegan las alas de un pájaro después de haber volado a través de los rayos de sol, y el color de sus plumas pasa del acero brillante a un malva pálido. Se quedó allí de pie callada, porque no sabía qué decir. Tenía cáncer de garganta. Al acordarse —de que no había esperanza ninguna, de cómo se había quedado ella allí de pie y de cómo había dicho la chica «¡es que las montañas de mi pueblo son tan preciosas!»—, tuvo una sacudida de irritación y le dijo a James en tono cortante:

—No seas pesado. ¿Te quieres quedar quieto de una vez?

Y él entendió al punto que esta vez el enfado no iba en broma, enderezó la pierna, y por fin pudo ella tomarle la medida.

36

Aun contando con que el niño de Sorley no estuviera tan alto como James, al calcetín le faltaba media pulgada por lo menos.

—Todavía está corto —dijo—. Me queda bastante.

Nunca se vio a nadie tan triste. Amarga y negra, a medio camino de ese descenso que emprende la saeta desde la luz del sol a los abismos, tal vez se formó una lágrima en plena oscuridad; cayó; las aguas se rizaron, la recibieron y se volvieron a aquietar. Nunca se vio a nadie con aspecto tan triste.

¿Pero no sería mera apariencia? —se preguntaba la gente—. ¿Qué se ocultaba detrás de todo aquello, de su belleza, de su esplendor? ¿Sería verdad que otro hombre se había saltado la tapa de los sesos una semana antes de su boda —se preguntaban—, existiría aquel primer amor del que a veces llegaban rumores? ¿O no había nada?, ¿nada excepto aquella belleza incomparable de la señora Ramsay detrás de la cual vivía atrincherada y que no existía nada capaz de turbar?

Porque, aunque en algún momento de intimidad, cuando salen a relucir las historias de grandes pasiones, de amores desgraciados y de ambiciones frustradas, hubiera sin duda tenido ocasión para hablar un poco de sí, de lo que había conocido y sentido, de lo que le había pasado, nunca dio nada. Siempre guardaba silencio. Y sabía, pero sabía sin haber aprendido. Su sencillez era capaz de desentrañar la falsedad de la gente astuta. La resolución de su mente la hacía caer a plomo como una piedra, aterrizar precisa como un pájaro y de ahí aquel intercambio próximo entre su alma y la verdad que deleitaba, sosegaba y protegía, aunque tal vez engañosamente.

«La naturaleza tiene poca arcilla como esa con que la moldeó a usted», le dijo una vez el señor Bankes, muy conmovido al oír su voz por teléfono, aunque ella no le estuviera hablando más que de horarios de trenes. Pero le parecía estar viéndola al otro lado del hilo, con sus ojos azules y su nariz griega, y encontraba absurdo estar hablando por teléfono con una mujer así, una mujer para componer cuyo rostro se tenían que haber dado cita todas las Gracias y haber jugado al corro en un campo de asfódelos. Sí, tomaría el tren de las diez y media en Euston.

(«Pero no es más consciente de su belleza de lo que podría serlo un niño», se dijo el señor Bankes, colgando el auricular y cruzando luego la habitación para ver cómo iba la obra de un hotel que estaban construyendo detrás de su casa; y mirando agitarse a los albañiles entre las paredes a medio levantar, pensaba en la señora Ramsay, en que siempre estropeaba con algún detalle incongruente la armonía de su rostro. O se encasquetaba un sombrero de cazador o se echaba a correr en chanclos por el prado para salvar a un niño de algún percance. Así que si era meramente en su belleza en lo que uno se ponía a pensar (los albañiles estaban subiendo ladrillos en un pequeño andamio mientras los miraba), no había que olvidarse de añadir al cuadro aquel aleteo de vida, aquel temblor; y si uno pensaba en ella como simple mujer, había que atribuirle una idiosincrasia fuera de lo normal o suponer en ella cierto deseo latente de despojarse de aquel aspecto majestuoso, que no parecía sino que le aburriera tanto su belleza como lo que los hombres dicen acerca de la belleza, que pretendiera ser simplemente como todo el mundo, insignificante. No sabía, no sabía. Tenía que volver a su trabajo.)

Sin dejar de tejer el áspero calcetín marrón rojizo, con la cabeza absurdamente contorneada por el marco dorado, el chal verde que colgaba de él y la obra maestra auténtica de Miguel Ángel, la señora Ramsay, dulcificando la brusquedad que poco antes había aparecido en sus modales, levantó la cabeza de su hijo y le besó en la frente:

—Anda, vamos a buscar otra figura para recortar —dijo.

6

¿Pero qué había pasado?

Alguien había cometido un error. Saliendo de sus cavilaciones, la señora Ramsay le encontró de pronto significado a aquellas palabras sin sentido que llevaban largo rato dándole vueltas por la cabeza. «Alguien había cometido un error.» Clavando los ojos miopes en su marido, que venía ahora hacia ella, le escrutó con fijeza hasta que su contigüidad le reveló (el sonsonete empezaba a tomar sentido dentro de su cabeza) que algo había pasado, que alguien había cometido un error. Pero de ninguna manera se le ocurría qué error.

Él estaba trémulo, se estremecía. Toda su vanidad, toda su complacencia en el propio esplendor, su salvaje cabalgar como un rayo, altivo como un halconero a la cabeza de sus hombres a través del valle de la muerte, todo aquello había estallado en añicos. Al asalto con pólvora y granadas, cabalgando intrépidamente, como una exhalación a través del valle de la muerte, entre truenos y descargas, había venido a chocar contra Lily Briscoe y William Bankes. Estaba trémulo, se estremecía.

Por nada del mundo se hubiera determinado ella a dirigirle la palabra, dándose cuenta, como se la daba por ciertos síntomas que le eran familiares —los ojos distraídos y una especie de raro encogimiento de toda su persona, como arropándose a sí mismo, en busca de una intimidad que le hiciese recuperar el equilibrio—, de que se sentía ultrajado, angustiado. Se puso a acariciarle la cabeza a James, como en una transferencia de los sentimientos que su marido le inspiraba, y según le miraba pintar de amarillo la camisa de un señor de los del catálogo de la Army and Navy Stores, pensaba en lo maravilloso que sería verle convertido en un artista famoso; y después de todo, ¿por qué no? Tenía una frente espléndida. Luego, alzando los ojos para mirar a su marido que volvía a pasar otra vez, sintió el alivio de comprobar que la derrota ya estaba disimulada y triunfaba la cotidianeidad; la costumbre canturreaba con su ritmo sedante, hasta tal punto que, cuando a la vuelta siguiente se detuvo deliberadamente en la ventana y se inclinó arbitrario y burlón a hacerle cosquillas a James en la pierna desnuda con una ramita de no sé qué, ella pudo reñirle por haber echado a Charles Tansley, «aquel pobre chico». Pero él dijo que Tansley había tenido que irse a trabajar en su conferencia.

—A James —añadió irónico, mientras le pegaba con la ramita— también lo veremos preparando una conferencia cualquier día de estos.

James, lleno de odio hacia su padre, esquivó aquella rociada de cosquillas que el señor Ramsay dedicaba a la pierna desnuda de su hijo pequeño, de manera tan molesta y tan peculiar en él, una mezcla de severidad y broma.

La señora Ramsay dijo que estaba tratando de terminar aquellos dichosos calcetines para llevárselos al día siguiente al hijo pequeño de Sorley.

—No existe ni la más remota probabilidad de que mañana podamos ir al Faro —saltó irritado el señor Ramsay.

—¿Y cómo lo sabes? —preguntó ella—. El viento cambia tanto.

La falta de lógica de aquel comentario le sacó de quicio, no aguantaba la insustancialidad del pensamiento femenino. Haber cabalgado a través del valle de la muerte, haber conocido el temblor y la derrota, para que ella viniera ahora a negar la evidencia de los hechos, y a hacer concebir a sus hijos esperanzas absolutamente fuera de lugar, a decirles mentiras, en una palabra.

—¡Vete al infierno! —dijo, dando una patada en el escalón de piedra.

¿Pero qué había dicho ella? Simplemente que puede que hiciera bueno mañana. Y puede que lo hiciera.

Sí, pero no con aquel descenso del barómetro y barruntos de viento oeste.

Lanzarse en persecución de la verdad con aquella asombrosa falta de consideración hacia los sentimientos del prójimo, arrancar el tenue velo de la civilización de forma tan brutal e irresponsable, significaba para ella tal ultraje al decoro humano que, incapaz de replicar, ciega y trastornada, bajó la cabeza como para dejar que la pedrea de granizo intempestivo, la mojadura de agua sucia la salpicara en silencio. No había nada que decir.

Él se quedó junto a ella, callado. Al cabo de un rato, dijo en tono muy humilde que, si quería, podía llegarse adonde el guardacostas, a ver qué le parecía a él.

A nadie respetaba ella en el mundo tanto como respetaba a su marido.

Que le bastaba con su palabra, dijo, solo que necesitaba saber si iban a ir o no para, en este último caso, no preparar merienda, eso era todo. Por el hecho de ser mujer, todo el día se lo pasaba acudiendo a ella para esto o lo de más allá, como si fuera lo más natural del mundo, uno que quería tal cosa, otro que quería la otra. Y los chicos iban creciendo. Muchas veces tenía la impresión de no ser más que una esponja empapada de emociones humanas. «Vete al infierno» había dicho él, y también «Va a llover». Luego dijo: «No lloverá», y fue como si de repente un celestial horizonte de seguridad se abriese ante ella. A nadie en el mundo respetaba tanto como a él. No se consideraba digna ni siquiera de atarle el cordón del zapato.

Un poco avergonzado ya de su petulancia y de aquel gesticular de manos cuando había cargado a la cabeza de sus tropas, el señor Ramsay azotó otra vez, aunque ahora de forma más bien tímida, las piernas desnudas de su hijo y luego, como pidiéndole permiso a su mujer, con un ademán que a ella le recordó extrañamente a la gran foca del zoo cuando se zambulle de espaldas tras engullir su pescado y se bambolea provocando un oleaje que va de una punta a otra del estanque, se internó en el aire de la noche que, ya más sutil, iba robando sustancias a las hojas y los setos para devolver, en cambio, a las rosas y claveles un resplandor del que habían carecido durante el día.

«Alguien había cometido un error», repitió mientras se paseaba arriba y abajo por la terraza, a grandes zancadas.

¡Pero qué transformación tan increíble había experimentado su tono! Igual que el cuco, que «cuando junio se avecina, desafina», era como si estuviera ensayando a tientas, buscando una frase para su nuevo estado de ánimo, y siendo aquella la única que se le venía a la cabeza, recurría a ella a pesar de lo manida que estaba. Pero sonaba muy ridículo —«Alguien había cometido un error»—, así, a modo de interrogación, como un sonsonete, sin convicción ninguna. La señora Ramsay no pudo por menos de sonreír y, al poco rato, sin dejar de pasear arriba y abajo, la estaba, en efecto, tarareando, cada vez más entre dientes, hasta que se calló.

Ya estaba a salvo, recuperada su intimidad. Se detuvo para encender la pipa, volvió a mirar hacia la ventana donde estaban su mujer y su hijo, y de la misma manera que un viajero levanta los ojos del libro que va leyendo en el tren y ve una granja, un árbol o un grupo de casas como ilustración o confirmación de algo que dice el texto, al cual vuelve después reconfortado y satisfecho, así la visión de su mujer y su hijo, aunque apenas los distinguiera, reconfortó y satisfizo al señor Ramsay y ya se pudo consagrar al esfuerzo de llegar a un claro y total entendimiento del problema que ahora requería todas las potencias de su mente privilegiada.

Porque era la suya una mente privilegiada. Si se compara al pensamiento con el teclado de un piano distribuido en diversas notas o con el alfabeto ordenado en veintiséis letras puestas en fila, su mente privilegiada era capaz de recorrer una por una aquellas letras sin el menor tipo de dificultad, con toda seguridad y precisión, hasta llegar, pongamos por ejemplo, a la letra Q. Había llegado hasta la Q. Muy pocas personas en toda Inglaterra llegan en toda su vida hasta la Q. Y aquí, deteniéndose un momento junto a la maceta de piedra de los geranios, volvió a ver, pero ahora muy lejos, como si fueran niños cogiendo conchas, absortos con divina ingenuidad en las pequeñas minucias esparcidas a sus pies y enteramente desvalidos frente a los hados cuya amenaza él percibía, a su mujer y a su hijo juntos en la ventana. Necesitaban de su protección y él se la otorgaba.

¿Y después de la Q? ¿Qué viene luego? Después de la Q viene una serie de letras, y la última de ellas apenas es visible a los ojos mortales, se limita a lanzar desde lejos un resplandor rojo. Solo un hombre de cada generación llega a la letra Z. A pesar de todo, si él consiguiera llegar a la Z sería magnífico. Pero bueno, ahí estaba la Q, por lo menos. La aprisionó: la Q la tenía segura. Podía demostrar la Q. Y si la Q es la Q entonces resulta que la R... al llegar aquí sacudió la pipa con dos o tres golpes sonoros contra una de las agarraderas de la maceta, que eran de asta de carnero, y prosiguió... «Entonces la R...» Se dio ánimos a sí mismo, se atrincheró en sus posiciones.

Venían en su auxilio una serie de virtudes —tenacidad, justicia, previsión, entusiasmo, destreza— que hubieran sido suficientes para resucitar a la tripulación de un barco a la deriva en mares tropicales con seis galletas y un frasco de agua dulce por toda provisión. Así que la R es... ¿Qué es la R?

Una persiana, como el párpado curtido de un lagarto, se abatió sobre la intensidad de su percepción y vino a oscurecer la letra R. En este vislumbre de oscuridad le pareció oír a alguien comentando que la R estaba fuera de su alcance, que había fracasado. Ya nunca podría llegar hasta la letra R. Adelante, volvamos a emprender el camino hacia la R, una vez más.

De nuevo vinieron en su auxilio una serie de virtudes que le habrían erigido en jefe, guía y consejero en una desolada expedición por las heladas y yermas regiones polares, en alguien que con un temple ni eufórico ni derrotista examina ecuánime los acontecimientos y les hace frente. De manera que la R...

El párpado del lagarto volvió a abatirse. Se le hincharon las venas de la frente. Los geranios de la maceta se tornaron llamativamente visibles y sin querer, desplegada entre sus hojas, se le evidenció aquella obvia y antigua distinción que separa a los hombres en dos categorías: de una parte, los caminantes tenaces, dotados de fuerza sobrehumana, que, a base de perseverancia y aplicación, son capaces de recitar todo el alfabeto con sus veintiséis letras, de cabo a rabo; de otra parte, los superdotados, los iluminados que, en una sola llamarada, abarcan todas las letras a la vez, como por milagro: es el camino del genio. Él no era un genio, no pretendía tanto; pero tenía o pudo haber tenido la capacidad de recitar cabalmente y por orden todas las letras del alfabeto, de la A a la Z. Por ahora, no había pasado de la Q. Pues adelante, vamos hacia la R.

Le asaltaron sentimientos no indignos de ser experimentados ni siquiera por un capitán que, a la vista de cómo espesa la nevada y la bruma cubre la cima de las montañas, comprende que lo mejor que puede hacer es tumbarse en el suelo y dejarse morir antes de que amanezca el nuevo día, sentimientos que, al invadirle nublaron el color de sus ojos y le dieron, en los dos minutos que duró su recorrido de la terraza, el aspecto incoloro de un anciano decrépito. Y sin embargo, no quería tumbarse en el suelo, buscaría algún peñasco y resistiría allí, con los ojos fijos en la tormenta, tratando hasta el último momento de penetrar la oscuridad, moriría en pie, resistiendo. Pero sin llegar a alcanzar nunca la R.

Se paró en seco junto a la maceta desbordante de geranios. «Después de todo —se preguntaba—, ¿cuántos hombres entre miles de millones llegan hasta la Z? Seguro que si el jefe de una expedición desahuciada de toda esperanza se hiciese esa misma pregunta, podría contestar a sus hombres, sin hacer trampa: "Quizá uno". Uno en toda una generación. ¿Y quién podría echarnos en cara no ser ese uno, si nos hemos esforzado realmente y hemos entregado todo lo que podíamos hasta quedarnos ya sin nada que dar? ¿Y cuánto tiempo dura la fama de ese uno? Incluso al héroe moribundo le es lícito preguntarse, antes de expirar, qué es lo que dirán de él los hombres que hayan de sucederle. Pongamos que su fama llegue a durar dos mil años. ¿Y qué son dos mil años? —se preguntaba el señor Ramsay con sarcasmo, mirando fijamente en dirección al seto—. ¿Qué son, en realidad, si se contemplan desde la cima de una montaña los vastos escombros de los siglos? Una simple piedra a la que damos una patada con la bota durará más que Shakespeare. Su propia lucecita tal vez brille aún, aunque no de forma cegadora, durante un año o dos, pero quién sabe si luego no será absorbida por otra luz mayor y esta, a su vez, por otra mayor todavía. (Miró a través de la oscuridad, hacia la maraña de ramajes.) ¿Y quién podría, entonces, echarle nada en cara al jefe de una expedición desahuciada de toda esperanza y que, después de todo, ha trepado lo bastante arriba como para contemplar el vasto escombro de los siglos y la perecedera condición de las estrellas, si antes de que la muerte prive de movimiento a sus miembros entumecidos y conservando aún una brizna de conciencia, levanta hasta la frente sus dedos insensibles y se cuadra para que cuando el equipo de salvamento venga a encontrarlo quede constancia de que murió sin abandonar su puesto, como un perfecto soldado?» El señor Ramsay se cuadró y se quedó de pie, en posición de firmes junto a la maceta.

¿Quién iba a echarle en cara a él tampoco que se entretuviera, parado allí unos instantes, en aquellas meditaciones sobre la fama, sobre expediciones de salvamento y sobre la lápida que colocarían encima de sus huesos sus agradecidos discípulos? Y por último, ¿quién podría hacerle reproches al caudillo de la fracasada expedición si, después de haberse arriesgado hasta el límite y derrochado todas sus energías hasta la

44

última gota, y habiéndose tumbado a dormir sin importarle ya mucho si iba a despertarse o no, de repente una punzada percibida en los dedos de los pies le hiciera entender que vive todavía, y no rechazase de plano la idea de vivir, y se diese cuenta de que necesita en el acto comprensión, un poco de whisky y alguien a quien contar la historia de sus tribulaciones? ¿Quién podría reprochárselo? ¿Quién no se alegraría en lo más íntimo de su corazón al ver que el héroe se despoja de la armadura, hace un alto a la ventana y se queda mirando a su mujer y a su hijo, primero de lejos y luego poco a poco cada vez más de cerca, hasta que labios, cabeza y libro se perfilan netamente ante él, si bien conservando aún ese encanto de lo extraño, de lo contemplado desde la intensidad del propio aislamiento, desde el escombro de los siglos y la perecedera condición de las estrellas?, ¿y quién podría reprocharle, en fin, que, guardándose la pipa en el bolsillo e inclinando ante su mujer la cabeza magnífica, rindiera pleitesía a la hermosura del mundo?

7

Pero su hijo le odiaba. Le odiaba por venir hacia donde estaban ellos, por pararse a mirarlos fijamente, por interrumpirlos, le odiaba por lo excesivo y alambicado de su gesticulación, por la magnificencia de su cabeza, por sus continuas exigencias y por su egocentrismo (ahora estaba de pie precisamente delante de ellos, reclamando su atención); pero más que ninguna otra cosa odiaba el continuo pajareo y campanilleo de las emociones paternas que, al vibrar incesantemente desplegadas en torno de ellos, perturbaban aquella armoniosa sencillez, aquel sentido común que presidía las relaciones con su madre. A fuerza de mirar fijamente la página del libro esperaba que él se acabaría yendo de allí, y también esperaba que su madre, si él seguía señalando con el dedo la misma palabra, le acabaría prestando una atención que —lo comprobaba con rabia— distraía en cuanto la figura de su padre se detenía junto a la ventana. Pero no. Nada logró hacer que el señor Ramsay se marchara. Se quedó allí de pie, recalando simpatía.

La señora Ramsay, que había estado sentada tan a gusto, rodeando a su hijo con el brazo, se puso rígida, y volviéndose a medias pareció que se incorporaba con esfuerzo para soltar simultáneamente un surtidor de energía que pulverizó en el aire en columna vertical, que la hacía aparecer al mismo tiempo viva y animada, como si todas sus fuerzas se convirtieran en vigor, luz y llama (aunque continuara sentada y hubiera reemprendido la labor de aguja), y en aquella deliciosa fecundidad, manantial y rocío de vida, se hundió la irreversible esterilidad del macho como un pico de latón árido y huero. Decía que necesitaba simpatía, que era un fracasado. La señora Ramsay, sin apartar los ojos de su rostro, seguía repitiendo que era un fracasado. Ella susurró algunas palabras a cambio: «Chales Tansley...», dijo. Pero él necesitaba algo más, era solidaridad lo que necesitaba, lo primero de todo que le asegurasen que era un genio, y luego sentirse acogido dentro de aquel círculo de vida, abrigado y apaciguado, restituido en el uso de sus sentidos, fertilizada su aridez y llenas de vida todas las habitaciones de la casa; el salón, y detrás del salón la cocina, y encima de la cocina los dormitorios, y más allá de estos, los cuartos de jugar de los niños; había que amueblarlo todo, llenarlo de vida.

Ella dijo que Charles Tansley le consideraba el filósofo más importante de la época. Pero él necesitaba más que eso, necesitaba simpatía, que le aseguraran que también él vivía en el corazón de la vida, que era necesario, no solo aquí sino en el mundo entero. Mientras hacía centellear sus agujas, sentada muy tiesa, segura de sí misma, la señora Ramsay creaba el salón y la cocina, los hacía irradiar luz, le invitaba a él a que se sintiera cómodo y pudiera entrar y salir por ellos, a que lo pasara bien. Sonreía, hacía punto. De pie, muy tieso entre sus rodillas, James sentía subir en llamaradas toda la fuerza de ella para ser sorbida y apagada por el pico de latón, la árida cimitarra del macho, con la cual castigaba una y otra vez sin piedad, exigiendo simpatía.

Repetía que era un hombre fracasado: mira, fíjate, siéntelo. Sin dejar de hacer centellear sus agujas, mirando en torno suyo, por la ventana, a la habitación y al mismo James, ella, como una nodriza atravesando

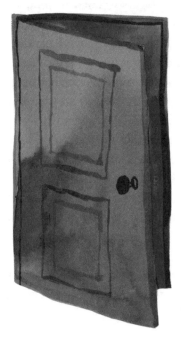

un cuarto oscuro con una palmatoria en la mano para calmar el llanto de un niño, le estaba asegurando sin sombra de duda, en virtud de su simple risa, de su serenidad, de su competencia, que todo era verdad, que la casa estaba llena y el jardín reventando de flores. Si se fiaba enteramente de ella, no habría nada capaz de dañarle. Por muy profundos que fueran los abismos a que descendiese o muy altas las cimas que escalase, ni por un segundo dejaría de hallarla a su lado. Y así, haciendo gala de su capacidad de arroparle y protegerle, apenas reservaba una cáscara de su ser para pensar un poco en sí misma a fuerza de prodigarse y gastarse; y mientras James permanecía erguido entre sus rodillas, la sintió crecer como un árbol frutal de color rosa con ramas y hojas ondulantes donde el pico de latón, la árida cimitarra de su padre, aquel hombre egocéntrico, venía a clavarse y a herir, en demanda de atención y simpatía.

Por fin, henchido de las palabras de ella, como un niño que se duerme consolado, fortalecido y renovado, dijo, mirándola con sumisa gratitud, que iba a dar una vuelta y a ver a los chicos jugar al críquet. Y se fue.

Enseguida la señora Ramsay pareció replegarse en sí, cerrando sus pétalos uno detrás de otro, y todo el edificio se derrumbó sobre sí mismo por agotamiento, como si solo le quedaran fuerzas, en un exquisito abandono al agotamiento, para mover el dedo por la página del cuento de hadas de Grimm, al tiempo que palpitaba en ella —como el pulso en una primavera que se ha extendido hasta la plenitud de su auge y luego va cediendo poco a poco en su latido— el arrebato del logro creativo.

Era como si, a medida que él se iba alejando, la palpitación de aquel pulso los englobara a ambos, proporcionándole a cada uno de ellos ese alivio de dos notas diferentes, una alta y otra baja, pero que tocadas al unísono parecen complementarse entre sí. Ahora, según la resonancia se iba apagando y volvía nuevamente al cuento de hadas, la señora se sintió no solo agotada físicamente (siempre sentía esto luego, no en el mismo momento), sino que a la fatiga del cuerpo venía a añadirse además cierta desagradable y vaga sensación de índole diferente. No es que, según leía en voz alta el cuento de *La mujer del pescador,* pudiese saber exactamente de

dónde procedía; pero tampoco se permitió traducir en palabras su desazón cuando, al volver la página y detenerse a escuchar el ruido apagado y amenazador de una ola rompiendo, se dio cuenta de que procedía de esto: de que no le gustaba sentirse, ni por un segundo, superior a su marido; y es más, no soportaba, cuando hablaba con él, no estar completamente segura de que lo que le estaba diciendo era verdad. No dudaba ni por un momento que las Universidades y la gente vivían pendientes de él, ni de que sus conferencias y libros eran de la mayor importancia; era su relación con ella lo que la desconcertaba, aquella manera que tenía de acudir a ella, abiertamente, de manera que todos se daban cuenta; y por eso la gente decía que dependía de ella, cuando hubieran debido saber que de los dos él era sin comparación el más importante, y la aportación suya al mundo comparada con la de él, algo despreciable. Pero además había otra cosa, que no era capaz de hablar con él francamente, que tenía miedo, por ejemplo, de decirle que para reparar el tejado del invernadero haría falta gastar unas cincuenta libras, y lo mismo con sus libros, tenía miedo de que él adivinase su opinión, aquella leve sospecha de que el último de sus libros no fuese el mejor (había llegado a esta conclusión hablando con William Bankes); y luego tener que ocultarle todas las pequeñeces diarias, y los niños eran conscientes de ello y ese peso recaía sobre ellos, todo eso disminuía la totalidad de su gozo, aquel puro gozo de las dos notas vibrando en un solo acorde, cuyo sonido se apagaba ahora en sus oídos desafinando lúgubremente.

Una sombra se proyectó en la página; levantó la vista. Era Augustus Carmichael que en aquel mismo momento pasaba arrastrando los pies, justo cuando más doloroso le resultaba recordar la insuficiencia de las relaciones humanas, que lo más perfecto se deterioraba y no resistía al análisis que, movida por su deseo de veracidad y por el amor a su marido, llevaba a cabo sobre ello; cuando le resultaba tan doloroso sentirse acusada de indignidad y obstaculizada en el desempeño de sus propias funciones por aquella deformación de la verdad y aquel sacar las cosas de quicio, justo en aquel momento en que se sentía vilmente atormentada por la vigilia de su exaltación, era cuando a Augustus Carmichael se le

ocurría cruzar arrastrando sus alpargatas amarillas, y no sé qué demonio le hizo gritarle, cuando estaba pasando:

—¿Entra usted en casa, señor Carmichael?

8

Él no dijo nada. Fumaba opio. Los chicos decían que por eso se le había puesto la barba tan amarilla. Podía ser. Lo que a ella le resultaba evidente es que aquel pobre hombre no era feliz, todos los años venía a refugiarse con ellos, como huyendo, y aun así todos los años daba la misma impresión: que no confiaba en ella. Le había dicho: «Voy a la ciudad, ¿puedo traerle sellos, papel, tabaco?», y había notado su rechazo. No confiaba en ella. La culpa era de su mujer. Recordaba lo inicuamente que lo había tratado, aquella vez en que vio con sus propios ojos en el horrible cuartucho de St. John's Wood cómo aquella odiosa mujer le echaba de casa, escena que la dejó paralizada, de piedra. Iba desaliñado, con ropa llena de manchas, presentaba el aspecto agotado de un anciano que ya no tiene nada que hacer en la vida, y su mujer le había echado de casa; había dicho de una manera odiosa: «Ahora la señora Ramsay y yo tenemos que hablar un poco», y la señora Ramsay pudo ver, como si le pasaran por delante de los ojos, las incontables miserias de su vida. ¿Tenía dinero bastante para comprar tabaco? ¿O se lo tenía que pedir a ella? ¿Media corona? ¿Dieciocho peniques? Oh, no podía soportar la idea de todas las pequeñas humillaciones a que aquella mujer lo sometía. Y ahora (sin que pudiera entender por qué, como no fuera por causa de aquella mujer) siempre la evitaba. Nunca hablaba con ella. ¿Y qué más podía hacer de lo que hacía? Le dejaban arriba una habitación soleada. Los chicos le trataban bien. Ella jamás daba muestras de que le molestara tenerlo allí. ¿No se esforzaba incluso por mostrarse simpática con él? «¿Necesita usted sellos, necesita tabaco? Aquí tiene un libro que seguramente le gustará», y así siempre. Y después de todo (y aquí se irguió insensiblemente, al tiempo que la sensación de su propia belleza se le evidenciaba, cosa que le ocurría pocas veces), después de todo, generalmente no le resultaba nada difícil gustar a la gente; personas tan famosas, por ejemplo, como lo eran George Manning y el señor Wallace, venían mansamente a su lado y se podían pasar una tarde entera charlando con ella junto al fuego. Llevaba consigo a todas partes —no podía por menos de saberlo— la antorcha de su belleza; la mantenía en alto iluminando todas las habitaciones donde entraba, y por mucho que quisiese velarla y aplastarla tras la monotonía del comportamiento que se imponía a sí misma, al fin y al cabo su belleza quedaba de manifiesto. Había sido admirada. Había sido amada. Había entrado en habitaciones donde reinaba el duelo, y las lágrimas habían corrido a su sola presencia. Hombres y también mujeres, olvidando la complejidad de las cosas, se habían permitido junto a ella el alivio de la naturalidad. La humillaba que el señor Carmichael —y además de una manera no franca ni directa— se apartase de ella; le dolía. Esto es lo que le preocupaba, lo que sentía ahora, viniendo para colmo después de la desazón con su marido, al ver pasar al señor Carmichael arrastrando los pies con sus alpargatas amarillas y un libro bajo el brazo, como si confirmase precisamente sus preguntas: que desconfiaba de ella, y que todos sus afanes por prodigarse, por ayudar a los demás, no eran más que simple vanidad. ¿No era, en el fondo, por amor propio por lo que se inclinaba instintivamente a ayudar, a dar, solo para que la gente pudiera decir de ella «¡oh, señora Ramsay, querida señora Ramsay!... claro, la señora Ramsay, ya se sabe» y para que la necesitasen y la viniesen a buscar y la admirasen? Puede que fuera eso lo que anhelaba secretamente, y no otra la razón de que se sintiese desairada cuando el señor Carmichael se apartaba de ella, como hacía en aquel momento, retirándose a un rincón a solucionar interminables acrósticos; no solo se sentía desairada por instinto, sino que además la hacía sentirse consciente de algunas mezquindades parciales de su ser y de las relaciones humanas en general; qué imperfectas son, qué despreciables, qué egoístas, incluso en el mejor de los casos. Descuidada y envejecida como estaba, con las mejillas ajadas y el pelo ya canoso, sin la probabilidad de que su aspecto volviera a servir de deleite a nadie, lo mejor que podía hacer era concentrar su atención en el cuento de *La mujer del pescador,* cuya lectura serviría para apaciguar aquel manojo de nervios que era su hijo James; ninguno de los otros había salido tan sensible.

—El corazón del hombre se ensombreció —leyó en voz alta—, y no quiso ir. «No está bien», se dijo, pero acabó yendo. Y cuando llegó al mar las aguas estaban completamente moradas, azules, grises y densas, ya habían perdido el color verde y el amarillo, pero aún estaban bastante en calma. Se detuvo allí y dijo...

A la señora Ramsay le hubiera gustado que su marido no hubiera elegido aquel momento para pararse. ¿No había dicho que iba a ver cómo jugaban los chicos al críquet? ¿Por qué no iba? Menos mal que no habló, se limitó a mirarlos, a asentir, a dar su aprobación, luego siguió andando. Avanzaba mirando al seto que tenía delante y que más de una vez le había redondeado una pausa o significado una conclusión, mirando a su mujer y a su hijo, mirando otra vez las macetas rebosantes de aquellos geranios rojos que tantas veces habían decorado tramos de su pensamiento y servido para que aquello quedara escrito entre sus hojas, como si fueran trozos de papel en los cuales tomar notas a lo largo de la lectura; avanzaba mirando todo aquello, al tiempo que se metía insensiblemente en una reflexión sugerida por cierto artículo que venía en el *Times* sobre el número de americanos que visitan al año la casa de Shakespeare. «Si Shakespeare no hubiera existido nunca, ¿sería el mundo —se preguntaba— muy distinto de lo que es ahora? ¿El progreso de la civilización depende de los grandes hombres? ¿La suerte del ciudadano medio es mejor ahora que en la época de los faraones? ¿Y en cualquier caso —seguía preguntándose—, podemos tomar la suerte del ciudadano medio como criterio suficiente para establecer de acuerdo con él la medida de la civilización? Probablemente no. Probablemente el mayor bien de la humanidad exija la existencia de una clase de esclavos, probablemente el ascensorista del metro sea una necesidad eterna.» Aquel pensamiento no le era muy grato. Meneó la cabeza. Para esquivarlo, tenía que encontrar el medio de menospreciar el predominio de las artes. Podría esgrimir el argumento de que el mundo está hecho para el ciudadano medio, y que las artes son un mero adorno colocado encima de la vida humana, pero no su expresión. Ni siquiera Shakespeare es necesario para vivir. Y no sabiendo bien por qué razón necesitaba denigrar a Shakespeare para acudir en defensa del hombre condenado a permanecer abriendo eternamente las puertas del ascensor, arrancó una hoja del seto con gesto compulsivo. Pensó que todo aquello tendría que repetírselo dentro de un mes a los chicos de Cardiff; que aquí en esta terraza no hacía otra cosa que picotear en el forraje (y tiró la hoja que tan nerviosamente había arrancado), como un hombre que se inclina a coger un ramo de rosas o se llena de avellanas los bolsillos, cuando a caballo, recorre, en paseo relajado, los senderos y campos de una región que conoce desde niño. Todo le era familiar, aquella revuelta, aquella cerca, aquel atajo a través de los campos. Horas y horas había consumido así, fumando su pipa, al atardecer, dándole vueltas a sus ideas, dejándolas vagar por los viejos senderos familiares, por los ejidos impregnados de la historia de tal o cual pleito electoral, de la vida de tal o cual alcalde, de poemas, de anécdotas, y también de figuras, este pensador, aquel soldado, y todo vigoroso y nítido. Pero al final todos los senderos, los campos, el ejido, los avellanos en sazón y el seto florido le conducían a la última revuelta del camino donde siempre desmontaba, ataba su caballo a un árbol y continuaba a pie. Llegó al límite del prado y miró la bahía allá abajo.

Era como una especie de destino peculiar suyo, le gustara o no, esto de venir a parar a una lengua de tierra que el mar se va comiendo poco a poco, y quedarse allí solo de pie, como un desolado pájaro marino. Tenía el poder, el don, de despojarse súbitamente de cuanto es superfluo, de empequeñecerse y reducirse de tal manera que parecía más al desnudo y se sentía más disponible, incluso físicamente, sin perder por ello ni un ápice de intensidad en su pensamiento, así que aquello de permanecer de pie en su pequeña plataforma de tierra haciendo frente a la oscuridad de la ignorancia humana, viendo cómo no sabemos nada y el mar se va comiendo la tierra que pisamos, aquello era su privilegio, su sino. Pero habiendo prescindido, al desmontar, de toda alharaca y perifollo, de aquellos trofeos de rosas y avellanas, habiéndose empequeñecido no solo en su fama sino hasta llegado a olvidar su propio nombre, incluso en tamaña desolación, conservaba un espíritu vigilante incompatible con los fantasmas y que no se consiente a sí mismo el lujo de los ensueños; y era aquella peculiaridad de su ser lo que inspiraba a William Bankes (de vez en cuando), a Charles Tansley (con obsequioso impulso) y ahora a su mujer, que levantaba la vista y lo veía allí parado en el límite del prado, profundo respeto, compasión y hasta gratitud, de la misma manera que una estaca clavada en el lecho de un cauce, sobre la cual vienen a posarse las gaviotas y a romper las olas, es saludada con gratitud por los afortunados tripulantes de un barco, en virtud de la misión que ha tenido de marcarles una ruta en medio de la solitaria pleamar.

«Pero un padre de ocho hijos no tiene alternativa...» Dio media vuelta suspirando, mientras murmuraba aquellas palabras entre dientes, se apartó de allí, alzó los ojos y divisó la figura de su mujer leyéndole cuentos al hijo pequeño; se puso a llenar su pipa. Renunció a explorar la ignorancia humana, el destino humano y la idea del mar comiéndose el terreno que pisan nuestros pies, todo lo cual, de haber podido ser él capaz de profundizar en su contemplación, de fijo le habría llevado a alguna parte; y vino a buscar consuelo en otras nimiedades que, comparadas con el tema sublime que acababa de ocupar su atención, le parecían tan fútiles que le daban ganas de prescindir del bienestar que pudieran proporcionarle y lamentarlo, como si tuviera por el más abyecto de los pecados para un hombre honrado el hecho de que le pillaran siendo feliz en este valle de lágrimas. Y esa era la verdad; que él, en términos generales, se consideraba un hombre feliz; tenía a su mujer y a sus hijos, se había comprometido a decirles dentro de cuatro semanas a los chicos de Cardiff «cualquier bobada que se le ocurriera» sobre Hume, Berkeley, Locke y las causas de la Revolución francesa. Pero todo eso y el placer implícito en ello, en las frases que hacía, en el ardor de la juventud, en la belleza de su mujer, en los elogios que recibía desde Swansea, Cardiff, Exeter, Southampton, Kidderminster, Oxford o Cambridge, todo se veía refutado y oscurecido bajo la expresión «hablar de cualquier bobada que se le ocurriera», porque la pura verdad es que no había hecho lo que tenía que haber hecho. No era más que un disfraz, era el escondite de un hombre que teme ser dueño de sus propios sentimientos, que se considera incapaz de decir: «Lo que yo quiero es esto, lo que yo soy es esto», y que más bien producía desagrado y compasión a William Bankes y Lily Briscoe, los cuales se preguntaban a qué venían tantas componendas, por qué necesitaba siempre hasta tal punto de las alabanzas, qué razón puede haber para que un hombre tan audaz en su pensar pueda ser tan tímido en la vida y cómo puede hacerse tan extrañamente cómico y respetable al mismo tiempo.

Lily, mientras recogía sus cosas, abrigó la sospecha de que enseñar y predicar son cosas que están por encima de las fuerzas humanas. Si te ensalzas, de una manera o de otra acabas dando en tierra. La señora Ramsay le había concedido con demasiada facilidad todo cuanto él le había pedido, por eso sus vueltas a la realidad —se dijo Lily— debían ser tan desconcertantes. Salir de sus libros y encontrarnos a todos jugando y hablando de tonterías; hay que darse cuenta del contraste que existe entre estas cosas —se dijo— y las cosas en que piensa él.

Avanzaba hacia ellos. Ahora se había parado en seco y se quedaba mirando al mar en silencio. Ahora se daba la vuelta otra vez.

9

—Sí —dijo el señor Bankes, mirándole alejarse—. Es una pena.

(Lily había dicho algo así como que a veces le daba miedo verle cambiar de humor de una forma tan repentina.)

Y el señor Bankes dijo que sí, que era una pena que Ramsay no pudiera tener una conducta un poco más normal, más parecida a la de todo el mundo. (Le gustaba Lily Briscoe; le gustaba lo abiertamente que podía hablar de Ramsay con ella.) En el fondo —dijo—, esa era la misma razón por la que la gente joven no leía a Carlyle. Un viejo agriado y cascarrabias, que es capaz de perder los estribos si la sopa está fría, ¿con qué derecho nos echa sermones?; eso era lo que pensaban los estudiantes de ahora, creía el señor Bankes. Y era una pena, si se tenía en cuenta que Carlyle era, como él creía que lo era, uno de los grandes mentores del pensamiento humano. Lily dijo muy avergonzada que no leía a Carlyle desde sus tiempos del bachillerato. Pero, según su opinión, al señor Ramsay no se le quería menos porque creyese que cuando a él le dolía el dedo meñique se iban a desplomar las esferas. Eso a ella le traía sin cuidado. Porque, además, ¿a quién pretendía engañar? Te pedía tan descaradamente que halagaras su vanidad y que le admiraras que sus pequeños trucos no engañaban a nadie. Lo que realmente le desagradaba de él —dijo mirándole alejarse— eran su mezquindad y su ceguera.

—Un poquito hipócrita, ¿no? —insinuó el señor Bankes, con los ojos fijos también en la espalda del señor Ramsay.

¿Y acaso no pensaba, al decirlo, en su antigua amistad, en cómo Cam se había negado a darle una flor y en toda aquella tropa de chicos y chicas, en contraste con su propia casa, confortable, desde luego, pero tan silenciosa desde la muerte de su mujer? Claro que tenía su trabajo... Pero de todas maneras estaba deseando que Lily le diera la razón en aquello de que Ramsay era «un poquito hipócrita», como él acababa de decir.

Lily Briscoe siguió recogiendo sus pinceles, mirando por aquí y por allá. Y al levantar la vista, allí venía él —el señor Ramsay— contoneándose inconsciente, despreocupado, remoto.

—¿Un poquito hipócrita? —repitió.

Oh no, si era el más sincero de los hombres (aquí llegaba ya), el más veraz, el mejor. Pero luego, bajando los ojos, pensó que siempre estaba metido en sí mismo, que era tiránico e injusto; y mantuvo los ojos bajos deliberadamente, porque era la única manera, mientras estaba con los Ramsay, de conservar la serenidad. En cuanto uno levantaba los ojos y los miraba los veía inundados de algo que ella llamaba «sustancia de amor». Formaban parte de ese universo tan irreal como excitante y agudo en que se convierte el mundo mirado a través de los ojos del amor. El cielo los envolvía, los pájaros cantaban a su través. Y, lo que era aún más excitante, al ver acercarse al señor Ramsay y luego darse la vuelta y ver a la señora Ramsay sentada a la ventana con James, y las nubes moviéndose y los árboles inclinándose, le pareció también como si la vida, de estar formada por menudos y aislados incidentes que vivimos uno por uno, pasase a ovillarse en un todo único, como una ola que te arrastra consigo, te levanta y luego te deposita, de golpe, allí en la playa.

El señor Bankes esperaba su respuesta. Y ella estuvo a punto de hacer alguna crítica sobre la señora Ramsay, por ejemplo decir lo dominante y desconcertante que era también ella, a su manera, o algo por el estilo, cuando se dio cuenta por el aire extático del señor Bankes que sus palabras eran innecesarias. Porque teniendo en cuenta que el señor Bankes ya había cumplido sesenta años y considerando su pulcritud, sus maneras impersonales y aquella especie de manto blanco de ciencia que parecía revestirlo, el hecho de que mirase a la señora Ramsay como Lily vio que la estaba mirando ¿qué era sino éxtasis?; un éxtasis equivalente, Lily lo sentía así, a los amores de docenas de muchachos (y seguramente la señora Ramsay nunca había inspirado amores así en docenas de muchachos). Aquello era amor —pensó mientras trataba de cambiar de sitio su lienzo—, un amor puro y destilado que nunca intenta poseer a su objeto, sino que, como el amor de los matemáticos por sus símbolos o el de los poetas por sus estrofas, aspira a esparcirse por el mundo, contribuyendo a formar parte del acervo de la humanidad. Y en realidad, así era. El mundo habría compartido la opinión del señor Bankes, si hubiera sido capaz de decir por qué aquella mujer le gustaba tanto, por qué el verla leyéndole un cuento de hadas a su hijo le producía exactamente el mismo efecto que solucionar un problema científico, hasta el punto de quedarse absorto en su contemplación y de sentir, como sentía cuando demostraba algo definitivo sobre el sistema digestivo de las plantas, que había reprimido la barbarie y sojuzgado el reino del caos.

Semejante éxtasis —porque, ¿de qué otra manera se le podía llamar?— hizo olvidar por completo a Lily Briscoe lo que tenía intención de decir, algo sin importancia acerca de la señora Ramsay y que palidecía al lado de aquel «éxtasis», de aquella mirada fija y silenciosa, que provocaba en ella una sensación de intensa gratitud; porque nada la consolaba tanto, mitigaba tanto su perplejidad frente a la vida ni le quitaba de encima como por milagro el peso de todos sus fardos, como ese sublime poder, ese don del cielo, algo que, mientras dura, no puede uno interrumpir, como no es posible quebrar el dardo de un rayo de sol que se extiende a ras del suelo.

Que la gente pudiese amar así, que el señor Bankes sintiese aquello por la señora Ramsay era algo que ayudaba a vivir, que exaltaba. Le miró de reojo y continuaba absorta. Lily se puso a limpiar los pinceles con un trapo viejo, uno por uno, con gestos deliberadamente caseros. Se sentía arropada al abrigo de aquella reverencia que abarcaba a todas las mujeres; ella también se consideraba ensalzada. Le dejó que siguiera mirando, mientras ella echaba un vistazo a su cuadro.

Le daban ganas de echarse a llorar. Era malo, malo, rematadamente malo. Lo podía haber hecho de otro modo, ya lo sabía, haberle puesto menos color, colores más pálidos, haber difuminado las figuras, tal como Paunceforte lo habría hecho. Pero ella no lo veía así. Veía el color incendiando un armazón de acero, el resplandor de las alas de una mariposa al posarse en las bóvedas de una catedral. De todo eso solo unos pocos trazos casuales quedaban garabateados en el lienzo. Y además nadie lo vería, jamás sería colgado, y le pareció oír al señor Tansley susurrándole al oído: «Las mujeres no sirven para pintar, las mujeres no sirven para escribir...».

Ahora de repente se acordaba de lo que iba a decir sobre la señora Ramsay. No sabía con qué palabras decirlo, pero se trataba de una crítica (la otra noche se había sentido irritada por alguna de sus arbitrariedades). Siguiendo con los ojos la mirada que el señor Bankes le dirigía, pensó que ninguna mujer puede reverenciar a otra de semejante modo; las mujeres solo cabe que encuentren cobijo bajo una sombra como la que el señor Bankes proyectaba sobre ellas dos. Siguiendo aquel haz de luz, Lily le añadió su rayito particular, al pensar que la señora Ramsay, tal como se la veía ahora inclinada sobre su libro, era sin ningún género de dudas la persona más adorable del mundo; pero, por otra parte, distinta de la figura bien delineada que aparecía allí. Pero ¿por qué distinta y en qué?, se preguntaba, mientras raspaba los montoncitos azules y verdes que habían quedado en la paleta y que ahora parecían terrones sin vida, aunque se prometía que mañana se la volvería a insuflar ella, que los obligaría a transformarse, a fluir, a doblegarse a su mandato. ¿De qué forma era diferente? ¿En qué consistía su espíritu, aquel elemento esencial que hacía que si uno encontraba, por ejemplo, un guante tirado encima del sofá, pudiera reconocerlo indiscutiblemente como suyo por la forma de estar trenzados los dedos? Era rápida como un pájaro, directa como una saeta. Era testaruda, era autoritaria. («Claro que estoy pensando en su relación con las mujeres —recordó Lily para sí misma—, y yo soy además mucho más joven, una chica insignificante, que vive en Brompton Road.») La veía abriendo las ventanas de los dormitorios, cerrando las puertas. Lily se esforzaba por reproducir en su mente el tono de voz de la señora Ramsay. Cuando, por ejemplo, venía por las noches a llamar levemente con los nudillos a la puerta del dormitorio arrebujada en un viejo abrigo de piel (porque su belleza siempre venía enmarcada así, como al descuido pero atinadamente) y le daba por imitar a quien fuera, a Charles Tansley que había perdido el paraguas, al señor Carmichael sorbiendo y resoplando, al señor Bankes cuando decía: «Se están perdiendo las sales vegetales». Y todo ello representado con gran habilidad, incluso maliciosamente alterado; y desplazándose hacia la ventana fingiendo que se tenía que ir —estaba amaneciendo, podía ver cómo se alzaba el sol—, se volvía luego a medias y en un tono más íntimo, pero sin dejar de reír, insistía en que ella debía casarse, en que Minta debía casarse, en que todas se debían casar, puesto que, por muchos laureles que le tocasen en suerte (pero a la señora Ramsay le importaba un ardite la pintura de Lily) o triunfos que recogiese (de estos probablemente la señora Ramsay ya había recibido su parte) nadie en el mundo entero podía poner en duda lo siguiente: (y al llegar aquí se entristecía, se oscurecía, volvía a sentarse y podía coger un momento levemente entre las suyas la mano de Lily) que una mujer soltera ha perdido lo mejor de la vida. Y la señora Ramsay parecía quedarse escuchando alerta en aquella casa llena de niños dormidos, de luces atenuadas, de respiraciones rítmicas.

Sí, claro, solía objetar Lily, pero ella tenía a su padre, tenía su casa y hasta, por qué no atreverse a decirlo, su pintura. Pero todo eso parecía tan poca cosa, tan virginal comparado con lo otro. Con todo, mientras la noche avanzaba, cuando luces blancas rayaban los visillos e incluso se escuchaba el gorjeo de algún pájaro en el jardín, ella, haciendo acopio desesperado de valor, insistía en presentarse como una excepción a la ley universal y abogaba por su causa; le gustaba vivir sola; le gustaba ser ella misma; no había nacido para aquello. Y entonces chocaba sin remedio con la mirada seria y fija de aquellos ojos de profundidad sin parangón y tenía que hacer frente a la sencilla convicción de la señora Ramsay —que ahora volvía a ser como una niña— de que su querida Lily, su pequeña Briscoe era tonta. Y ella entonces recordaba haber escondido la cabeza en el regazo de la señora Ramsay y haberse reído y reído con una risa casi histérica, de pensar en la calma inmutable con que la señora Ramsay presidía destinos que ella no alcanzaba a penetrar. Mirándola allí sentada sencilla y grave, le pareció captar el sentido que tenía para ella: ¿no estaría todo en la forma de trenzarse que tenían los dedos del guante? Pero ¿en qué santuario te hacía entrar? Cuando por fin Lily Briscoe había alzado la mirada hacia ella, seguía allí, totalmente ignorante del motivo de su risa, presidiéndolo todo, como siempre, pero borrada ahora de su rostro cualquier huella de testarudez, y en su lugar, una especie de claridad, algo así como el espacio que las nubes acaban dejando al descubierto, ese pequeño reducto de cielo que duerme junto a la luna.

¿Era sabiduría? ¿Era un conocimiento fruto del estudio? ¿O era, una vez más, la falacia de la belleza que consigue enmarañar en una red de oro las propias percepciones, quebrando su camino hacia la verdad? ¿O estaba buscando dentro de sí algún secreto de esos que Lily Briscoe creía que tienen que existir para que el mundo marche bien del todo? No había mucha gente capaz de vivir tan atropelladamente ni tan al día como ella. Pero si ellos sabían tanto, ¿por qué no le enseñaban a uno lo que sabían? Sentada allí en el suelo, abrazada a las rodillas de la señora Ramsay lo más estrechamente posible y sonriendo al pensar que ella jamás podría adivinar la razón de tan estrecho abrazo, imaginaba que en las cámaras del cerebro y del corazón de aquella mujer, cuyo cuerpo tocaba tan de cerca, tal vez pudieran encontrarse, del mismo modo que se encuentran tesoros en las tumbas de los reyes, ciertas lápidas con inscripciones sagradas, que le enseñarían a uno muchas cosas si fuera capaz de descifrarlas, pero que jamás se muestran abiertamente ni se hacen públicas. ¿Qué técnica, solo conocida por el amor o el ingenio, sería la que pudiese empujarle a uno a entrar en aquellas cámaras y recorrerlas? ¿Qué ardid para llegar a constituir —como el agua que se vierte en una jarra— un todo con el objeto adorado, a ser inextricablemente uno y lo mismo? ¿Podrían acaso lograrlo la mente o el cuerpo, infiltrándose sutilmente en las enrevesadas galerías del cerebro o del corazón? ¿Podría el cariño, como lo llama la gente, hacer un solo ser de ella y de la señora Ramsay? Porque no era el conocimiento sino la unión lo que ella deseaba, nada de inscripciones en lápidas, nada que pudiera estar escrito en ninguno de los idiomas conocidos por el hombre, sino la pura intimidad que en sí misma entraña conocimiento; eso es lo que había pensado aquella vez que hundió la cabeza en las rodillas de la señora Ramsay.

Pero mientras estuvo así con la cabeza hundida en sus rodillas, no pasó nada. Nada de nada. Y sin embargo, ella sabía que en el corazón de la señora Ramsay se almacenaban sabiduría y conocimiento. «¿Pero cómo —se preguntaba— va a saber uno esto o lo de más allá de las personas, si permanecen herméticamente selladas? Solamente dejándose atraer, como las abejas, por cierta dulzura o aspereza que flota en el aire, aunque inaccesible al gusto o al tacto, puede uno rondar las colmenas en forma de cúpula, recorrer los desiertos del aire que se ciernen sobre los paisajes del mundo solitario, y sobrevolar así el bullicio de las colmenas fragorosas: esas colmenas con la humanidad.» La señora Ramsay se levantó. Lily se levantó. La señora Ramsay se fue. Luego, durante los días que siguieron, parecía como si flotase alrededor de ella —igual que después de un sueño uno advierte cierta sutil mudanza en la persona con quien se ha soñado—, más intensamente que nada de lo que dijo, un rumor de zumbido, y adquiría a los ojos de Lily, cuando la veía sentada junto a la ventana del salón en su butacón de mimbre, una forma augusta: la forma de una cúpula.

Afluyendo al haz del señor Bankes, el rayo de la mirada de Lily se dirigió hacia la figura sentada de la señora Ramsay, leyendo un libro con

James sobre sus rodillas. Pero mientras ella se demoraba ahora en esa contemplación, el señor Bankes había dado por terminada la suya. Se había puesto las gafas. Retrocedía. Levantaba una mano. Y estaba entornando ligeramente sus claros ojos azules, cuando de pronto Lily, como despertándose, se dio cuenta de lo que estaba a punto de hacer y se encogió como un perro cuando ve que alguien levanta la mano para amenazarle. Podía quitar el cuadro del caballete, pero se dijo: «Tenía que suceder». Se dio ánimos para afrontar la dura prueba de que alguien mirase un cuadro suyo. «Tenía que suceder —se decía—, tenía que suceder.» Y, de tener que suceder, el ojo del señor Bankes le resultaba mucho menos perturbador que otros. Pero el simple hecho de que cualquier mirada pudiese posarse sobre los escombros de sus treinta y tres años, sobre el poso de cada uno de los días que habían formado su vida, mezclado con algo más secreto que nada de lo que había enseñado y de lo que había hablado nunca, significaba una especie de agonía. Pero también, al mismo tiempo, algo infinitamente excitante.

No se podía mostrar más calma ni más sosiego. El señor Bankes, sacando su navaja, señaló al lienzo con el mango de hueso. ¿Qué había querido decir con esa mancha morada en forma de triángulo «puesta justamente ahí»?, preguntó.

Ella dijo que era la señora Ramsay leyéndole un cuento a James. Ya sabía el reparo que le iba a poner: que nadie podría reconocer allí una forma humana. Pero es que no había pretendido en absoluto buscar el parecido —dijo—. ¿Y entonces por qué los había puesto? —preguntó él—. Realmente, ¿por qué razón? Por nada; había sentido la necesidad de una sombra en este lado de acá, por contraste con el de allá, donde todo era tan luminoso. Y a pesar de que eran lugares comunes, razones tan triviales como obvias, el señor Bankes se mostró interesado por ellas. Así que una madre y un hijo, objetos de universal veneración, aumentada en este caso por la renombrada hermosura de la madre, podían reducirse, sin que ello entrañara falta de respeto, a una simple sombra morada, —arguyó—.

Pero el cuadro no era un retrato de ellos —dijo Lily—. O por lo menos no en el sentido que le daba el señor Ramsay. Había otros medios de manifestar esa veneración, y uno de ellos, por ejemplo, puede ser el de poner una luz en aquel lado y una sombra en este. Esa era la forma que revestía su homenaje, caso de que —como vagamente sospechaba ella— la pintura debiera ser un homenaje. Una madre y un hijo pueden reducirse, sí, a una sombra, sin faltarles para nada al respeto. Una luz aquí estaba pidiendo una sombra allá. Él prestaba atención, mostraba estar interesado; consideraba sus argumentos desde un punto de vista científico, con total buena fe. La verdad es que todos sus prejuicios —explicó— se situaban en el polo opuesto. El cuadro más grande que tenía en el salón de su casa —que muchos pintores habían alabado y tasado en un precio más alto que el que pagó por él— representaba unos cerezos en flor a las orillas del Kennet. Es que había pasado su luna de miel —dijo— a las orillas del Kennet. Lily tenía que ir un día a ver ese cuadro.

Y ahora, con las gafas bien ajustadas, volvía a emprender el examen científico del lienzo. Dado que la cuestión residía en la relación entre masas, luces y sombras, asunto en el que, a decir verdad, jamás había parado mientes antes de ahora, le gustaría que le explicara: ¿qué es lo que había intentado expresar? Y señalaba la escena que tenía delante.

Ella la miró. No podía aclararle lo que había intentado expresar con aquello, ni siquiera podía verlo ella misma sin un pincel en la mano. Volvió a adoptar de nuevo su actitud habitual de disponerse a pintar, con los ojos entornados y aire distraído, tratando de supeditar todas las impresiones que recibía desde su condición de mujer a algo más amplio y de quedar sometida otra vez al poder de aquella visión, que por unos instantes tuvo de forma tan nítida y que ahora tenía que buscar a tientas entre los setos, las casas, las madres y los niños, en fin, por el cuadro entero. La cuestión estaba —trató de recordar— en cómo conectar aquellas masas de la derecha con las de la izquierda. Podía hacerlo trayendo la línea de la rama atravesada así, o rompiendo, mediante un objeto cualquiera (James, quizás), el vacío del primer plano de esta otra manera. Pero el peligro estaba en que haciendo aquello se pudiera quebrar la unidad del conjunto. Se calló. No quería seguirle aburriendo. Retiró el lienzo del caballete con toda presteza.

65

Pero lo habían visto, se lo habían arrebatado. Este hombre había compartido con ella algo profundamente íntimo. Y dando las gracias por ello al señor y a al señora Ramsay, y al lugar y a la hora, que le hacían atribuir al mundo un poder jamás sospechado por ella: la capacidad de poder entrar y pasear por aquella galería, y ya nunca sola sino del brazo de alguien —era el sentimiento más raro y el más estimulante del mundo—, abrochó el cierre de la caja de pinturas con más energía de la requerida, y era como si dentro de aquel cierre quedaran contenidos para siempre en un círculo la caja, el prado, el señor Bankes y aquel diablillo salvaje de Cam que cruzaba en aquel momento a todo correr.

10

Porque Cam pasó casi rozando el caballete; ni el señor Bankes ni Lily Briscoe pudieron detener su carrera, a pesar de que el señor Bankes, a quien tanto le hubiera gustado tener una hija propia, alargó la mano. Tampoco la hizo detenerse su padre, contra el que no chocó asimismo de puro milagro, ni la voz de su madre llamándola, cuando la vio pasar corriendo: «Cam, ven un momento, que te he de dar un recado». Salía disparada como un pájaro, como una bala, como una saeta, nadie podría decir impulsada por qué deseo, disparada por quién y dirigida hacia dónde. «¿Adónde va, adónde?», se preguntaba la señora Ramsay, mirándola. Tal vez estuviera viendo a lo lejos, al otro lado del seto, una concha, una carretilla o el reino de las hadas. O tal vez corriera simplemente por sentir la gloria de la velocidad, cualquiera sabía. Pero cuando la señora Ramsay gritó por segunda vez: «¡Cam!», el proyectil se desplomó a mitad de camino y Cam, volviéndose, arrancó una hoja según venía y se dirigió remoloneando hacia su madre.

¿En qué vendría soñando?, se preguntó la señora Ramsay viendo como se quedaba de pie allí absorta, tan embebida en alguna cavilación suya, que tuvo que repetirle el recado por dos veces: que le preguntara a Mildred si Andrew, la señorita Doyle y el señor Rayley habían regresado ya. Era como si las palabras fueran cayendo dentro de un pozo de agua límpida pero al mismo tiempo extraordinariamente deformante; a medida que caían, podía uno verlas retorcerse hasta componer extraños dibujos en el fondo de aquella mente infantil. ¿Qué recado le daría Cam a la cocinera?, se preguntaba la señora Ramsay.

Y en efecto, solo después de esperar con santa paciencia a que Cam terminara de contar que en la cocina había una mujer vieja con la cara muy colorada y que se estaba tomando un tazón de sopa, fue cuando su madre pudo por fin provocar en ella aquel instinto de papagayo, gracias al cual resultó que había recogido bastante fielmente las palabras de Mildred y las reproducía ahora, para quien tuviera la paciencia de esperarlas, en un sonsonete desvaído. Saltando de un pie a otro, Cam repitió aquellas palabras: «No, no han vuelto todavía, así que le he dicho a Ellen que retire el té».

De manera que Minta Doyle y Paul Rayley no habían vuelto. Y eso —pensó la señora Ramsay— solo podía significar o que ella le había dicho que sí o que le había dado calabazas. Aquella salida después de comer a dar un paseo juntos, aunque Andrew les hubiera acompañado, ¿qué sentido podía tener, si no? Pues nada, que ella había decidido, con muy buen criterio, según la señora Ramsay (y ella quería muchísimo a Minta), aceptar a aquel buen chico; que tal vez no era demasiado brillante, conformes —pensó, dándose cuenta al mismo tiempo de que James le tiraba de la manga para que le siguiera leyendo *La mujer del pescador*—, pero en lo más profundo de su corazón, prefería los bobos a esos hombres listos que daban conferencias como Charles Tansley, por ejemplo. Fuera como fuese, ya a las horas que eran, algo tenía que haber pasado, en un sentido o en otro.

«A la mañana siguiente —siguió leyendo—, la mujer se despertó la primera; estaba rompiendo el día y desde la cama contempló la belleza del paisaje que se extendía ante sus ojos. Su marido todavía se estaba desperezando...»

Pero ¿cómo iba a ser capaz Minta de darle calabazas a estas alturas? No podía hacerlo, si aceptaba pasarse las tardes enteras con él deambulando por el campo los dos solos..., porque Andrew, claro, se iría a pescar cangrejos, aunque puede que Nancy también los hubiera acompañado. Trataba de reproducir en su imaginación el momento en que los vio en el vestíbulo después de comer, los dos allí de pie indecisos mirando el cielo, preguntándose qué tal tarde quedaría. Y ella, en parte para arropar su timidez y en parte para animarlos a salir (porque Paul contaba con todas sus simpatías), les había dicho:

—No se ve una sola nube en diez leguas a la redonda.

Y entonces notó que Charles Tansley los había seguido y se estaba riendo disimuladamente. Pero ella lo había dicho con toda intención. De lo que no estaba segura es de si Nancy habría ido con ellos o no, por mucho que se empeñase en mirarlos otra vez alternativamente con los ojos de su imaginación.

Siguió leyendo: «¡Ah!, esposa mía —dijo el marido—, ¿por qué tengo que ser rey? Yo no quiero ser rey. Está bien —dijo ella—, si tú no quieres ser rey, yo sí quiero. Vete a buscar al lenguado y dile que yo quiero ser rey».

—O sales o entras, Cam —dijo, dándose cuenta de que lo único que había atraído a Cam era la palabra «lenguado», pero que de un momento a otro empezaría a enredar y acabaría peleándose con James, como siempre. Cam salió corriendo. La señora Ramsay continuó leyendo el cuento con una gran sensación de alivio, porque con James se encontraba siempre muy a gusto, los dos tenían las mismas aficiones.

«Y cuando llegó al mar, estaba completamente gris plomo y las olas se alzaban bramando y olían a podrido. Se quedó de pie ante ellas y dijo:

Lenguadito, pez del mar,
te pido, salme a escuchar,
que mi esposa es buena, pero
no quiere lo que yo quiero.

¿Y qué es lo que quiere ahora? —dijo el lenguado...»

«¿Y dónde estarán ahora?», se preguntaba la señora Ramsay, leyendo y vacilando al mismo tiempo, sin mucha dificultad, porque la historia aquella del pescador y su mujer era como un contrabajo acompañando dulcemente una tonada, irrumpiendo acá o allá, cuando menos se espera, en mitad de la melodía. ¿Y cuándo la informarían a ella de lo ocurrido? Desde luego, si no había pasado nada, tendría que hablar con Minta muy en serio. Porque no podían andar deambulando todo el día por esos campos de Dios, aunque Nancy fuera con ellos..., y una vez más trataba de imaginárselos de espaldas, bajando por el sendero, y de contar sus figuras, pero no lo conseguía.

Se sentía responsable frente a los padres de Minta: La Lechuza y El Tenazas. Se le vinieron a la cabeza espontáneamente aquellos apodos, según seguía leyendo. Pues sí, a La Lechuza y al Tenazas les haría muy poca gracia si les llegaban rumores —y acabarían llegándoles, qué duda cabe— de que a su hija Minta durante su estancia en casa de los Ramsay, la habían visto por el campo, etcétera, etcétera.

«Había que ver al Tenazas con su peluca en la Cámara de los Comunes y a su mujer acudiendo solícita a ayudarle allí en lo alto de la escalera», repetía la señora Ramsay, repescando en su recuerdo a aquellos personajes por medio de esa frase que una noche, al volver de cierta fiesta con su marido se le había ocurrido para divertirle. ¡Válgame Dios! —se decía— ¿y cómo les habría salido una hija tan incongruente, que le daba igual llevar las medias rotas, aquel marimacho de Minta? ¿Cómo aguantaría vivir en un ambiente tan singular donde la criada se pasaba el día con el cogedor en la mano recogiendo la arena que tiraba el loro, y la conversación versaba casi exclusivamente sobre las proezas —tal vez interesantes, pero desde luego limitadas— de aquel pájaro? Así que, claro, habían empezado a llamarla para que fuera a comer, a tomar el té, a cenar, y habían acabado por invitarla a pasar unos días en Finlay, lo cual había provocado ciertos roces con La Lechuza, su madre, y más llamadas, y más conversaciones, y más arena del loro, y las verdad es que al final había tenido que decir tantas mentiras acerca de los loros que ya tenía bastante para toda su vida; y es lo que le venía contando a su marido aquella noche al volver de la fiesta.

De todas maneras, Minta vino... Sí, vino, cavilaba la señora Ramsay, barruntando cierta espinita en la maraña de esa cavilación. Y a fuerza de desenmarañar, acabó encontrando que era esto: en una ocasión cierta señora la había acusado de que «le robaba el cariño de su hija», y ahora, algo de lo que le había dicho la señora Doyle le volvía a traer el recuerdo de aquel reproche. Que quería mangonear, interferir, obligar a la gente a que hiciera lo que ella quería, eso era de lo que la solían acusar; pero, en su opinión, tales reproches eran de lo más injusto. ¿Qué culpa tenía ella de parecer «eso» a primera vista? Nadie podía achacarle que hiciera el menor esfuerzo por causar buena impresión. Su desaliño a veces la avergonzaba a ella misma. Y tampoco era dominante, ni tiránica. Más cierto era lo que pudieran decir de ella relacionado con hospitales, alcantarillado y lecherías. Estos asuntos la apasionaban y, de haber encontrado la ocasión propicia, le habría gustado coger a la gente por el cogote y obligarla a considerarlos desde su propio punto de vista. No había un solo hospital en toda la isla. Era una vergüenza. Y la leche que te traían a la puerta de casa en Londres estaba literalmente marrón de porquería; eso no se debería consentir. Una granja lechera modelo y un hospital allí eran dos cosas que a ella le habría encantado fundar. ¿Pero cómo lo iba a hacer, con tanto niño? Tal vez cuando crecieran tendría más tiempo libre, cuando fueran todos al colegio.

Ah, pero, por otra parte, hubiera deseado que ni James ni Cam crecieran, que no pasara ni un día más para ellos. A estos dos le habría gustado conservarlos siempre exactamente tal y como eran ahora, perversos diablillos y ángeles deliciosos, que no se convirtieran nunca en monstruos zanquilargos. Nada compensaba de tal pérdida. Precisamente ahora cuando estaba leyéndole a James aquello de «... y en esto apareció una multitud de soldados con timbales y trompetas», y vio cómo sus ojos se oscurecían, pensó: ¿por qué tiene que crecer y perder todo esto? Era el más dotado, el más sensible de sus hijos. Pero le parecía que todos prometían mucho. Prue se portaba con los demás como un verdadero ángel, y ya a veces, sobre todo por las noches, estaba tan guapa que le cortaba a uno la respiración. Andrew estaba extraordinariamente capacitado para las matemáticas, hasta su marido lo reconocía. Nancy y Roger, por ahora, eran dos criaturas salvajes, se pasaban todo el día vagabundeando por el campo. En cuanto a Rose tenía una boca demasiado grande, pero era una maravilla para cualquier trabajo manual. Cuando jugaban a charadas, ella hacía los trajes, lo hacía todo; lo que más le gustaba era arreglar mesas, flores o cualquier cosa. Le disgustaba un poco que Jaspers tuviera aquella afición a matar pájaros, pero eran cosas de la edad, todos pasaban por etapas así. ¿Por qué tendrán que crecer tan aprisa? —se preguntaba con la barbilla apoyada sobre la cabeza de James—. ¿Por qué tendrán que ir al colegio? Le hubiera gustado tener siempre un bebé, era tan feliz cogiéndolos en brazos. Entonces sí que podían decir de ella que era tiránica, dominante, avasalladora, lo que les diera la gana, que no le importaba nada. Y mientras le rozaba el pelo con los labios, estaba pensando que James nunca volvería a ser tan feliz como ahora, pero se detuvo al acordarse de lo mucho que se enfadaba su marido cuando decía aquello. Y sin embargo, era verdad. Nunca volverían a ser tan felices. Un juego de té de diez peniques podía hacer feliz a Cam por espacio de varios días. Desde que se despertaban ya los estaba oyendo gorjear y patalear en el piso de arriba, encima de su cabeza. Venían por el pasillo en tropel bullicioso; luego se abría la puerta de sopetón y aparecían, frescos como rosas, totalmente espabilados, mirando con descaro, como si aquella entrada en el comedor después del desayuno, que todos los días de su vida se producía de la misma manera, fuera un auténtico acontecimiento para ellos. Y así se les pasaba todo el día, entretenidos con una cosa y con otra, hasta que subía ella a darles las buenas noches y los encontraba presos en sus camitas como pájaros entre matas de fresas y frambuesas, todavía contándose historias sobre la cosa más tonta, algo que habían oído, algo que habían encontrado por el jardín. Todos tenían sus pequeños tesoros... Y ella bajaba luego y le decía a su marido que para qué tendrían que crecer y perder todo aquello; que nunca volverían a ser tan felices. Y él se enfadaba. ¿Por qué había que tener una visión tan sombría de la vida? No era lógico. Porque, cosa rara, a pesar de sus desalientos y desesperaciones, él era, en el fondo, más feliz que ella, más optimista; es lo que creía ella, por lo menos. Tal vez consistiera en que le alcanzaban menos las preocupaciones cotidianas. Y luego que siempre tenía el recurso de su trabajo. No es que ella fuera pesimista, como su marido le reprochaba; solo que cuando pensaba en la vida, se le aparecía ante los ojos una franja de tiempo: sus cincuenta años. Allí la tenía delante, la vida. Al pensar «la vida», siempre se le truncaba el pensamiento. Pero la escudriñaba, tenía la impresión de sentirla claramente allí, como una presencia real, como algo muy suyo que ni con su marido ni con sus hijos podía compartir. Se había establecido una especie de pacto entre ambas, por medio del cual ella quedaba en la parte de acá y la vida en la de allá, y siempre estaban peleando por arrancarse lo mejor la una de la otra, y a veces —cuando estaba sentada sola— parlamentaban, y recordaba que había habido grandes escenas de reconciliación. Pero en general, por raro que pareciera, tenía que reconocer que eso que llaman «vida» lo sentía casi siempre como algo terrible, hostil y dispuesto a saltar sobre uno alevosamente, a la menor ocasión. Y estaban los eternos problemas, el sufrimiento, la muerte, la miseria. Siempre, incluso allí mismo, había alguna mujer muriéndose de cáncer. Y a pesar de todo, ella les decía siempre a sus hijos: hay que seguir adelante; a ocho seres les había repetido lo mismo implacablemente. (Y la cuenta del arreglo del invernadero iba a subir a cincuenta libras.) Por eso, consciente de lo que les esperaba —ambiciones, amores, y desgarradora soledad en lugares sin aliciente—, se preguntaba tantas veces por qué tendrían que crecer y perder todo aquello. Y entonces, desenvainando su espada contra la vida, se decía a sí misma: qué tontería, serán totalmente felices.

«Y lo mismo me vuelve a pasar ahora —pensó— que otra vez siento la vida como algo más bien siniestro, pero no dejo de empujar a Minta para que se case con Paul Rayley.» Porque, fueran cuales fueran sus sentimientos acerca de su propio pacto con la vida, y había pasado por experiencias que no debían haberle ocurrido a todo el mundo (no quería mencionárselas ni a sí misma), se veía abocada, demasiado compulsivamente le parecía, casi como si significara una evasión también para ella, a decir que la gente había de casarse, que la gente debía engendrar hijos.

¿Estaría equivocada? Se lo preguntaba a sí misma, al tiempo que pasaba revista a su conducta de la última o dos últimas semanas y calibraba si en realidad no habría ejercido demasiada presión sobre Minta, que solo tenía veinticuatro años, tratando de influir en su decisión. Se sentía incómoda. ¿No se había tomado aquello un poco a la ligera? ¿Se había vuelto a olvidar de su enorme poder de persuasión sobre la gente? Para casarse hacía falta (volvió a acordarse de que la cuenta del invernadero subiría a cincuenta libras)... bueno, hacían falta muchas cualidades, pero una de ellas, aquella, la más esencial —no necesitaba mencionarla—, la que ella desplegaba con su marido, ¿la tendrían ellos?

«Luego se puso los pantalones y salió corriendo como alma que lleva el diablo —leyó—. Pero fuera había estallado una terrible tormenta, y el vendaval era tan fuerte que a duras penas conseguía tenerse en pie. Las casas y los árboles se derrumbaban, las montañas temblaban y las rocas rodaban al mar, el cielo estaba negro como la pez, tronaba y relampagueaba, y la marea llegaba en olas negras, coronadas de blanca espuma y tan altas que parecían montañas o torres de iglesia.»

Volvió la página. Ya solo quedaban unas líneas más, así que terminaría el cuento, aunque ya era hora más que de sobra de irse a la cama. Se estaba haciendo tarde. Se lo dijo la luz que venía del jardín; y el palidecer de las flores y cierto tono gris en las hojas se confabulaban para provocar en su alma un extraño sentimiento de ansiedad. Al principio no sabía bien por qué era. Luego se acordó de que Paul, Minta y Andrew no habían vuelto todavía. Convocó nuevamente ante sus ojos el pequeño grupo que formaban en la terraza, junto a la puerta del vestíbulo, allí de pie, mirando al cielo. Andrew llevaba su cesta y sus redes, lo cual quería decir que pensaba pescar cangrejos o bichos por el estilo. Y quería decir que podía ponerse a escalar rocas y que la marea lo dejara aislado. O que, al volver en fila india por aquellos estrechos vericuetos del acantilado, alguno podía perder pie, rodar y matarse. Estaba empezando a oscurecer del todo.

Pero no permitió que se alterara el tono de su voz en el remate del cuento, y las últimas palabras las dijo ya cerrando el libro y mirando a James a los ojos, como si las hubiera inventado ella misma: «Y allí siguen viviendo todavía».

—Se acabó —dijo luego.

Y vio que dentro de los ojos de James, al apagarse en ellos el interés por el cuento, otra cosa venía a sustituirlo; algo errante, pálido, como el reflejo de una luz que al surgir atrajera su mirada maravillada y perpleja. Se volvió y miró a lo lejos al otro lado de la bahía, y allí, en efecto, mandando a intervalos regulares a través de las olas, primero dos rápidos centelleos y luego otro más largo y uniforme, estaba la luz del Faro. Lo acababan de encender.

Seguro que James iba a preguntarle de un momento a otro: «¿Vamos a ir al Faro?», y ella tendría que contestarle: «No, mañana no, tu padre ha dicho que no». Afortunadamente apareció Mildred a buscar a los niños y con el jaleo se distrajeron. Pero James, cuando Mildred se lo llevaba, seguía mirando hacia atrás, por encima de su hombro, y la señora Ramsay estaba segura de que iba pensando: «No iremos al Faro mañana», y comprendió que se acordaría de aquello durante toda su vida.

11

No, pensaba mientras recogía algunas de las figuras recortadas por James —la nevera, la segadora, un señor de frac—, los niños nunca olvidan. Por eso debía tener uno tanto cuidado con lo que decía y con lo que hacía, y por eso también era un alivio cuando se iban a la cama. Ahora ya no tenía que pensar en nadie. Podía ser ella misma, existir por sí misma. Y de eso se sentía cada vez más necesitada últimamente: de pensar, bueno, ni siquiera de pensar, de estar callada, de estar sola. Todo su ser y su quehacer, expansivos, rutilantes, alborotadores, se desvanecían; y sentía, con una especie de solemnidad, cómo se iba reduciendo a sí misma, a un núcleo de sombra que se insinuaba en forma de cuña, algo invisible para los demás.

Aunque siguiera sentada haciendo punto, en la misma postura erguida, ahora era cuando empezaba a sentirse a sí misma, y todo su ser, habiéndose soltado de sus ligaduras, era libre de emprender las más insospechadas aventuras. Cuando la vida se sumerge durante un lapso de tiempo, el campo de la experiencia parece no tener límites. Y sospechaba que a todo el mundo le pasaría lo mismo que a ella, a Lily, a Augustus Carmichael, todos debían haber probado alguna vez esta sensación de que nuestros recursos son ilimitados, haber sentido que nuestra apariencia, aquellos elementos por los cuales la gente nos conoce, no son más que puerilidades. Debajo de ellos todo está oscuro, se extiende, es inescrutablemente profundo, pero de vez en cuando nos elevamos a la superficie, y eso es lo que ven los demás. Su horizonte no parecía tener límites. Allí estaban todos los países que nunca había visto: se vio a sí misma apartando la pesada cortina de cuero de una iglesia de Roma; allá estaban las llanuras de la India. Aquel núcleo de sombra podía alargarse y llegar a cualquier parte, porque nadie lo veía; nadie sería capaz de detenerlo —pensó llena de júbilo—. Allí estaba la libertad, allí estaba la paz, allí estaba —y era lo que más se agradecía de todo— un convocatoria conjunta, el descanso sobre una plataforma de estabilidad. Nunca se encuentra el descanso permaneciendo fiel al propio ser, a la propia experiencia (y al llegar aquí remató hábilmente con sus agujas cierto menguado del punto), sino convirtiéndose en esa especie de cuña de sombra. Al perder personalidad, pierde uno la inquietud, la prisa, la agitación; y afloró a sus labios una exclamación triunfal sobre la vida, como siempre que las cosas venían a fundirse en esta paz, en este descanso, en esta sensación de eternidad; y haciendo un alto en su trabajo miró hacia afuera en busca de aquel haz de luz que venía del Faro, aquel haz largo y uniforme, el último de los tres, el suyo, porque al mirar lo que nos rodea en ese estado de ánimo y a esa hora, no puede uno por menos de sentirse vinculado a alguna en particular de las cosas que mira; y esa cosa era para ella aquella tercera ráfaga de luz larga y uniforme, su ráfaga. Muchas veces le había pasado eso de estar sentada mirando algo, con la labor entre las manos, y, a fuerza de estar quieta y de mirar, había llegado a convertirse en lo mismo que miraba, como ahora, por ejemplo, en esa luz. Y podían aflorarle a la superficie frases sueltas —esta o la de más allá—, que habían quedado dormidas en el fondo de su pensamiento, como por ejemplo: «Los niños no olvidan nunca nada, nunca», que empezaba a repetir, y luego le iba añadiendo otra. «Todo concluirá, llegará a su fin —dijo—.

Lo que tenga que llegar, llegará.» Y de pronto, se sorprendió añadiendo: «Estamos en las manos del Señor».

Y en seguida se molestó consigo misma por haber dicho aquello. ¿Quién lo había dicho?, ella no, alguien le había tendido una trampa para que dijera lo que no quería decir. Miró por encima de su labor de punto y se encontró con el tercer haz de luz y le pareció que sus propios ojos se habían encontrado con sus propios ojos, que había escudriñado como solo ella era capaz de escudriñar en el fondo de su mente y de su corazón, purificándolos de cualquier sombra de mentira, desterrando de ellos la mentira. Ensalzando aquella luz, se ensalzaba a sí misma, pero sin vanagloria, era rigurosa, era penetrante y era bella como aquella luz. «Es curioso —pensó— hasta qué punto cuando uno está solo se funde con las cosas, con los objetos inanimados —árboles, riachuelos, flores—, y se siente uno expresado por ellos, parece que llegan a convertirse en tu propio ser, notas que te conocen como si, de alguna manera, fueran tú mismo, y sientes una ternura irracional hacia ellos (miró hacia la ráfaga de luz larga y uniforme) como hacia tu propia persona.» Y mientras estaba mirando aquella luz, con las agujas en suspenso, se levantó, subiendo en espiral del fondo de su mente, alzándose desde la laguna interior de su ser, la imagen, entre niebla, de una esposa al encuentro de su amado.

Pero ¿qué le había empujado a decir aquello de «estamos en las manos de Dios»?, se preguntaba. La mentira que se agazapa e insinúa entre las verdades era algo que despertaba su irritación y su enojo. Volvió a reanudar su labor. «¿Cómo puede ningún Señor haber creado este mundo?», se preguntaba. Con su inteligencia siempre había detectado el hecho de que no existen el orden, la razón ni la justicia, que solo hay dolor, muerte y miseria. No existía perfidia, por vil que fuera, que el mundo no fuera capaz de cometer; lo sabía. Ni dicha duradera; también lo sabía. Siguió haciendo punto con entereza y compostura, frunciendo un poquito los labios y su habitual empaque severo confería a los rasgos de su rostro, sin que ella se diera cuenta, tal fuerza y serenidad que cuando su marido pasó por allí, a pesar de que iba riéndose solo al imaginarse al filósofo Hume, gordísimo, que se había quedado atascado en un lodazal, no pudo por menos de fijarse, al pasar, en el rigor existente en la entraña misma de su belleza. Se ensombreció, le hería aquel aire ausente de ella, porque le hacía sentir, al pasar, que él no era capaz de protegerla, así que, cuando llegó al seto, se había puesto triste. No podía hacer nada para ayudarla. Tenía que limitarse a estar allí a su lado y a mirarla. Y la verdad, la horrible verdad, era que todo cuanto hacía por ella resultaba contraproducente. Era irritable, era susceptible, se había puesto de mal humor por culpa del Faro. Miró dentro del seto, dentro de su ramaje intrincado y sombrío.

«Siempre sale uno a desgana de la propia soledad —pensó la señora Ramsay—, hay que recurrir a los pretextos más banales, echarle la culpa a un ruido, a algo que se ha visto.» Se quedó a la escucha, pero todo estaba en completo silencio. Habían acabado la partida de críquet. A los niños los estaban bañando. No se oía más que el rumor del mar. Terminó la vuelta y levantó las agujas un momento estirando con las manos el calcetín marrón rojizo que colgaba de ellas. Volvió a mirar la luz. Y no sin cierto sarcasmo —porque siempre que uno se despierta parece que las relaciones con los demás han cambiado— contempló la luz uniforme, despiadada, inexorable, que era tan suya y tan poco suya, a cuya voluntad estaba sometida (se despertaba por las noches y la veía pasar oblicua sobre la cama, acariciando el suelo), y mientras la miraba hipnotizada, fascinada, como si aquellos dedos de plata estuvieran acariciando alguna vasija sellada dentro de su cerebro cuyo estallido la inundaría de delicia, pensó que había conocido la felicidad, una dicha exquisita e intensa, y las olas bravías se fueron plateando cada vez con un poco más de brillo, a medida que moría la tarde, y el azul del mar se despeñó en olas amarillo limón que se enrollaban, se hinchaban y venían a romper sobre la playa; y el éxtasis estallaba en sus ojos, y ondas de pura delicia se derramaban por el suelo de su mente y sintió... ¡basta! ¡basta!, sintió que no podía más.

Él se dio la vuelta y la vio. La encontró adorable, más adorable que nunca. Pero no podía hablar con ella. No podía interrumpirla. Tenía unas tremendas ganas de hablar con ella ahora que James se había ido y estaba por fin sola. Pero decidió que no, que no la interrumpiría. La encontraba tan reservada y distante en su belleza, en su melancolía. La dejaría en paz. Y cruzó por delante de ella sin decirle una palabra, aunque le dolía notarla tan alejada de él, reconocerse incapaz de alcanzarla, de hacer algo por venir en su ayuda. Y hubiera vuelto a pasar una vez más por allí delante sin cruzar palabra, de no haber sido porque ella quiso darle por su propia voluntad lo que sabía que él no le pediría nunca, así que le llamó y, descolgando el chal verde del marco del cuadro, salió a reunirse con él. Porque se había dado cuenta de que estaba deseando protegerla.

12

Se echó por encima de los hombros el chal verde, se cogió de su brazo, y enseguida se puso a hablar de Kennedy, el jardinero. Qué guapo era, qué buena facha tan impresionante, era incapaz de despedirlo. Había una escalera contra la pared del invernadero y se veían pegados por acá y por allá pedacitos de masilla, porque habían empezado la reparación del tejado. Claro, al pasar por allí con su marido, se dio cuenta de que había localizado el particular origen de su malestar. Según pasaban, tuvo en la punta de la lengua decirle: «Nos va a costar cincuenta libras», pero como el corazón se le encogía cuando se trataba de cuestiones de dinero, en vez de ese tema sacó a relucir el de la manía de Jaspers de pasarse el día cazando pájaros, y él la tranquilizó enseguida diciendo que eso era natural en un chico de su edad, pero que estaba seguro de que pronto se aficionaría a otras cosas mucho más apasionantes. Su marido tenía tan buen criterio para todo, era tan sensato. Así que le contestó: «Tienes razón, son etapas por las que tiene que pasar un chico», y pasó a hablar de las dalias del macizo grande y a preguntarle qué harían con las flores al año siguiente y que si se había enterado del apodo que le habían puesto los chicos a Charles Tansley. Le llamaban El ateo, El ateíllo.

—No se distingue precisamente por su refinamiento —comentó el señor Ramsay.

—No, ni mucho menos —dijo ella.

Suponía que podían dejarlo que se las compusiera por sus propios medios, añadió.

Y mientras decía aquello, se preguntaba si serviría de algo hacer traer bulbos, ¿los plantarían?

—Tiene que terminar su tesis —dijo el señor Ramsay.

La señora Ramsay dijo que ya lo sabía, que estaba enterada de todo lo de su tesis, que no hablaba de otra cosa; trataba de la influencia de alguien sobre no sé qué.

—Bueno, es que el pobre no tiene otra cosa de que hablar —dijo el señor Ramsay.

—Si a Prue se le ocurre casarse con él, la desheredo —dijo el señor Ramsay.

No miraba las flores de las que hablaba su mujer sino un punto más allá, por encima de ellas. Dijo que Tansley, en el fondo, no era mala persona y estaba a punto de añadir que él era el único chico joven de toda Inglaterra que había estudiado su obra a conciencia, pero se contuvo. No quería aburrirla volviéndole a hablar de su obra.

—Pues esas flores parece que están bien —dijo, deteniendo la vista en ellas y dándose cuenta de que unas eran rojas y otras de un tono más marrón.

La señora Ramsay dijo que sí, pero que esas las había plantado ella con sus propias manos. Que lo que le preocupaba ahora era qué pasaría si enviaba bulbos. ¿Los plantaría Kennedy? Era tan rematadamente vago —añadió, al tiempo que reemprendían el paseo—. Solo si la veía todo el día con la pala en la mano y encima de él, llegaba a trabajar un poquito. Siguieron andando y acercándose a las tritonias.

—Tus hijas se están volviendo tan exageradas como tú —reprochó a su mujer el señor Ramsay.

Pero la señora Ramsay puntualizó que la tía Camila era mil veces peor que ella.

—A nadie se le ha ocurrido, que yo sepa, poner a tu tía Camila por un modelo de virtudes —dijo el señor Ramsay.

—De joven era la mujer más guapa que he visto en toda mi vida —dijo la señora Ramsay.

—Yo sé de otra persona de quien se podría decir eso —dijo el señor Ramsay.

—Pues Prue va a ser muchísimo más guapa que yo —dijo la señora Ramsay.

Él dijo que no le veía trazas de ello.

—¿Que no las ves? Fíjate en ella esta noche —dijo la señora Ramsay.

Se detuvieron. Luego él dijo que le gustaría que Andrew apretara más en los estudios; de no hacerlo perdería la ocasión de que le concedieran una beca.

—¡Ya estamos con las becas! —dijo ella.

Al señor Ramsay le pareció un comentario muy frívolo sobre un asunto tan serio. Dijo que se sentiría muy orgulloso de Andrew si consiguiera una beca, y ella replicó que estaría igual de orgullosa si no se la dieran. Sobre aquel punto siempre estaban en desacuerdo, pero no tenía la menor importancia. A ella le parecía bien que él tuviera fe en las becas, y a él que ella estuviera orgullosa de Andrew, hiciera lo que hiciera. De repente a la señora Ramsay se le vinieron al recuerdo aquellos vericuetos en el borde del desfiladero.

¿No era muy tarde? —preguntó—. Todavía no habían vuelto. El abrió despreocupadamente la tapa de su reloj. No, acababan de dar solo las siete. Se quedó unos instante con el reloj abierto, mientras pensaba que le tenía que decir lo que había sentido antes, cuando estaba paseando por la terraza. Lo primero era que no se pusiera tan nerviosa, no tenía razón de ser; Andrew se sabía cuidar solo. Y luego quería decirle que antes, hace un momento, cuando estaba paseando por la terraza…, pero al llegar aquí se sintió incómodo como si estuviera violando su intimidad, aquella lejanía y aquel aire ausente tan suyos… Pero ella le insistió para que siguiera. ¿Qué había querido decir? Creyó que sería algo relacionado con la excursión al Faro, que tal vez estaba arrepentido de haberle dicho: «Vete al infierno». Pero no. Dijo que no le gustaba verla tan triste. Pero si no estaba triste, solo un poco en las nubes, protestó ella ruborizándose ligeramente. Los dos se sintieron incómodos, como si no supieran si seguir hablando de aquello o dejarlo. Es que como le había estado leyendo cuentos de hadas a James... —dijo ella—. Pero no, era imposible que compartieran aquello, era mejor no hablar de aquello.

Habían llegado al hueco que había entre los dos macizos de tritonias, y por allí, a lo lejos, volvía a verse el Faro, pero ella se prohibió a sí misma mirarlo. Se dijo que, de haber sabido que él la estaba vigilando, habría tenido buen cuidado de no quedarse allí sentada y ensimismada en sus ensoñaciones. Le molestaba todo lo que pudiera recordarle ese rato en que se quedó allí sentada y ensimismada. Así que miró hacia el pueblo por encima del hombro. Las luces oscilaban y parpadeaban como gotas de agua plateada traídas y llevadas por el viento. Cuánta miseria y cuánto sufrimiento se concentraban allí —pensó—. Las luces del pueblo y del puerto y de los barcos formaban una especie de red fantasmal flotando allí como para marcar algo que se había hundido. «Está bien —se dijo el señor Ramsay—, si no me deja compartir sus pensamientos, me escaparé a los míos.» Tenía ganas de seguir pensando en aquella historia de Hume hundiéndose en un cenagal, de contársela a sí mismo y de reírse. Pero antes tenía que convencerla de que era una tontería que estuviera preocupada por Andrew. Cuando él tenía la edad de Andrew solía andar todo el día vagando por el campo con un trozo de bizcocho en el bolsillo por toda provisión y a nadie se le ocurría preocuparse por él ni pensar que se hubiera caído por un acantilado. Y dijo en voz alta que en cuanto mejorara el tiempo tenía pensado irse por ahí de caminata un día entero, que ya estaba harto de Bankes y de Carmichael y que necesitaba un poco de soledad. Ella dijo que muy bien; y a él le molestó que no le llevara la contraria. Ella sabía de sobra que no haría esa excursión; tenía ya los huesos muy duros para andar por el campo un día entero con un trozo de bizcocho en el bolsillo. Se preocupaba por los chicos, pero por él ya no. Años atrás, antes de que se casaran —recordó él, mientras miraba hacia la bahía, parado allí entre los macizos de tritonias—, podía pasarse andando un día entero, alimentarse de pan y queso en una posada, trabajar diez horas seguidas sin necesitar de nadie más que de una vieja que asomaba de vez en cuando para atizar el fuego. Aquel paisaje de allá a lo lejos era el que más amaba, aquellas dunas que se desdibujaban en la oscuridad. Podía uno pasarse un día entero andando por ellas sin encontrar un alma. Apenas si se veía alguna casa, y ni un pueblo en varias leguas a la redonda. Se podía pensar en lo que fuera tranquilamente, en total soledad. Había playitas de arena que nunca habían sido holladas por la planta del hombre. Las focas salían del agua para mirarte. A veces le parecía que si viviera en una casita él solo, allá lejos..., pero espantó la idea suspirando. No tenía derecho a pensar eso, tenía que acordarse de que era padre de ocho hijos. Y tendría que ser un bestia y un mal nacido para desear que las cosas cambiaran lo más mínimo. Seguro que Andrew llegaría más lejos que él. Y Prue, según su madre, iba a ser una verdadera belleza. Tendrían que reducir algunos gastos; en el fondo, ocho hijos dan su quehacer. Le enseñaban a no renegar del todo de este mísero y pequeño mundo, porque hay que ver lo patéticamente pequeña que parecía en una tarde como aquella —pensó mirando las tierras que se difuminaban a lo lejos— la islita medio sumergida en medio del mar.

—¡Qué lugarejo tan miserable! —murmuró con un suspiro.

Ella le oyó. Decía las cosas más deprimentes del mundo, pero se había fijado en que, enseguida de haberlas dicho, parecía más animoso que de costumbre. Pensó si aquello de decir frases no sería para él como un juego, porque desde luego ella, con la mitad de lo que él decía, habría tenido bastante ya a estas alturas para saltarse la tapa de los sesos.

Le irritaba aquella manía suya de hacer frases, así que le dijo, de la manera más prosaica posible, que había quedado una tarde preciosa. Y también le preguntó medio en broma, medio quejándose, que a qué venía tanto refunfuñar, porque sospechaba lo que podía estar pensando: que, de no haberse casado, habría escrito libros mejores.

Que no se quejaba de nada —dijo él—. Bien sabía ella que no se quejaba, que no tenía ningún motivo de queja. Le cogió una mano, la levantó a la altura de sus labios y se la besó con una intensidad tal que a ella se le saltaron las lágrimas; y enseguida se la volvió a soltar.

Volvieron la espalda al paisaje y echaron a andar cogidos del brazo por el camino en cuesta bordeado de aquellas plantas de color verde plateado en forma de lanza. «Su brazo parece el de un chico joven, tan delgado y fuerte», pensó complacida la señora Ramsay. Daba gusto lo fuerte que estaba todavía, con sesenta años cumplidos, y luego tan indomable y optimista, porque lo raro de él era —reflexionó— que, estando convencido, como lo estaba, de que todo era una pura calamidad, tal idea no pareciera deprimirle sino, por el contrario, levantarle la moral. Resultaba incomprensible. Realmente, a veces le parecía hecho de un barro diferente al de los demás, como si hubiera nacido ciego, sordo y mudo para las cosas corrientes de la vida, pero con ojo de águila para las extraordinarias. Había ocasiones en que la agudeza de su entendimiento la dejaba atónita. Pero, en cambio, ¿se fijaba en las flores?, no, ni sabía ver el paisaje, ni se percataba de la belleza de su propia hija, ni de si lo que tenía en el plato era un trozo de *pudding* o de carne asada. Se sentaba a la mesa con ellos como sonámbulo. Y aquella costumbre de hablar solo y de recitar poesías en voz alta había ido en aumento; a la señora Ramsay le preocupaba, era algo que a veces resultaba tan violento. La pobre señorita Giddins se llevó un susto de muerte aquella vez que le gritó:

«¡Apartaos de mí, esplendor sublime!»

«Pero claro, también hay que tener en cuenta —pensó la señora Ramsay, tomando partido inmediatamente contra todas las insulsas señoritas Giddins de este mundo, al tiempo que insinuaba a su marido mediante una leve presión en el brazo que estaba subiendo la cuesta demasiado aprisa para ella y que se pararan un momento a ver si aquellos agujeros de topos en la ladera eran recientes—, hay que tener en cuenta —continuó mientras se inclinaba a observarlos— que una mente de la talla de la suya no puede medirse por el mismo rasero que las nuestras.» Seguro que se ha metido por ahí algún conejo, decidió, sin dejar de pensar, al mismo tiempo, que todos los grandes hombres que había conocido eran como su marido, y que por eso a los jóvenes les venía tan bien ir a escucharle e incluso simplemente a verle (aunque tenía que reconocer que a ella el ambiente de las salas de conferencias le resultaba opresivo y casi insoportable). ¿Pero cómo descastar a los conejos de allí sin matarlos?, se preguntaba. ¿Habría sido un conejo o un topo? Daba igual, el caso es que el bicho que fuera le estaba echando a perder los dondiegos de noche. Y, alzando los ojos, percibió, encima del tenue ramaje de los árboles, el latido de la primera estrella parpadeante, y le hubiera gustado enseñársela a su marido porque su contemplación la colmaba de gozo. Pero se detuvo. Él nunca se fijaba en las cosas. Caso de hacerlo, lo único que se le hubiera ocurrido sería exclamar con uno de sus suspiros: «¡Qué lugarejo tan miserable!».

En ese momento, y fingiendo mirar las flores, él dijo, para darle gusto: «¡Qué bonitas!». Pero ella comprendió de sobra que no las estaba admirando, que ni siquiera se estaba dando cuenta de que estaban allí, que solo lo había dicho para complacerla.

... ¿Pero aquellos que iban por allí paseando no eran Lily Briscoe y William Bankes? Enfocó sus ojos miopes hacia las espaldas de aquella pareja que se alejaba. Claro que lo eran. ¿No quería decir esto que podían llegar a casarse? ¡Claro, qué magnífica idea! ¡Se tenían que casar!

13

Mientras paseaba por el prado con Lily Briscoe, el señor Bankes le iba contando que había estado en Ámsterdam, y había visto los Rembrandts. También había estado en Madrid, pero con la mala suerte de que era Viernes Santo y el Prado estaba cerrado. Había estado en Roma. ¿Conocía Roma la señorita Briscoe? Debía hacerlo, sería para ella una experiencia inolvidable, la Capilla Sixtina, Miguel Ángel y Padua con sus Giottos. Su esposa había pasado muchos años delicada de salud, así que no había podido hacer mucho turismo.

Ella había estado en Bruselas y visitado París, pero en un viaje relámpago para visitar a una tía que estaba enferma. Había estado en Dresde; qué cantidad de cuadros se le habían quedado por ver. De todas maneras, pensaba que quizá era mejor no ver tantos cuadros; muchas veces solo sirven para hacerte sentir descontento de tu propia obra. Pero, según el señor Bankes, no se debía exagerar ese punto de vista. «No todos vamos a ser Tizianos o Darwins; aparte —dijo— de que ponía en duda que hubiéramos podido gozar de un Tiziano o de un Darwin, si no hubiera existido en el mundo gente vulgar y corriente como nosotros.» A Lily le hubiera gustado corresponder a aquella frase con un cumplido, decirle: «Pero usted, señor Bankes, no es una persona vulgar y corriente». Pero él no era amigo de cumplidos (a la mayoría de los hombres les gustan, pensó) y ella se avergonzó un poco de su primer impulso y no le dijo nada, mientras que el señor Bankes observaba que tal vez lo que estaba diciendo no pudiera aplicarse a la pintura. Daba igual, de todas maneras, dijo Lily, tragándose su ligera insinceridad, ella pensaba seguir pintando porque tenía mucha afición. El señor Bankes asintió y dijo que estaba seguro de ello, y, ya llegando al final del prado, le estaba preguntando si no le resultaba difícil encontrar en Londres temas de inspiración, cuando dieron la vuelta y vieron a los Ramsay. «Eso es el matrimonio —pensó Lily—: un hombre y una mujer mirando a una niña que juega a la pelota. Algo así debió ser —reflexionó— lo que intentaba decirme la otra noche la señora Ramsay.» Estaban los dos de pie muy juntos, ella con su chal verde, mirando atentamente cómo Prue le tiraba la pelota a Jasper. Y de repente, sin saber por qué, ese especial significado que a veces inviste a una persona que vemos subiendo las escaleras del Metro o llamando a una puerta, y la convierte en algo representativo o simbólico, descendió sobre ellos, y tal como estaban allí de pie, ante el crepúsculo, quietos, mirando, marido y mujer, se convirtieron en el símbolo mismo del matrimonio. Luego, después de unos instantes, el contorno simbólico que nimbaba las figuras reales se desvaneció y volvieron a ser, como cuando se encontraron con ellos, el señor y la señora Ramsay mirando a sus hijos jugar a la pelota. Pero, aunque la señora Ramsay los acogiera con su habitual sonrisa («está pensando en que acabaré casándome con el señor Bankes», se dijo Lily) y dijera: «Vaya, esta noche he ganado yo», refiriéndose a que, por una vez, el señor Bankes accedía a quedarse a cenar con ellos, en vez de escaparse a su casa a comerse aquella verdura que su criado le cocinaba tan bien, aún durante unos instantes permaneció aquella sensación de que las cosas habían sido barridas de un soplo, una sensación de distancia, de irresponsabilidad, al tiempo que la pelota subía muy alta; y ellos la siguieron con la vista y la perdieron, y fue cuando vieron la primera estrella entre el ramaje. A aquella luz caediza, las figuras de todos se recortaban etéreas, como separadas unas de otras por grandes distancias. Entonces, volviéndose de un salto por el ancho espacio (porque la gravedad parecía haberse esfumado por completo), Prue corrió a toda velocidad hacia ellos, cogió limpiamente la pelota en el aire con la mano izquierda, y fue cuando su madre le preguntó: «¿No han vuelto todavía?», con lo cual se rompió el hechizo. El señor Ramsay se sintió ahora libre de reírse a carcajadas de Hume, aquella vez que se cayó a un cenagal, y una mujer le sacó a condición de que rezara un padrenuestro; y riendo solo se encaminó hacia su despacho. La señora Ramsay, volviendo a traer a Prue al círculo de vida familiar, del que se había escapado jugando a la pelota, le preguntó:

—¿Iba Nancy con ellos?

14

(Sí, Nancy, en efecto, había ido con ellos, porque Minta Doyle se lo había pedido con aquella mirada muda, tendiéndole la mano, cuando Nancy, recién acabada la comida, estaba a punto de correr a su buhardilla para escapar al sopor de la vida familiar. Le pareció que no tenía más remedio que ir, pero no tenía ganas. No tenía ganas de que la enredaran en todo aquello. Porque cuando iban por el camino hacia el acantilado Minta insistió en cogerle una mano. Se la soltaba. Se la volvía a coger. ¿Qué es lo que querría?, se preguntaba Nancy. Siempre hay alguna intención, por supuesto, en lo que la gente hace; por eso cuando Minta le cogió la mano y se le volvía a soltar, Nancy, aun en contra de su voluntad, veía el mundo entero desplegado a sus pies, como si se le apareciera Constantinopla a través de la niebla, en cuyo caso, por muy abotargados de sueño que tuviera los ojos quien lo mirase no podría por menos de preguntar: «¿Aquello es Santa Sofía? ¿Es aquello el Cuerno de Oro?». De la misma manera, cuando Minta le cogió la mano, Nancy se preguntó: «¿Qué querrá?

¿Querrá aquello?» Pero ¿qué era aquello? Acá y allá surgían de entre la niebla, mientras Nancy contemplaba la vida desplegada a sus pies, un capitel, una cúpula, cosas sin nombre que sobresalían. Pero cuando Minta soltaba su mano, como hizo al bajar corriendo la ladera, todo aquello, capiteles, cúpulas, o lo que fuera que sobresalía entre la niebla, se hundió dentro de ella y desapareció.

Minta, según pudo apreciar Andrew, era una andarina bastante buena. Llevaba una ropa más razonable que la mayoría de las mujeres, faldas muy cortas y pantalones de golf negros. Era capaz de meterse en un arroyo y vadearlo. Le gustaba su audacia, pero comprendía que no estaba bien, que el día menos pensado se iba a romper la cabeza de la manera más tonta. No parecía tener miedo de nada más que de los toros. A la mera vista de un toro en el campo levantaba los brazos y se echaba a correr chillando, que es precisamente la manera más eficaz de provocar a un toro. Pero no le importaba lo más mínimo confesarlo, eso había que reconocerlo. Decía que con respecto a los toros era una cobarde espantosa, que ya lo sabía, y pensaba que a lo mejor le habría atacado alguno siendo niña, cuando iba en su cochecito. Nunca parecía darle demasiada importancia a lo que decía o a lo que hacía. Ahora, de repente, saltó al borde del acantilado y se puso a cantar algo así como:

Maldigo tus ojos, tus ojos maldigo.

Los demás no pudieron por menos de corear el estribillo, y todos acabaron vociferando al unísono:

Maldigo tus ojos, tus ojos maldigo,

pero sería horrible que subiera la marea y cubriera los sitios estratégicos para pescar antes de que hubieran llegado a la playa.

—Horrible —asintió Paul.

Dio un salto y, mientras se dejaban deslizar por las rocas abajo, él iba repitiendo los informes de la guía acerca de «aquellas islas justamente alabadas por sus panoramas amenos y la extensión y variedad de sus raras especies marinas». Pero a Andrew no acababa de gustarle del todo tanto vocerío y tanto maldecir tus ojos —lo pensó según miraba dónde poner el pie para bajar por el desfiladero—, ni tanto recibir golpecitos en la espalda y oírse llamar «viejo amigo», ni nada de aquello. Era lo malo de ir con chicas de excursión. Una vez en la playa, se separaron: él se quitó los zapatos, metió dentro los calcetines enrollados y se encaminó hacia la Nariz del Papa, dejando a la pareja aquella que se cuidara sola; Nancy se dirigió vadeando hacia sus rocas y sus charcas predilectas. Se agachó a tocar las suaves anémonas que parecían de goma, pegadas como trozos de gelatina a la pared de las rocas. Perdida en sus cavilaciones, convirtió la charca en un mar y los pececillos en tiburones y ballenas y, alzando la mano para tapar el sol, jugaba a desplegar amplias nubes sobre aquel pequeño mundo, trayendo así la desolación y la tiniebla, como si fuera el mismísimo Dios, a millones de criaturas ingenuas e inocentes; luego quitaba la mano de repente y dejaba que el sol volviera a inundarlo todo. Afuera, sobre la pálida arena marcada por la marea, cierto fantástico leviatán que se había deslizado por las anchas hendiduras de la ladera de la montaña avanzaba a grandes zancadas, estrafalario, enguantado, majestuoso —y la niña se puso a ensanchar aún más la charca—. Y luego, dejando deslizar imperceptiblemente su mirada por encima de la charca y posándola en la línea ondulante donde se unían mar y cielo, y en los troncos de árboles dibujados con trazo tembloroso sobre el horizonte por el humo de los buques, se empezó a sentir violentamente arrastrada por todo aquel influjo y también inevitablemente ensimismada, hipnotizada; y las dos sensaciones, la de aquella inmensidad y la de esta insignificancia (la charca había vuelto a disminuir de tamaño), al florecer simultáneamente en su interior, le daban la impresión de que estaba atada de pies y manos, incapacitada para moverse ante la intensidad de aquellas sensaciones que dejaban su propio cuerpo, su propia vida y los de todas las personas del mundo reducidos para siempre a la nada. En estas ensoñaciones se perdía, en cuclillas sobre la charca y escuchando el rumor de las olas.

Y cuando oyó gritar a Andrew que estaba subiendo la marea, se puso en pie de un brinco y chapoteando por las olas poco profundas alcanzó la orilla y echó a correr por la playa y, arrastrada por su propio ímpetu, por el placer mismo de la velocidad, apareció detrás de una roca y allí —¡oh, cielos!—, vio a Paul y Minta uno en brazos de otro y casi seguro besándose. Era ofensivo, indignante. Andrew y ella se pusieron los calcetines y los zapatos sin comentar nada, en un silencio mortal. Incluso se hablaron con bastante sequedad. Andrew refunfuñó que bien le podía haber avisado cuando vio aquel cangrejo o lo que fuera. De todas maneras los dos pensaban que la culpa no era suya, a ninguno de ellos le gustaba que se hubiera producido un episodio tan sumamente desagradable. Tanta rabia le daba a Andrew que Nancy fuera una chica, como a Nancy que Andrew fuera un chico, y se ataron los zapatos concienzudamente, anudándose muy fuerte los cordones.

Hasta que llegaron a la cumbre del acantilado no se dio cuenta Minta de que había perdido el broche de su abuela y se echó a llorar, el broche de su abuela, la única joya que tenía —¿no se acordaban?—, era un sauce llorón engarzado en perlas. Lo tenían que haber visto, les decía con las lágrimas corriéndole por las mejillas, lo llevaba su abuela prendido siempre en la cofia, hasta el día en que murió. Y ahora lo había perdido. ¡Hubiera preferido perder cualquier cosa en el mundo antes que eso! Tenía que volver a ver si lo encontraba. Volvieron todos. Escudriñaron por todas partes, miraron y remiraron, con la cabeza gacha, entrecruzando comentarios breves y malhumorados. Paul Rayley rebuscaba como un poseso por todas las rocas donde habían estado sentados. A qué venían tantos aspavientos por un simple broche, pensó Andrew cuando Paul le mandó que hiciera «un meticuloso rastreo entre aquella zona y esta». La marea estaba subiendo a toda prisa; en pocos minutos cubriría el sitio donde habían estado sentados. No había el menor atisbo de probabilidad de encontrar el broche en tan breve tiempo. «¡Nos vamos a quedar cercados!», chilló Minta de repente, llena de susto. «¡Como si fuera posible!», pensó Andrew, otra vez igual que con lo de los toros, no era capaz de controlar sus emociones; ninguna mujer es capaz. El pobre Paul no sabía qué hacer para calmarla. Al final los hombres (porque de repente Paul y Andrew tomaron una actitud viril, distinta a la de siempre), tras una breve deliberación, decidieron que plantarían el bastón de Rayley como señal para saber dónde habían estado sentados y volver cuando bajara la marea. Ahora ya no se podía hacer otra cosa. Si el broche estaba allí, seguiría estando allí al día siguiente, le iban asegurando a Minta, pero ella no dejaba de lloriquear mientras subían por el camino que llevaba a la cumbre del acantilado. Era el broche de su abuela, habría preferido perder cualquier cosa en el mundo a perder aquello, y de pronto a Nancy le pareció que, aunque realmente sintiera mucho haber perdido el broche, no era solo por eso por lo que estaba llorando. Que estaba llorando por algo más. Le daba la impresión de que tenían que haberse sentado todos a llorar con ella; pero no sabía por qué motivo.

Paul y Minta iban en cabeza, y él, para consolarla, le iba diciendo que tenía fama por lo bien que se le daba encontrar cosas. Una vez, cuando era pequeño, encontró un reloj de oro. Se levantaría al amanecer y estaba seguro de encontrar el broche. Pensaba que tal vez estuviera aún demasiado oscuro y le parecía como si allí solo en la playa tan temprano fuera a correr algún peligro. Pero sin embargo a ella le decía que estaba seguro de que lo iba a encontrar, y ella le contestaba que no, que de ninguna manera consentía que se levantara al amanecer: el broche se había perdido, lo sabía, tuvo el presentimiento de que lo iba a perder ya cuando se lo puso por la tarde.

Y él decidió en secreto no volver a decírselo a ella, pero levantarse y salir de puntillas al rayar el alba, cuando todos estuvieran dormidos, y, caso de no poder encontrarlo, ir a Edimburgo y comprarle otro lo más parecido posible y más bonito todavía. Así demostraría lo que era capaz de hacer. Y cuando llegaron a la cima del acantilado y vio allá abajo las luces del pueblo, esas luces surgiendo de repente una detrás de otra, le aparecieron cosas que iban a ocurrirle: su boda, sus hijos, su hogar; y cuando ya salieron a la carretera, sombreada por altos arbustos, iba pensando en cuando vivieran los dos juntos y solos, en los interminables paseos que darían, siempre bien apretada ella contra su flanco y él siempre conduciéndola, igual que ahora. Cuando se metieron por el atajo se acordó de la experiencia tan tremenda por la que acababa de pasar y se dijo que se lo tendría que contar a alguien, a la señora Ramsay, claro, porque se le cortaba la respiración cada vez que pensaba en lo que le había pasado y en lo que había hecho. Había pasado el peor rato de su vida cuando le preguntó a Minta si se quería casar con él. Iría derecho a hablar con la señora Ramsay, porque de alguna manera intuía que era ella quien le había empujado a dar aquel paso. Le había hecho creer que era capaz de cualquier cosa. Nadie más que ella le había tomado jamás en serio. Pero ella le había convencido de que era capaz de hacer lo que se propusiera. Todo el día de hoy había sentido sus ojos posados sobre él, persiguiéndole como si quisieran decirle —aunque no pronunciase una sola palabra—: «Sí, eres capaz de hacerlo. Creo en ti. Lo espero de ti». Le había hecho sentir todo aquello (buscó, a través de la bahía, las luces de la casa), así que en cuanto llegaran a casa, se dirigiría a ella y le diría: «Lo he logrado, señora Ramsay, gracias a usted». Y al torcer por el sendero que llevaba a la casa, vio parpadear luces en las ventanas de arriba. Debía ser horriblemente tarde, estarían a punto de cenar. Toda la casa estaba encendida y, después de tanta oscuridad, aquellas luces le llenaban los ojos, y de una forma totalmente infantil, según avanzaba por el paseo, exclamó para sí mismo ¡luces, luces, luces!, al entrar en la casa, mientras miraba alrededor con gesto serio. Pero, por todos los santos del cielo, se dijo a sí mismo, al tiempo que se arreglaba la corbata, no me puedo poner en ridículo.)

15

—Sí —dijo Prue con aire juicioso, contestando a la pregunta de su madre—. Creo que Nancy fue con ellos.

16

Así que Nancy había ido con ellos, conjeturaba la señora Ramsay, mientras dejaba el cepillo sobre el tocador, cogía el peine y decía, al oír un golpecito en la puerta: «Adelante» (Jasper y Rose entraron), preguntándose al mismo tiempo con perplejidad si la presencia de Nancy añadiría probabilidades o las restaría a un posible accidente. Las restaba —intuyó la señora Ramsay de manera algo ilógica—; no resultaba probable una catástrofe a tan gran escala. No se iban a haber ahogado todos. Y de nuevo volvió a sentirse sola ante la presencia de su vieja antagonista: la vida.

Jasper y Rose dijeron que Mildred preguntaba si había que retrasar la cena o no.

—Ni por la reina de Inglaterra —dijo la señora Ramsay con gran énfasis.

Y dirigiéndose luego a Jasper con una sonrisa de complicidad porque él compartía aquella tendencia de su madre a la exageración, añadió:

—¡Ni por la emperatriz de México!

Y mientras Jasper llevaba el recado, si Rose quería —dijo—, podía ayudarle a elegir las joyas que se iba a poner. Cuando hay quince personas a la mesa, no se las puede hacer esperar indefinidamente. Empezaba a irritarle que tardaran tanto en volver; era una desconsideración por su parte, y lo que más le molestaba, además de la preocupación por ellos, era que se les hubiese ocurrido llegar con retraso precisamente esta noche, cuando tenía especial interés en que la cena resultase bien, ya que el señor Bankes había accedido, por fin, a compartirla con ellos y Mildred había preparado su especialidad, el *bœuf en daube*. El éxito dependía de servir los guisos justo en el momento en que estuvieran en su punto. La carne, el laurel, el vino, todo tenía que estar en su punto. No era posible hacerlo esperar. Y tenía que haber sido esta noche entre todas las que habían elegido para salir y volver tarde, para que hubiera que volver los platos a la cocina y recalentarlos, para que el *bœuf en daube* se echara a perder completamente.

Jasper le ofreció un collar de ópalo; Rose, uno dorado. ¿Cuál de los dos le quedaría mejor sobre su traje negro?

—Es verdad, ¿cuál de los dos? —dijo la señora Ramsay distraída, mirándose al espejo los hombros y el escote, pero esquivando la cara.

Y luego, mientras los niños revolvían entre sus cosas, se puso a mirar hacia la ventana, en busca de un espectáculo que siempre la divertía: el de los grajos decidiendo en qué árbol posarse. A cada momento parecían cambiar de idea y levantaban el vuelo otra vez, y era porque el más viejo, el padre grajo, el viejo Joseph como ella lo llamaba, era un pájaro difícil y de mal asiento. Era un viejo pájaro desacreditado y que había perdido la mitad de sus plumas. Se parecía a un caballero viejo y ojeroso, con sombrero de copa, que había visto una vez tocando la trompeta a la puerta de una taberna.

—¡Mirad! —les dijo riéndose.

En aquel momento se estaban peleando. Joseph y Mary se estaban peleando. A pesar de todo, volvieron a levantar el vuelo y surcaban el aire con sus negras alas, cortándolo en exquisitas formas que semejaban cimitarras. El movimiento de sus alas batiendo y batiendo, que nunca lograría describir en forma lo bastante satisfactoria, era una de las cosas que más le gustaban.

—Míralos —le dijo a Rose, esperando que Rose lograra verlo más claro que ella, porque los hijos a veces le dan un pequeño empujón a las propias percepciones.

¿Pero cuál iba a llevar por fin? Habían abierto todos los cajoncitos del joyero. ¿El collar dorado italiano, el de ópalos que trajo de la India el tío James, o prefería las amatistas?

—Escoged vosotros, hijos, escoged —dijo, esperando que se dieran un poco de prisa.

Pero les dejó tomarse tiempo para elegir; dejó especialmente a Rose que fuera cogiendo tan pronto una como otra de sus joyas y se las fuera probando sobre el traje negro, porque esta pequeña ceremonia de escogerle las joyas, que tenía lugar todas las noches, a Rose le encantaba y ella lo sabía. Debía tener sus propios y ocultos motivos para darle tanta importancia a esta elección de lo que su madre iba a llevar puesto. Mientras permanecía quieta dejando que le abrochara el collar elegido, la señora Ramsay se preguntaba qué motivos podrían ser estos, adivinando, a través de su propio pasado, cierto sentimiento profundo, enterrado y bastante inefable que se experimenta hacia la propia madre a la edad de Rose. Y como todos los sentimientos que le atañen a uno mismo, la señora

Ramsay notó que aquel le entristecía. ¡Era tan insuficiente lo que se podía dar a cambio y lo que Rose sentía por ella guardaba tan poca relación con lo que era en verdad! Y Rose crecería, y Rose, con aquella sensibilidad suya tan profunda, era de suponer que sufriría; y dijo que ya estaba lista y que podían bajar, y que Jasper, como era el caballero, le daría el brazo, y Rose, como era la señorita, le llevaría el pañuelo, y le dio su pañuelo, ¿y qué más?, ah, sí, podía hacer frío: un chal. Y para darle gusto a Rose, que estaba destinada a sufrir tanto, le dijo que le eligiera uno.

—Mirad allí —dijo, parándose en la ventana del rellano—, ya están allí otra vez.

Joseph se había posado en la copa de otro árbol.

—¿Crees que les preocupa tener las alas rotas? —le preguntó a Jasper.

Y también le preguntó por qué se empeñaba en disparar contra esos pobres Joseph y Mary. Jasper se quedó un poco rezagado en las escaleras y se sintió en falta, aunque no mucho, porque ella no podía entender lo divertido que es matar pájaros; ellos no sienten nada; pero su madre, por el hecho de serlo, vivía en un mundo aparte, y, sin embargo, a él le gustaban sus cuentos sobre Mary y Joseph, le hacían mucha gracia. ¿Pero cómo sabía que aquellos precisamente eran Mary y Joseph? ¿Es que creía que los mismos pájaros vienen a posarse todas las noches al mismo árbol?, —preguntó.

Pero al llegar aquí, de repente, como les pasa siempre a las personas mayores, ella había dejado de hacerle caso, pendiente de un alboroto que se oía en el vestíbulo.

—¡Han vuelto! —exclamó, experimentando inmediatamente más enfado que consuelo.

¿Habría ocurrido? —se preguntaba—. Seguro que cuando bajase se lo contarían. Pero no. No le podrían contar nada habiendo tanta gente delante. Habría que bajar, sentarse a la mesa y esperar. Y, a manera de una reina que, viendo a sus súbditos reunidos en el vestíbulo, los mira desde arriba y desciende a mezclarse con ellos, agradece en silencio su tributo y acepta su devoción y vasallaje, bajó las escaleras, cruzó el vestíbulo (Paul no movió un solo músculo y miró al vacío cuando ella pasaba), e inclinó la cabeza ligeramente, como aceptando algo informulado: el tributo a su belleza.

Pero olía un poco a quemado. Se paró. ¿Habrían tenido demasiado tiempo al fuego el *bœuf en daube?* —se preguntó—. Ojalá que no. Y en esto el estrépito del gong anunció, solemne y autoritario, a todos los que andaban desperdigados por buhardillas y dormitorios, cada cual a lo suyo, unos leyendo, otros escribiendo, retocándose el pelo o abrochándose el traje, que debían interrumpirlo todo, dejar los cachivaches en sus respectivos tocadores y lavabos, las novelas y aquellos diarios tan privados en la mesilla de noche, y congregarse en el comedor para cenar.

17

«¿Pero qué he hecho yo de mi vida?», se preguntaba la señora Ramsay, mientras ocupaba su sitio en la cabecera de la mesa y miraba los redondeles blancos de los platos sobre ella.

—William, siéntese a mi lado. Y Lily, allí —dijo con voz cansada.

Ellos —Paul Rayley y Minta Doyle— tenían aquello, ella solo esto: una mesa infinitamente larga llena de platos y cubiertos. Al otro extremo estaba sentado su marido, hecho un ovillo, con el ceño fruncido. ¿Por qué? No lo sabía. No le importaba. No podía entender cómo había podido sentir alguna vez cualquier tipo de emoción o de afecto hacia él. Tenía la sensación, mientras servía la sopa, de haber pasado por encima de todas las cosas, a través de todas las cosas y de haberse quedado fuera de todas las cosas, como si hubiera allí un remolino —allí mismo— y uno pudiera estar o dentro de él o fuera de él, y ella estuviera fuera de él. Todo está tocando a su fin, pensó mientras los veía entrar a uno tras otro, a Charles Tansley («siéntese ahí, por favor»), a Augustus Carmichael —y sentarse—, en tanto esperaba, pasivamente, que alguien le preguntara algo, que ocurriera algo. Pero son cosas, pensó mientras llenaba de sopa el cucharón, que no se pueden expresar.

Levantó las cejas al considerar la discrepancia entre lo que estaba pensando y lo que estaba haciendo —sirviendo sopa—, y se sentía, cada vez con mayor intensidad, fuera de aquel remolino; o como si viera las cosas en su cruda realidad porque una sombra hubiera descendido sobre ellas para robarles el color. Miró alrededor: ¡qué vieja estaba la habitación!, no veía belleza por ningún lado. Evitó mirar al señor Tansley. Nada parecía tener que ver con nada. Cada uno, en su silla, estaba aislado de los demás. Y el peso del esfuerzo para combinarlo todo y hacerlo fluir y crearlo recaía sobre ella. Nuevamente se dio cuenta, aunque sin hostilidad, de la evidente condición estéril de los hombres, porque si ella no hacía aquel esfuerzo, nadie lo iba a hacer; así que, dándose a sí misma ese golpecito que se le da a los relojes cuando se paran, el viejo pulso familiar empezó a latir y el reloj volvió a su tictac —uno, dos, tres, uno, dos, tres—. Y así sucesivamente, y así sucesivamente, se repetía escuchándolo, abrigando y fomentando aquel pulso aún débil, como quien protege una débil llama con un periódico. Y así siempre, concluyó, volviéndose en silencio hacia donde estaba sentado William Bankes, que el pobre no tenía mujer ni hijos y cenaba siempre, menos esta noche, solo en su pensión. Y la compasión por él le hizo sentir que la vida volvía a tener suficiente fuerza para arrastrarla y para hacerle reemprender sus tareas, de la misma manera que el marinero ve, no sin cierto tedio, cómo el viento vuelve a henchir su vela pero no siente el deseo de irse otra vez, y piensa que si el barco se hundiera, bajaría con él girando y girando hasta encontrar descanso en el fondo del mar.

—¿Encontró usted sus cartas? Mandé que se las dejaran en el vestíbulo —dijo a Williams Bankes.

Lily Briscoe observó su deriva hacia esa extraña tierra de nadie, por donde es imposible seguir a la gente cuando se adentra en ella, pero su marcha produce tal escalofrío en quien la contempla, que trata uno de seguirla, al menos con la vista, como se sigue a un barco que se va desdibujando hasta que sus velas se pierden en el horizonte.

Cuánto ha envejecido, qué estropeada está, pensó Lily, y qué aire tan ausente. Y cuando se volvió a William Bankes y le sonrió, fue como si el barco hubiera dado la vuelta y el sol hubiese herido sus velas de nuevo. Y Lily pensó de buen humor, porque se sentía relajada, ¿pero por qué le compadecerá? Porque era la impresión que había dado al decirle que tenía las cartas en el vestíbulo. «Pobre William Bankes», parecía estar diciendo, como si su propio cansancio le hubiera venido en cierto modo de apiadarse de la gente, y al mismo tiempo la vida, aquella resolución de volver a vivir, estuviera fomentada para ella por la compasión. Y según Lily no era cierto, era uno de aquellos errores de juicio propios de ella, que parecían cimentarse instintivamente más en una especie de carencia personal que en las ajenas. No es digno de lástima en absoluto, tiene su trabajo, se dijo Lily. Y se acordó de repente, como si hubiera encontrado un tesoro, de que también ella tenía su trabajo. Vio su cuadro, en un rápido vislumbre, y pensó: «Sí, pondré el árbol más al centro y así resolveré aquel espacio vacío. Es lo que tengo que hacer. Eso es lo que me preocupaba». Cogió el salero y lo puso sobre una de las flores del mantel para acordarse de que tenía que trasladar el árbol.

—Es curioso que casi nunca reciba uno nada que merezca la pena, y sin embargo sigamos esperando el correo con ilusión —dijo el señor Bankes.

Qué tonterías tan grandes están diciendo, pensó Charles Tansley, dejando la cuchara justo en el centro del plato, que había rebañado como movido por su afán de asegurarse el sustento. Es lo que pensó Lily, que lo miraba allí sentado frente a ella de espaldas a la ventana, justo en el medio, quitándole la vista. Todo en él dejaba traslucir una mezquina meticulosidad, una desnuda antipatía. Pero a pesar de todo resulta casi imposible, de hecho, sentir aversión hacia nadie cuando se le mira. Sus ojos le gustaban, eran azules, muy profundos, aterradores.

—¿Escribe usted muchas cartas, señor Tansley? —preguntó la señora Ramsay, compadeciéndole también a él, según le pareció a Lily.

Porque la verdad era que la señora Ramsay siempre compadecía a los hombres, como si les faltara de todo, y nunca a las mujeres, como si lo tuvieran todo.

Que solía escribir a su madre, pero no siendo eso, no creía que llegara a mandar más de una carta al mes, dijo el señor Tansley, cortante.

Porque no se iba a poner a hablar de las tonterías que aquella gente quería oír de él. No iba a consentir rebajarse al nivel de aquellas mujeres tan idiotas. Había estado leyendo en su cuarto y ahora que había bajado todo le parecía estúpido, superficial y baladí. ¿Por qué se cambiaban de traje? El había bajado con la misma ropa. El no tenía ropa de vestir. «No recibe uno nunca por correo nada que merezca la pena», ese era el tipo de cosas que siempre andaban diciendo. Era el tipo de cosas que les hacían decir a los hombres. Y sí, era bien verdad —pensó—, no recibían nada que mereciera la pena de un año a otro, no hacían otra cosa más que hablar, hablar, hablar y comer, comer, comer. La culpa era de las mujeres. Las mujeres hacen imposible el progreso con todos sus «encantos» y tonterías.

—No iremos mañana al Faro, señora Ramsay —dijo en forma perentoria, como para hacerse fuerte.

Ella le gustaba, despertaba su admiración, se acordaba todavía de la mirada que le había lanzado aquel hombre que estaba cavando una zanja. Pero sentía la necesidad de no dar su brazo a torcer.

Realmente, a pesar de sus ojos —pero había que ver lo que eran la nariz y las manos— Lily Briscoe pensó que era el hombre menos atractivo que había conocido en su vida. ¿Y entonces, por qué le tenía que dar importancia a nada de lo que dijera? Que las mujeres no son capaces de escribir, que las mujeres no son capaces de pintar... ¿y qué le importa eso viniendo de él, si se notaba bien que no lo decía porque lo creyera, sino porque por alguna extraña razón le servía de ayuda? ¿Por qué tenía que humillarse todo su ser, como el centeno bajo el viento, y necesitar siempre, para volver a levantarse de tal humillación, hacer un esfuerzo tan grande y doloroso? Lo tenía que hacer una vez más. «Ahí, sobre la ramita del mantel, ahí está mi cuadro; tengo que desplazar el árbol al centro; es lo único que me importa, lo demás me da igual.» ¿Por qué no aferrarse a aquello, en vez de perder los estribos y meterse a discutir, y si quería una pequeña revancha, tomársela riéndose un poco de él?

—Oh, señor Tansley —dijo—, lléveme al Faro con usted, por favor, me encantaría.

Le estaba mintiendo, y él lo notó. Le decía cosas que no pensaba, solo para fastidiarle, quién sabe por qué razón se estaba riendo de él. Había bajado con los viejos pantalones de franela. No tenía otros. Se sintió poco refinado, aislado y solo. Se daba cuenta de que, por alguna razón, estaba tratando de tomarle el pelo, de que en realidad no tenía interés ninguno en ir con él al Faro. Le despreciaba; igual que Prue Ramsay, igual que todos. Pero no estaba dispuesto a dejarse poner en ridículo por las mujeres, así que deliberadamente se dio la vuelta en la silla para mirar por la ventana y dijo a bocajarro, de forma muy grosera:

—Mañana hará muy malo para usted. Seguro que se marearía.

Le molestó haberse visto obligado a contestarle así, delante de la señora Ramsay. Si pudiera estar —pensó— trabajando solo en su cuarto, rodeado de libros. Solo allí se encontraba verdaderamente a gusto. Jamás había dejado a deber ni un penique a nadie, ni su padre había tenido que dárselo desde los quince años, había ayudado siempre a la familia con sus ahorros y ahora estaba pagando los estudios de su hermana. Y sin embargo, querría haber sabido contestar a la señorita Briscoe de modo correcto, querría no haberle soltado aquel exabrupto de: «Seguro que se marearía». Quería que se le ocurriera algo que decirle a la señora Ramsay, algo para demostrar que no era un resentido ni un pedante, que era por lo que le tenían todos. Se volvió hacia ella. Pero la señora Ramsay estaba hablando con el señor Bankes de gente que él no conocía de nada.

—Sí, se lo puede usted llevar —le dijo brevemente a la criada, interrumpiendo la conversación con el señor Bankes.

Y volviéndose enseguida de nuevo hacia él, como si el tema de la conversación fuera tan apasionante que no pudiera abandonarlo ni por un momento, prosiguió:

—Debe hacer quince años... no, ¿qué digo?, por lo menos veinte, que la vi por última vez. ¡Mira que no haber vuelto a saber nada de ella hasta esta noche!

¿Así que Carrie seguía viviendo en Marlow y todo continuaba igual? Se acordaba, ay, como si fuera ayer de una vez que fueron de excursión al río, como si lo estuviera viendo, ¡qué frío pasaron!, pero es que los Manning, como hubieran planeado una cosa, la hacían. Nunca olvidaría a Herbert, allí en la orilla, matando una avispa con una cucharilla de té.

Y ahora todo seguía igual, rumiaba para sí la señora Ramsay, deslizándose furtivamente como un fantasma entre las sillas y las mesas de aquel salón a orillas del Támesis donde había pasado tanto frío veinte años atrás, y donde ahora tenía que entrar como un fantasma. Y le fascinaba; era como si, mientras ella había ido cambiando, aquel día concreto, que ahora recobraba tan bello e inmóvil, hubiera estado guardado allí, a lo largo de todo ese tiempo. Le preguntó al señor Bankes si Carrie le había escrito.

—Sí. Me dice que están construyendo una nueva sala de billar —contestó él.

¡No, no! ¿A quién se le ocurre, cómo podía ser? ¡Una nueva sala de billar! Le parecía imposible.

El señor Bankes no entendía qué le veía la señora Ramsay de particular a eso, ni por qué se extrañaba tanto. Los Manning habían prosperado mucho. Por cierto, ¿quería que le mandara recuerdos a Carrie de su parte?

—¿Cómo? —se sobresaltó ligeramente la señora Ramsay—. Oh, no, no.

Porque le pareció que a esta Carrie que estaba construyendo la nueva sala de billar ella no la conocía. Pero qué cosa más rara —repetía, y al señor Bankes le hacía mucha gracia oírla— que siguieran lo mismo. Y es que le resultaba absurdo pensar que hubieran sido capaces de seguir viviendo todos esos años, a lo largo de los cuales no había vuelto a pensar en ellos hasta hoy. Cuántas cosas le habían pasado a ella en ese mismo tiempo, durante esos mismos años. Y Carrie Manning puede que tampoco hubiera vuelto a acordarse de ella. Esta idea le produjo perplejidad y desagrado.

—Nos dejamos llevar por otros rumbos con tanta facilidad —dijo el señor Bankes.

Pero experimentaba cierta satisfacción al pensar que, después de todo, él conocía tanto a los Manning como a los Ramsay. El no había roto con nadie ni se había dejado llevar por otros rumbos, se dijo, al tiempo que dejaba la cuchara y se limpiaba con pulcritud el labio superior correctamente rasurado. Claro que su caso podía ser una excepción a la regla; él nunca se dejaba llevar por lo trillado. Tenía amigos en todos los círculos. La señora Ramsay, al llegar aquí, se interrumpió para decirle algo a la criada sobre la conveniencia de que no trajera la comida fría. Era por lo que prefería cenar solo, le molestaban todas aquellas interrupciones. Pero en fin —pensaba William Bankes, conservando una exquisita cortesía en sus maneras y limitándose a pasar los dedos de la mano izquierda por la superficie del mantel, como un mecánico que inspeccionara una herramienta cuidadosamente pulimentada y lista para el uso durante un intervalo de descanso—, la amistad exige esta clase de sacrificios. Se habría ofendido si hubiera rechazado su invitación. Pero no compensaba. Pensó, mirándose la mano, que si hubiera cenado solo, ya estaría acabando y libre para trabajar. Sí, pensó, verdaderamente es una pérdida de tiempo lamentable. Los chicos tardaban en bajar.

—Alguno de vosotros debería subir a la habitación de Roger —estaba diciendo la señora Ramsay.

«Realmente, qué trivial es todo esto, qué aburrido —pensaba—, si se compara con lo otro: con el trabajo.» Estaba sentado allí, tamborileando con los dedos sobre el mantel, cuando podría haber estado..., y en un destello, como a vista de pájaro, se le apareció su trabajo. Verdaderamente qué pérdida de tiempo suponía todo aquello. «Pero claro, es una de mis más viejas amigas —se dijo—, mi afecto hacia ella roza a veces la devoción.» Y sin embargo, en aquel momento, su presencia no significaba absolutamente nada para él, ni su belleza significaba nada para él, ni su imagen sentada a la ventana con el niño, nada, nada de nada. Lo único que deseaba era estar solo y terminar el libro aquel. Se sentía incómodo, le parecía una traición estar sentado a su lado y no sentir nada por ella. La verdad es que la vida de familia le gustaba poco. Atravesaba por ese tipo de coyuntura en que uno se pregunta: ¿para qué vivir?, ¿por qué tomarse tanta fatiga para que la raza humana siga prosperando?, ¿tan apetecible es?, ¿tan atractivos somos como especie? No tanto, pensó mirando a aquellos chicos más bien astrosos. Cam, su predilecta, debía estar ya en la cama. Cuestiones necias e insustanciales, cuestiones que nunca se le ocurría a uno plantearse cuando estaba ocupado. ¿La vida es esto? ¿La vida es aquello? No tiene uno tiempo para pensarlo. Y allí estaba ahora formulándose ese tipo de preguntas simplemente porque la señora Ramsay estaba dando órdenes a sus criados y también porque, al ver la sorpresa de la señora Ramsay cuando supo que Carrie Manning aún existía, se quedó asombrado de lo frágiles que son los lazos de amistad, incluso los que más fuertes pueden parecer. Cada cual se deja llevar por su rumbo. Y él mismo se lo reprochaba ahora. Estaba sentado junto a la señora Ramsay y no se le ocurría nada en absoluto que decirle.

—Lo siento tanto —dijo la señora Ramsay, volviéndose, por fin, hacia él.

Se sintió rígido e impotente, como un par de botas empapadas que luego, al secarse, cuesta trabajo poderse calzar. Y sin embargo, tenía que forzar los pies para que entraran; tenía que obligarse a hablar. Pero como no tuviera mucho cuidado, ella descubriría su traición; es decir, que le importaba un bledo ella, cosa que le resultaría —pensó— bastante desagradable. Así que inclinó la cabeza cortésmente hacia ella.

—Le debe resultar horrible cenar en esta jaula de fieras —dijo la señora Ramsay, echando mano, como siempre que estaba distraída, de sus modales mundanos.

Es igual que cuando en una asamblea se produce una incompatibilidad entre los idiomas y entonces el presidente, para llegar a un acuerdo, propone que todos hablen en francés. A lo mejor es un francés precario; puede que el francés no cuente con las palabras exactas que podrían expresar el pensamiento del orador, pero a pesar de todo, recurriendo al francés, se impone cierto orden, cierta uniformidad. Así que, contestándola en su mismo lenguaje, el señor Bankes dijo:

—No, por Dios, de ninguna manera.

Y el señor Tansley, que no era ducho en tal lenguaje e ignoraba que podía consistir en palabras de una sola sílaba, enseguida sospechó su falsedad. «De qué tonterías hablan estos Ramsay», pensó. Y se precipitó lleno de alegría sobre aquel ejemplo reciente, tomando cuidadosa nota de lo que, uno de aquellos días, comentaría con uno o dos de sus amigos. Allí, en aquel ambiente distinto, donde cada cual puede decir lo que le da la gana, comentaría en tono sarcástico su «estancia con los Ramsay» y las simplezas de que hablaban. Para una vez —les diría— puede pasar como experiencia, pero una y no más. «Y cuidado que son aburridas las mujeres», les diría. Por supuesto que Ramsay se había equivocado en casarse con una mujer tan guapa y en tener ocho hijos. Elaboraría su argumento más o menos de esa forma, pero en aquel momento, allí sentado tan tieso y con un sitio vacío a su lado, no tenía elaborado nada en absoluto, todo eran borradores y fragmentos. Se sentía profundamente, e incluso físicamente, a disgusto. Estaba deseando que alguien le diera una oportunidad de afirmarse. Lo deseaba tan urgentemente que no era capaz de parar en la silla, miraba tan pronto a uno como a otro, intentando meter baza en la conversación, pero abría la boca y la volvía a cerrar. Estaban hablando de la industria pesquera. ¿Por qué no le pedían opinión a él? ¿Qué podían saber ellos de la industria pesquera?

Lily Briscoe notaba todo esto. Sentada enfrente de él, podía ver, como en una radiografía, las costillas y los fémures del afán de aquel chico por hacer buena impresión yaciendo oscuros en la niebla de su carne, esa niebla ligera y convencional que se extendía sobre su ardiente deseo de meter baza en la conversación. Pero, entornando sus ojos de china al tiempo que recordaba cómo se burlaba siempre despectivamente de las mujeres —«no son capaces de pintar, no son capaces de escribir»—, pensó: «¿Y por qué tengo yo que ayudarle a que se desahogue?».

Sabía que existe un código de buena educación, uno de cuyos artículos (debía ser el séptimo) prescribe que en situaciones de esa índole es competencia de la mujer, cualquiera que pueda ser su profesión, acudir en ayuda del joven que tiene enfrente para que pueda dejar al descubierto y dar desahogo a todos los fémures y costillas de su vanidad, de su acuciante deseo de autoafirmación; «de la misma manera que el deber de ellos —seguía reflexionando con su imparcialidad de solterona— sería el de ayudarnos si, por ejemplo, hubiera un incendio en el metro, en cuyo caso no puedo poner en duda que el señor Tansley me salvaría. ¿Pero qué pasaría —siguió pensando— si ninguna de las dos partes cumpliese con su deber?». Así que siguió sentada, sonriendo en silencio.

—¿No estarás pensando en ir al Faro mañana, verdad Lily? —preguntó la señora Ramsay—. Acuérdate del pobre señor Langley. Había dado la vuelta al mundo docenas de veces, y sin embargo me dijo que nunca lo había pasado tan mal como el día que mi marido le llevó al Faro. ¿Es usted buen marinero, señor Tansley?

El señor Tansley se puso en guardia y blandió su martillo en el aire, pero dándose cuenta de que con semejante instrumento no podría cazar aquella mariposa, se limitó a decir que nunca en su vida recordaba haberse mareado. Pero en aquella simple frase se concentraba, como pólvora, el que su abuelo hubiera sido pescador y su padre boticario, el que él mismo hubiera salido adelante en la vida sin ayuda de nadie, el que se sintiera orgulloso de ello, el que fuera, en una palabra, Charles Tansley, un hecho del que nadie parecía darse cuenta, pero que no tardaría mucho tiempo en ser tenido en consideración por todo el mundo. Miró hacia el frente con gesto ceñudo. Debía sentir más pena que otra cosa por toda esta gente tan culta y apacible que el día menos pensado saltaría por los aires como barriles de manzanas o fardos de algodón, merced a la pólvora que él llevaba dentro.

—Si quisiera usted llevarme, señor Tansley —se apresuró a decir Lily con toda amabilidad.

Porque cuando la señora Ramsay le mandaba un mensaje como el que le acababa de mandar —«Me estoy hundiendo, querida Lily, en un mar de fuego. Como no apliques tú algún bálsamo a la angustia de este instante, diciéndole algo simpático a ese chico de enfrente, la vida se estrellará contra las rocas, ya la estoy oyendo rechinar y crujir. Tengo los nervios tensos como cuerdas de violín; un toque más y saltarán en pedazos»—, cuando la señora Ramsay le decía algo así, como se lo estaba diciendo ahora con los ojos, no tenía más remedio, naturalmente, que renunciar por enésima vez a aquel experimento —¿qué pasaría si no fuera una amable con ese chico?— y ser amable.

Interpretando de modo correcto su cambio de humor —ahora realmente le había hablado con simpatía— el señor Tansley se sintió aligerado de la carga de su egocentrismo y se puso a contar cómo a veces, siendo niño, le tiraban por la borda de un barco y cómo luego su padre le pescaba echándole un garfio, y cómo así había aprendido a nadar. Dijo que uno de sus tíos había sido torrero en no sé qué promontorio de la costa escocesa, y que habían pasado allí juntos una galerna, una vez que había ido a verle. Esto lo dijo en voz alta, aprovechando una pausa de la conversación. No pudieron por menos de enterarse todos de que había estado con su tío en un faro una vez que se desencadenó una galerna. Y a medida que la conversación daba este quiebro propicio y Lily Briscoe notaba la gratitud de la señora Ramsay —porque ahora la señora Ramsay se veía de nuevo libre para hablar consigo misma— pensaba también que el precio, ay, que había tenido que pagar para proporcionarle aquel alivio era el de la insinceridad.

Había recurrido al ardid de siempre, el de hacerse la simpática. Pero con el señor Tansley nunca tendría nada en común, ni con ella. «Y así son todas las relaciones humanas —pensó—, y además las peores (si no existiera el señor Bankes) son las que se entablan entre hombres y mujeres. Parece irremediable que estas hayan de ser rematadamente insinceras.» En este momento sus ojos se posaron sobre el salero, que había puesto en aquel sitio concreto a manera de recordatorio, y se le vino a la mente la idea de que al día siguiente tenía que correr el árbol más al centro y se animó de tal manera al acordarse de que mañana iba a estar pintando otra vez, que se rio en voz alta de lo que estaba diciendo el señor Tansley. Por ella podía seguir hablando toda la noche si le daba la gana.

—¿Y cuánto tiempo suelen dejar a un torrero en el mismo faro? —le preguntó.

Él se lo dijo; estaba portentosamente bien informado. Y la señora Ramsay pensó que ahora que empezaba a divertirse y a sentir gratitud y simpatía hacia Lily, ella podía regresar a aquella tierra de ensueño, a aquel lugar irreal pero fascinante: el salón de los Manning en Marlow veinte años atrás; lugar por donde podía uno moverse sin prisa ni ansiedad porque no había que preocuparse del futuro. Sabía lo que les había pasado a ellos y a ella desde entonces. Era como volver a leer un buen libro, porque conocía el final de la historia que se inició veinte años atrás y la vida, que se despeñaba en cascada desde la mesa de este comedor sabe dios hacia dónde, se encontraba precintada allí y se remansaba entre sus orillas como un lago plácido. ¿Cómo era posible que construyeran una sala de billar? ¿Querría William seguir hablándole de los Manning? Era lo que ella pretendía. Pero no se sabe por qué razón él ya no tenía ganas. Intentó reiniciar la conversación, pero no halló eco. No podía forzarle. Se sintió defraudada.

—Estos chicos son unos desconsiderados —dijo suspirando.

Y él hizo algunas consideraciones sobre la puntualidad, dijo que es una de las pequeñas virtudes que más se tarda en adquirir en la vida.

—Y si se adquiere, menos mal —dijo la señora Ramsay por decir algo y pensando en lo redomadamente solterón que se estaba volviendo William Bankes.

Consciente él de su traición y de las ganas que ella tenía de hablar de cosas más íntimas, que no iban con su humor en ese momento, permanecía allí sentado en silenciosa expectativa, sintiendo caérsele encima toda la incomodidad de la vida. Puede que los demás estuvieran hablando de algo interesante. ¿De qué estaban hablando?

De que había sido mala la temporada de pesca, de que mucha gente emigraba. Hablaban de los salarios y del paro. El joven Tansley estaba criticando al gobierno. William Bankes pensó en el alivio que debía suponer meterse a discutir algo de este tipo cuando la propia vida tiene pocos alicientes; estaba diciendo no sé qué sobre «una de las medidas más escandalosas tomadas por el actual gobierno». Lily le prestaba atención, la señora Ramsay también; todos le prestaban atención. Pero Lily, ya aburrida, sentía que algo sonaba a hueco en todo aquello, al señor Bankes también le sonaba a hueco. Y la señora Ramsay, arropándose en su chal, tenía la misma impresión. Todos ellos, persuadiéndose a sí mismos a escuchar mejor, se decían: «Ojalá que no quede al descubierto mi más recóndito pensamiento», porque cada uno de ellos lo que pensaba realmente era: «Los demás están indignados, se sienten ultrajados por el gobierno a causa de estas cuestiones de la pesca, mientras que yo no siento nada en absoluto». «Pero quizá —se dijo el señor Bankes mirando a Tansley— tengamos ahí al hombre. Se pasa uno la vida esperando que aparezca el hombre; y siempre sigue abierta la oportunidad de hallarlo. Cuando menos se piensa puede surgir el caudillo, el hombre genial, lo mismo en política que en todo. Lo más probable es que nos considere con exagerada displicencia a nosotros, los carcamales», siguió pensando el señor Bankes, poniendo de su parte la mejor voluntad para hacer concesiones, ya que una extraña sensación física, algo así como si se le pusieran de punta los nervios de la espina dorsal, le avisaba de que sentía cierta envidia no solo de Tansley mismo, sino también en parte de su trabajo, de sus puntos de vista, de su saber. Y por eso no podía oírle de forma totalmente exenta de prejuicios ni del todo serena, porque Tansley parecía estarles diciendo: «Habéis desperdiciado vuestra vida, estáis equivocados. Os habéis quedado a la zaga de vuestra época, pobres seres chapados a la antigua». Le parecía más bien pedante aquel joven y sus modales dejaban mucho que desear. Pero trataba de reconocer su valentía, su capacidad, su extraordinaria información sobre los acontecimientos. «Seguramente —pensaba el señor Bankes, mientras oía a Tansley criticar al gobierno—, debe haber una gran parte de verdad en lo que dice.»

—Y dígame usted... —empezó a decir.

Con lo cual continuaron discutiendo de política, mientras Lily miraba la ramita del mantel y la señora Ramsay se preguntaba, dejando la discusión enteramente en manos de los dos hombres, por qué le aburriría tanto esa conversación y deseaba que su marido, al que veía al otro extremo de la mesa, interviniera para dar alguna opinión. «Bastaría con que dijera una palabra», se decía a sí misma. Porque en cuanto dijera cualquier cosa, se notaría la diferencia. Él iba siempre al fondo de las cuestiones. A él le preocupaban los pescadores y sus sueldos, era una cuestión que le quitaba el sueño. Todo se convertía en algo diametralmente distinto cuando hablaba él, y dejaba uno de pensar «ojalá no se dé cuenta nadie de lo poco que me importa», porque le empezaba a importar a uno.

Y entonces, al percatarse de que era por lo mucho que le admiraba por lo que estaba deseando que interviniera, sintió como si alguien hubiera estado ensalzando a su marido y la relación matrimonial de ambos y se sintió arrebolada de gozo, sin darse cuenta de que era ella misma quien le había alabado. Le miraba como esperando encontrar algún reflejo de aquello en su rostro, debía tener un aspecto magnífico. Pero ni lo más mínimo. Seguía con su gesto ceñudo, esquinado, tenía el rostro contraído y rojo de ira. ¿Por qué demonios? —se preguntó—. ¿Qué le pasaría?

Pues simplemente que el pobre viejo Augustus había pedido otro plato de sopa; no era más que eso. Era inconcebible, insoportable (y se lo estaba diciendo a ella por señas a través de la mesa) que Augustus repitiera sopa. No podía soportar que la gente estuviera comiendo todavía cuando él ya había terminado. Vio ella la ira rondando, como una jauría de sabuesos, su entrecejo, sus ojos, y supo que de un momento a otro algo violento podía estallar y entonces...; pero gracias al cielo notó que se dominaba, que le echaba el freno a la rueda, y fue como si todo su cuerpo emitiese chispas en vez de palabras. No había dicho nada —le haría notar luego— eso por lo menos se lo tenía que reconocer. Pero, después de todo, ¿por qué no podía el pobre Augustus pedir otro plato de sopa? No era para ponerse así, se había limitado a tocarle el brazo a Ellen y a decir:

—Por favor, Ellen, ¿me puede servir otro poco de sopa? —y el señor Ramsay se había puesto de aquella manera.

¿Y por qué no? —ser preguntaba la señora Ramsay—. ¿Por qué no tenía derecho Augustus a pedir más sopa si le venía en gana? Odiaba a la gente que se regodeaba con la comida —estaba queriéndole decir a su mujer con aquel ceño fruncido—, odiaba que se eternizaran así en la mesa durante horas. Pero se había controlado (le haría notar después), a pesar de la repugnancia que tal espectáculo le producía. ¿Pero por qué demostrarlo tan a las claras? —parecía preguntarle ella, a su vez—. (Se miraban uno a otro a través de la larga mesa, cruzándose mensajes de preguntas y respuestas, totalmente al tanto cada cual de lo que sentía el otro.) Se lo nota todo el mundo, pensaba la señora Ramsay. Allí estaba Rose mirando fijamente a su padre, y Roger lo mismo, soltarían la carcajada de un momento a otro, por eso se apresuró a decir —porque además era la hora—:

—¿Por qué no encendéis las velas?

Y los dos saltaron, al instante, de sus asientos y se dirigieron en tromba al aparador.

¿Por qué no sería jamás capaz de disimular sus estados de ánimo?, se preguntaba la señora Ramsay. Y se preguntaba también si Augustus Carmichael se habría dado cuenta. Tal vez sí, tal vez no. No pudo por menos de tomar en consideración la compostura con que se mantenía sentado, mientras tomaba su sopa. Si quería más sopa, la pedía. Cuando se burlaban de él o se enfadaban con él siempre se quedaba igual de imperturbable. Ella no era santo de su devoción y lo sabía, pero le tenía respeto, tal vez por eso mismo, y mirándole ahora allí tan grandote y tranquilo, tomándose su sopa a la luz del ocaso, con aquel aire monumental y contemplativo, la señora Ramsay se preguntaba qué sentiría en realidad y por qué se mostraría siempre tan solemne y satisfecho. Y luego lo que quería a Andrew, siempre le estaba llamando a su cuarto y Andrew decía que con él aprendía muchas cosas. Luego se pasaba las horas muertas tumbado en el prado, posiblemente rumiando sus poemas, hasta el punto de recordarle a uno a un gato al acecho de pájaros, y de vez en cuando daba una palmada con sus manazas cuando encontraba la palabra adecuada, y hasta su marido decía: «Pobre Augustus, es un poeta de verdad», lo cual, en sus labios, suponía un gran elogio.

Ahora había ocho velas encima de la mesa y las llamas, tras una primera oscilación, se mantenían verticales y abarcaban en el radio de su visibilidad la mesa entera, con un plato de frutas en el centro, en amarillo y malva. ¿Cómo lo habría hecho?, se preguntó la señora Ramsay. Porque la manera que tuvo Rose de colocar las uvas y las peras, la caracola rosada por dentro y los plátanos, le hacía pensar en trofeos arrancados del fondo del mar, en un festín de Neptuno, en racimos colgando entre hojas de parra sobre los hombros de Baco —tal como lo había visto en algunos cuadros— entre pieles de leopardo y una luz de antorchas cortando el aire en rayas rojo y oro... Todo aquello que se le revelaba de improviso en el seno de la luz parecía dotado de un tamaño y profundidad colosales, como un mundo —era la impresión que le daba— donde tan pronto puede uno coger su bastón y trepar a las cumbres como bajar luego a los valles, y tuvo la satisfacción de comprobar que aquello había establecido entre ella y Augustus un fluido momentáneo de simpatía, y de que él regalaba sus ojos en el festín del mismo plato de frutas, se sumergía en él, libando de aquí un capullo, de allá una flor, para volver luego, tras el banquete, a refugiarse en su colmena. Aquel era su punto de vista, diferente del de ella. Pero el hecho de estar contemplando lo mismo los unía.

Ahora todas las velas estaban encendidas y los rostros a ambos lados de la mesa parecían haberse acercado unos a otros, en virtud de aquel resplandor y componer, cosa que no había podido lograrse a la luz del crepúsculo, una tertulia de gente agrupada en torno a una mesa, porque la noche estaba ahora como amortiguada por láminas de cristal que, lejos de aportar una visión fidedigna del mundo exterior, la volvían tan extrañamente movediza que aquí, dentro de la habitación, parecían morar el orden y la tierra firme y allí fuera un reflejo dentro del cual las imágenes oscilaban y se desvanecían acuosamente.

De repente una especie de mudanza los recorrió a todos, como si aquel fenómeno estuviera ocurriendo de verdad y cada uno de ellos fuera consciente de estar formando parte con los demás de un grupo al abrigo de una concavidad, refugiado en una isla, como si hicieran causa común frente a aquella vaga fluidez de fuera. La señora Ramsay, a quien la ausencia de Paul y Minta había tenido tan desasosegada, tan incapaz de atender a lo que ocurría en torno suyo, sentía ya que su desasosiego se convertía en expectativa. Porque ahora estaban al llegar, y Lily Briscoe, tratando de analizar el motivo del repentino estímulo, lo comparó con el de un rato antes, en el campo de tenis, cuando toda consistencia se desvaneció súbitamente, ensanchando de aquella manera el espacio que mediaba entre ellos; el mismo efecto producía ahora la luz de las velas sobre la habitación escasamente amueblada, las ventanas desprovistas de cortinas y el brillo de los rostros, que parecían cubiertos por una máscara, contemplados a aquel resplandor. Era como si una especie de peso se les hubiera quitado de encima, sintió que podía pasar cualquier cosa. «Están al llegar», pensó la señora Ramsay dirigiendo la mirada hacia la puerta, y en aquel mismo momento, Minta Doyle y Paul Rayley entraron con la doncella que traía una gran fuente en la mano. Llegaban con mucho retraso, con un retraso horrible, se disculpó Minta, mientras se acomodaban en distintos extremos de la mesa.

—Es que he perdido mi broche, el broche de mi abuela —dijo Minta con tono plañidero y un rastro de lágrimas en sus grandes ojos de color castaño.

Los movía para arriba y para abajo, mientras tomaba asiento junto al señor Ramsay, el cual, sintiendo que se reavivaba su caballerosidad, le preguntó en tono de broma que cómo podía ser tan calamidad como para andar saltando de roca en roca con las joyas puestas.

Estaba siempre a punto de tenerle miedo, era tan tremendamente inteligente. La primera noche que se sentó a su lado y él se puso a hablar de George Elliot se sintió realmente asustada, porque acababa de dejarse olvidado en el tren el tercer tomo de *Middlemarch,* cuyo final no llegó a saber nunca; pero luego congeniaron muy bien y ella siempre se hacía delante de él más tonta de lo que era, porque le gustaba mucho que la llamara tonta. Y de la misma manera esta noche, en cuanto él le hizo aquella broma, perdió el miedo. Además no había hecho más que entrar en la habitación cuando se dio cuenta inmediatamente de que el milagro se acababa de producir, de que llevaba su nimbo de oro. Unas veces lo llevaba y otras no. Nunca pudo entender por qué le venía y se le iba, ni saber tampoco si lo tenía o no hasta que entraba en una habitación y lo notaba inmediatamente por la manera que tenían de mirarla algunos hombres. Sí, esta noche lo traía puesto, y muy grande, estaba segura por la manera que el señor Ramsay había tenido de decirle que era una calamidad. Se sentó a su lado, sonriendo.

Seguro, pues, que ha ocurrido —se dijo la señora Ramsay—, que se han hecho novios. Y en un primer momento sintió algo que no sospechaba ser capaz de volver a sentir nunca; sintió celos. Porque él, su marido, tampoco era insensible al resplandor que despedía Minta; le gustaba aquel tipo de chicas, chicas de un pelirrojo claro y aire volátil, que tenía un no sé qué de salvaje y tarambana, que no llevaban el pelo recogido, que no eran, como él decía hablando de Lily Briscoe, «estrechas». Tenían ciertas características de que ella carecía, una especie de lustre, de opulencia, que a él le incitaban y divertían, que contribuían a que chicas como Minta pudiesen ser su punto flaco. Les dejaba que le cortaran el pelo, que le trenzaran una cadena para el reloj y hasta que interrumpieran su trabajo llamándole a voz en grito (ella las había oído) para que bajara a jugar al tenis: «¡Venga, señor Ramsay, que ahora nos toca a nosotros la revancha!», y él salía y jugaba al tenis.

Pero en general no era celosa; solamente cuando, de tarde en tarde, se decidía a mirarse al espejo, sentía una especie de resentimiento por haber envejecido, y quién sabe si no tendría ella misma algo de culpa, por tanto preocuparse de la factura del invernadero y de cosas por el estilo. En el fondo agradecía a aquellas chicas que bromearan con su marido («¿Cuántas pipas se ha fumado usted ya en lo que va de día, señor Ramsay?», y cosas así), que le devolvieran aquel aire de cuando era joven, de hombre atractivo para las mujeres, no agobiado ni esclavizado por la magnitud de su trabajo, por los conflictos de este mundo, por su éxito o su fracaso, sino tal y como era cuando ella lo conoció, delgaducho pero tan apuesto, cuando le había dado la mano para ayudarla a bajar de un barco, con aquellos modales tan adorables, los mismos —pensó mirándolo y encontrándolo asombrosamente joven— que tenía ahora bromeando con Minta. En cuanto a sus propios gustos («Póngalo aquí», le dijo a la doncella suiza ayudándola a colocar con cuidado ante ella la gran olla que contenía el *bœuf en daube*), su punto débil eran los chicos sencillotes. Le gustaba que Paul se hubiera sentado a su lado, le había reservado el sitio. Sí, lo había pensado muchas veces, lo que más le gustaba en realidad eran los chicos sencillotes. No le aburrían a uno con sus discursos. ¡Cuántas cosas de la vida se perdían, bien mirado, aquellos otros hombres de talento! ¡Qué pronto se estropeaban, la verdad! Tenía un encanto especial este Paul —se dijo cuando le vio tomar asiento a su lado—, tal vez fuera la manera tan delicada que tenía de tratarla o su nariz afilada y correcta o el brillo de sus ojos azules. Y luego era tan considerado. ¿Le contaría, ahora que todos habían vuelto a entablar conversación, lo que había ocurrido?

—Nosotros volvimos para buscar el broche de Minta —dijo apenas hubo tomado asiento.

«Nosotros», no hacía falta decir más, con eso bastaba. En una especie de esfuerzo, en el tono más alto de la voz para enfrentarse con esa palabra difícil y superarla, la señora Ramsay conoció que era la primera vez que la empleaba, que nunca había dicho «nosotros». «Nosotros» hicimos esto, «nosotros» hicimos lo de más allá. Y lo seguirán diciendo ya durante toda la vida, estaba pensando, cuando un exquisito aroma a aceitunas, aceite y salsa salió de la gran olla marrón porque en ese momento Marthe, con un leve ademán triunfal, había levantado la tapadera. La cocinera se había pasado tres días a vueltas con aquel guiso, y había que poner una atención especial —pensó la señora Ramsay revolviendo aquella blanda amalgama— en elegirle al señor Bankes el pedazo más tierno. Y mientras miraba en el interior de la olla de paredes relucientes la apetitosa mezcolanza de carne, laurel y vino, en una sinfonía de ocres y amarillos, pensó también: «Estamos celebrando el acontecimiento». Y al punto se sintió invadida por ese extraño sentimiento, al mismo tiempo tierno y extravagante, de estar asistiendo a una celebración, dentro del cual anidaban dos emociones contradictorias: una de ellas muy profunda, porque nada puede haber más serio que el amor entre hombre y mujer, nada más imperativo, más emocionante, ya que lleva en su entraña la semilla de la muerte; pero, por otra parte, esos enamorados, esa gente que se adentraba en la ilusión con ojos radiantes, daba la impresión de que iban a romper a bailar en torno suyo, burlándose de ella, con la cabeza coronada de guirnaldas.

—Es un verdadero éxito —dijo el señor Bankes posando el cuchillo un momento.

Había estado masticando y saboreando con toda atención. Estaba muy tierno, muy sabroso y en el punto justo. ¿Cómo se las arreglaba para hacer platos así en un lugar tan remoto y apartado de la ciudad?, le preguntó. Era una mujer maravillosa. Todo su amor y su admiración habían resucitado; y ella lo notó.

—Es una receta francesa. Lo hacía mi abuela —dijo la señora Ramsay con un timbre de extrema complacencia en la voz.

114

Se notaba que era un guiso francés, ya lo creo. Lo que pasa en Inglaterra por gastronomía es un verdadero horror; estaban todos de acuerdo. Todo consiste en poner coles a remojo, en dejar la carne asada como suela de zapato y en quitarle a todas las verduras su deliciosa piel.

—Que además contiene todas las virtudes de la verdura —dijo el señor Bankes.

—Eso sin contar —dijo la señora Ramsay— con lo que se desperdicia. Con lo que tira un cocinero inglés podría vivir una familia francesa entera.

Exaltada por el aliciente de haber recuperado el afecto del señor Bankes, por la sensación de que todo volvía a marchar bien, de que la zozobra había sido conjurada y de que ahora era libre para saborear su triunfo y para bromear, empezó a gesticular y a reírse hasta tal punto que a Lily le pareció, de pronto, pueril y absurda, por aquel entusiasmo desmedido que ponía en hablar de mondas de la verdura, al tiempo que volvía a desplegar, allí sentada, todo el fulgor de su belleza. Había algo en ella que casi daba miedo. Era irresistible. Acababa saliéndose siempre con la suya —pensó Lily—. Ahora ya había logrado que Minta y Paul —según parecía deducirse— se hicieran novios. Y que el señor Bankes viniera a cenar. Los hechizaba a todos simplemente con proponérselo, de la manera más simple y natural. Y Lily notó el contraste de aquel derroche con la pobreza de su propio espíritu, y se dio cuenta de que consistía en el convencimiento de poseer un no sé qué especial —se leía ahora en su rostro, que sin poder decirse propiamente que hubiera rejuvenecido emitía resplandor—, algo raro y terrible, aunque abstracto, en el centro de cuyo influjo estaba ahora Paul Rayley, absorto y silencioso, como contagiado de aquel temblor. Un «no sé qué» que ella misma exaltaba y sacralizaba —pensó Lily— mientras hablaba de las mondas de la verdura, era como si extendiera las manos para calentarlas en aquel fuego y fomentarlo al mismo tiempo, para conducir, entre risas, las víctimas al ara de un rito creado por ella. También la propia Lily se sentía invadida ahora por aquella emoción, por aquella vibración amorosa. ¡Qué insignificante se sentía sentada al lado de Paul! Él era radiante, transido de ardor, ella distante, crítica; él abocado a la aventura, ella anclada en la orilla; él emprendedor, audaz; ella solitaria, marginada. Y, dispuesta a suplicar que, caso de haber desastre, le permitieran compartir aquel desastre, preguntó tímidamente:

—¿Y cuándo perdió Minta el broche?

En los labios de Paul se dibujó una exquisita sonrisa, velada por el recuerdo y teñida de ensueño. Sacudió la cabeza. Que lo había perdido en la playa, dijo.

—Pero yo se lo encontraré —añadió—. Me pienso levantar mañana muy temprano.

Y como era una sorpresa que le quería dar a Minta, lo dijo bajando la voz, al tiempo que dirigía los ojos al sitio donde ella estaba sentada, riéndose, junto al señor Ramsay.

Lily sintió muchas ganas de manifestar de forma violenta y escandalosa su deseo de acompañar a Paul, y ya se imaginaba con él en la playa de madrugada; tal vez fuese ella quien tuviera la suerte de encontrar el broche medio oculto detrás de alguna piedra y entonces ingresaría en el rango de los aventureros y de los hombres de mar.

¿Pero de qué manera respondió Paul a su ofrecimiento? Le había dicho ella con una emoción que pocas veces se permitía exteriorizar: «Déjeme que le acompañe», y él había contestado con una risita que no estaba claro si quería decir que sí o que no. Pero lo que hubiera querido decir era lo de menos, lo importante es lo que ella notó: que se reía entre dientes como diciendo: «Por mí como si se tira usted por el acantilado abajo, me da completamente igual». La había abofeteado con la vehemencia de su amor por Minta, con todo lo que el amor tiene de terrible, desconsiderado y cruel; la había abrasado. Y ella, mirando a Minta que, al otro extremo de la mesa, se reía escuchando al señor Ramsay, retrocedió ante la idea de verse expuesta a esos colmillos, y se sintió agradecida. Porque después de todo —se dijo, afianzándose nuevamente en la visión del salero colocado sobre el mantel—, ella, gracias al cielo, no necesitaba casarse, no le hacía falta pasar por tal degradación ni prostituirse de esa manera. Lo que tenía que hacer era correr el árbol más hacia el centro.

Tal era la complejidad de las cosas. Porque lo que le pasaba, sobre todo cuando estaba con los Ramsay, era que le hacían experimentar simultáneamente y con igual violencia dos sentimientos encontrados: el primero constituido por las emociones de los demás, el otro por las propias emociones. Y luchaban uno contra otro dentro de su mente, atacando ambos al mismo tiempo, igual que le estaba pasando ahora.

«Es tan hermoso, tan excitante este amor —pensaba— que me estremezco solo con asomarme a sus márgenes y, rompiendo totalmente con mis costumbres, me ofrezco a ir a buscar un broche entre la arena de la playa; pero por otra parte es también la cosa más estúpida, la más cerril de las pasiones humanas, algo capaz de convertir a un muchacho con perfil de camafeo —el perfil de Paul era realmente impecable— en un chulo jactancioso e insolente de los que empuñan una palanca de hierro en Mile End Road. Y sin embargo —reflexionaba—, desde la noche de los tiempos se vienen cantando odas al amor, se le vienen ofrendando rosas y coronas de laurel; y si se le preguntase a la gente, seguro que nueve de cada diez contestarían que no existe nada comparable. Aunque la mayoría de las mujeres, si se atuvieran a la propia experiencia, sentirían siempre que no es eso lo que quieren, que no hay nada más aburrido, más pueril e inhumano que el amor, pero que, al mismo tiempo, es bello y necesario.»

«¿Entonces qué?, ¿en qué quedamos?», se preguntaba Lily, como esperando que los demás continuasen con el tema, como si uno, en temas como este, tirase su pequeña saeta, que no daba con mucho en el blanco, y dejase que los demás continuaran con el asunto. Así que se puso a prestar atención nuevamente a lo que los demás estaban diciendo, por si acaso sus palabras podían arrojar alguna luz sobre este tema del amor.

—Y luego —estaba diciendo el señor Bankes—, ¿qué me dicen ustedes de ese líquido que los ingleses llaman café?

—¡Esa es otra, el café! —dijo la señora Ramsay.

Lily pudo darse cuenta de que estaba enormemente excitada y de que hablaba con gran énfasis; el quid de la cuestión estaba sobre todo en la pureza de la mantequilla y en que no se adulterara la leche. Y se lanzó a describir, con calurosa elocuencia, el inicuo sistema imperante en las lecherías de toda Inglaterra, y el estado en que la leche llegaba a los domicilios, y estaba a punto de aducir pruebas para reforzar su denuncia, porque era un asunto en el que estaba muy impuesta, cuando de todos los puntos de la mesa, empezando por el medio, donde estaba sentado Andrew, empezó a encenderse, como un fuego que se propaga de matorral en matorral, la risa de sus hijos. Se reían ellos y se reía su marido, se reían de ella y, cercada por aquel fuego, se vio obligada a quitarse el yelmo, desmontar sus baterías y tomarse la revancha de señalarle al señor Bankes aquella mofa y escarnio de la mesa en pleno, como ejemplo de lo que se ve uno expuesto a sufrir cuando critica los prejuicios del pueblo británico.

Sin embargo, y teniendo muy en cuenta el favor que Lily acababa de hacerle en lo del señor Tansley, a ella la exceptuó deliberadamente de los demás, la consideró al margen. «Lily, por lo menos, me da la razón», se dijo. Y la atrajo a su bando, aún un poco alterada y sobrecogida como estaba, obsesionada por aquel tema del amor. Tanto Lily como Charles Tansley estaban al margen de aquello —dedujo la señora Ramsay—. Ambos lo estaban pasando mal, oscurecidos por el fulgor de los otros dos. Él, era evidente, se sentía completamente abandonado, porque ninguna mujer le podía hacer caso mientras Paul Rayley estuviera en la habitación. ¡Pobre chico!; y eso que tenía su tesis, aquel estudio de la influencia de algo sobre alguien; después de todo, podía arreglárselas solo. El caso de Lily era distinto. Su imagen quedaba descolorida a la luz del fulgor que despedía Minta, se volvía más insignificante que nunca, vestida de gris, con su carita arrugada y sus ojos pequeños de china. Todo lo suyo era pequeño. Y sin embargo —siguió pensando la señora Ramsay al tiempo que imploraba su alianza (porque Lily tenía que reconocer que si ella insistía en el tema de las lecherías, más pesado se ponía su marido con lo del calzado y se podía pasar horas enteras hablando de sus zapatos)—, si se la comparaba con Minta, seguro que de las dos era Lily la que iba a llegar mejor a los cuarenta años. Lily tenía una fibra especial, había en ella como una llamada de algo, de algo muy suyo, que desde luego a la señora Ramsay le gustaba mucho, aunque temía que a los hombres no. Decididamente no, a no ser a hombres que le llevaran bastantes años, como era el caso del señor Bankes. Pero él, desde la muerte de su mujer, bueno, a la señora Ramsay le parecía que se sentía atraído hacia ella. No es que estuviera enamorado de ella, eso no, claro; se trataba de uno de esos afectos inclasificables de los que tantas veces se dan. Pero eso era una tontería. William debía casarse con Lily. Tenían tantas cosas en común. A Lily le encantaban las flores. Y los dos eran fríos, distantes, se bastaban a sí mismos. Tenía que proporcionarles la ocasión de dar un largo paseo juntos.

¡Qué tonta había sido al sentarlos tan lejos uno del otro! Al día siguiente tenía que remediarlo. Si hacía bueno, saldrían de excursión. Todo le parecía posible, todo le parecía que iba bien. Justo en aquel momento acababa de alcanzar una sensación de estabilidad, y trató de saborearla. «Pero no puede durar», se dijo, procurando evadirse de la conversación sobre calzado que se acababa de entablar. Se cernía planeando como un gavilán, como una bandera ondeando en una corriente de júbilo que enervaba todo su cuerpo invadido por una sensación de plenitud y dulzura, no de una forma bulliciosa sino más bien podría decirse que solemne. Porque era algo que emanaba de su marido, de sus hijos, de los amigos que estaban a la mesa. Lo pensó al mirarlos y (buscaba otro pedacito para el señor Bankes en el fondo de la olla de barro) le pareció que por alguna razón especial ese algo que se elevaba desde las profundidades de la quietud alcanzada se había parado ahora como una niebla, como un humo sobre sus cabezas y que los mantenía unidos y a salvo. No hacía falta decir nada, no había por qué decir nada. Aquello estaba allí, arropándolos, y al tiempo que atendía con especial cuidado a elegir el mejor trozo de carne para el señor Bankes, supo que era algo que participaba de la eternidad; ya antes, por la tarde, había experimentado una sensación parecida, una especie de coherencia y armonía entre todas las cosas, algo que, en su pura estabilidad, posee inmunidad para las mudanzas, algo —pensó, mirando de soslayo ahora hacia la ventana a través de la cual se filtraban aquellos cabrilleos de luz— que resplandece frente a lo fluido, a lo efímero, a lo espectral, como un rubí; volvía, pues, a tener aquella impresión que ya la había invadido por la tarde, de sosiego, de total reposo. «De momentos como este —pensó— se alimentan las cosas que permanecen para siempre.» Aquello permanecería.

—No se preocupe —le aseguró a William Bankes—, queda de sobra para todos.

El *bœuf en daube* había sido un éxito total.

—Baja un poco más el plato, Andrew —dijo—, porque si no, se me caerá fuera.

Ya estaban servidos todos, dejó el cucharón dentro de la olla. Había alcanzado —pensó— esa región inmóvil que yace en torno al corazón de las cosas por la que puede uno moverse a sus anchas o descansar; podía quedarse quieta al acecho de la conversación, como ahora, o bien, de repente, al igual que el gavilán que se precipita desde las alturas, volver a bajar con las alas desplegadas, a sumergirse sin dificultad en la risa de los demás, a dejarse caer con todo su peso sobre lo que estaba diciendo su marido al otro extremo de la mesa, algo acerca de la raíz cuadrada de mil doscientos cincuenta y tres, que resultaba ser casualmente el número de su billete de ferrocarril.

¿Qué quería decir aquello? No tenía ni la menor idea. ¿Raíz cuadrada? ¿Qué era una raíz cuadrada? Sus hijos lo sabían. Se apoyaba en ellos, en las raíces cúbicas, en las raíces cuadradas, en todo lo que pudiera salir a relucir en la conversación, en Voltaire, en Madame de Staël, en el carácter de Napoleón, en el sistema francés de aparcería de la tierra, en lord Rosebury, en las memorias de Creevey; se dejaba sostener y apuntalar por los admirables pilares de la inteligencia masculina, que corría de acá para allá, torcía por este camino o por el otro, como vigas de hierro formando el entramado del oscilante edificio, sosteniendo el mundo, de manera que ella pudiera dejarlo todo confiadamente a su cargo, incluso con los ojos cerrados, todo lo más entreabriéndolos un momento, como un niño que, con la cabeza apoyada en la almohada, mira fijamente a través de las pestañas medio abatidas los millares de estratos que forman las hojas de un árbol. Se despertó. Seguían apuntalando el edificio.

William Bankes estaba entonando una alabanza sobre las novelas de Walter Scott.

Que no pasaban seis meses sin que volviera a leer una de ellas —decía—. ¿Y por qué le molesta eso tanto a Charles Tansley? Seguro que todo era —supuso la señora Ramsay— porque Prue no estaba nada simpática con él. Irrumpió en la conversación para criticar las novelas de Walter Scott, cuando no sabía nada de ellas, absolutamente nada, y la señora Ramsay se daba cuenta de ello prestando atención a sus gestos, más que a lo que decía. Simplemente a través de su actitud podía verse lo que había debajo: estaba ansioso de autoafirmación y lo seguiría estando hasta que consiguiera una cátedra o se casara, hasta entonces seguiría necesitando estar diciendo siempre «yo, yo, yo». Porque era eso y no otra cosa lo que significaban sus críticas al pobre sir Walter, o puede que estuvieran hablando ahora de Jane Austen, daba igual. «Yo, yo, yo», no estaba pensando más que en sí mismo y en la impresión que podía causar, se le notaba en el tono de voz, en el engolamiento y el nerviosismo con que se expresaba. Le vendría bien tener algún éxito.

Sea como fuere, ya se habían enzarzado otra vez. No hacía falta que siguiera atenta a lo que decían. Ya sabía que aquello no podía durar, pero de momento sus ojos eran tan penetrantes que podían dar la vuelta a la mesa y era como si le fueran arrancando el velo a todos los comensales, y desvelando también sus sensaciones y sus pensamientos, sin el menor esfuerzo, como la luz cuando se introduce sigilosamente en el agua haciéndola estremecerse, y los juncos y los pececillos que se columpiaban sumergidos y la trucha sigilosa quedan de repente al descubierto, temblorosos y anegados por aquella luz. Así los veía a todos, así los oía; pero todo cuanto pudieran decir poseía esa misma cualidad, como si el ritmo de las palabras fuera comparable al de la trucha que uno está mirando y que puede ver al mismo tiempo el ondear de la superficie y los guijarros del fondo, y lo que está a la derecha y lo que está a la izquierda, todo se percibe conjuntamente. Y mientras, implicada en el trajín de la vida, se habría visto obligada a separar netamente esto de aquello y decir si le gustaban las novelas de Walter Scott o si no las había leído, forzándose a intervenir en aquello; así, en cambio, no tenía que decir nada. De momento le bastaba con permanecer en suspenso.

—Ya, pero ¿y cuánto piensa usted que puede perdurar? —preguntó alguien.

Era como si tuviera unas antenas vibrantes, conectadas con el exterior, que captasen algunas frases y la avisaran de que debía prestarles atención. Y esta era una de ellas. Barruntó que entrañaba peligro para su marido. Una pregunta como aquella podía llevar, casi seguro, a que se dijeran cosas que a él le recordaran su propio fracaso. Pensaría enseguida durante cuánto tiempo iban a ser leídas sus obras. William Bankes, que era totalmente inmune a este tipo de vanidad, se estaba riendo y decía que a él le traían sin cuidado los vaivenes de la moda. ¿Quién podía atreverse a decir lo que va a perdurar en literatura ni, por supuesto, en ninguna otra disciplina?

—Gocemos a cada instante de lo que podamos gozar —dijo.

Su integridad le pareció francamente admirable a la señora Ramsay. Ni por un momento parecía estar pensando nunca: «¿Esto me afectará en algo a mí?». Pero si se tiene un temperamento opuesto al suyo, necesitado de ánimos y sediento de alabanzas, es natural que asome la zozobra que el señor Ramsay empezaba a sentir, ansioso de que alguien le dijera: «Pero su obra, señor Ramsay, por descontado que perdurará», o algo por el estilo.

Dejaba traslucir su desasosiego demasiado a las claras, a través de la irritación con que estaba asegurando que de todas maneras para él Scott (¿o hablaban de Shakespeare?) seguiría vigente hasta el fin de sus días. Lo decía con acento molesto, y la señora Ramsay se dio cuenta de que todo el mundo empezaba a sentirse a disgusto, sin saber por qué.

En ese momento Minta Doyle, que tenía un instinto muy fino, saltó, campechana y absurda, con que a ella no le cabía en la cabeza que a nadie le divirtiese de verdad leer a Shakespeare. El señor Ramsay dijo con tono de convicción inexorable (y su pensamiento se desviaba de nuevo) que son muy pocos los que disfrutan realmente de él, aunque sean muchos los que alardean de tal disfrute. Luego añadió que, a pesar de todo, el mérito de muchas de sus obras era realmente incontestable.

Y la señora Ramsay comprendió que por ahí todo iba bien. Él se pondría a burlarse de Minta y ella, al darse cuenta —y la señora Ramsay notó que se la daba— de la extrema angustia que sentía por su propio caso, ya entendería, a su modo, que había que tratarle con mimo y le levantaría la moral por un medio o por otro. Pero le hubiera gustado que no hiciera falta aquello, tal vez fuera culpa de ella que hiciera falta.

De cualquier manera, ahora ya volvía a sentirse disponible para atender a lo que estaba tratando de explicar Paul Rayley acerca de las lecturas de primera juventud. Decía que esas sí que perduraban siempre. Había leído una cosa de Tolstoi durante el bachillerato, una historia que recordaría siempre, pero el título se le había olvidado. La señora Ramsay dijo que los nombres rusos son endemoniados.

—¡Vronsky! —dijo Paul.

Se le había quedado en la memoria el nombre del protagonista porque le parecía muy bien elegido para un personaje antipático.

—¿Vronsky? —dijo la señora Ramsay—. Ah, sí, claro, *Anna Karenina*.

Pero no fueron mucho más allá, a ninguno de los dos les iba el hablar de literatura. Charles Tansley les hubiera podido poner enseguida al tanto sobre toda clase de libros, pero todas sus opiniones estaban tan mezcladas con su afán por indagar si estaría causando buena impresión o si estaría diciendo lo que tenía que decir, que a la postre acababa uno enterándose de más cosas sobre él que sobre Tolstoi, mientras que en cambio Paul hablaba solo del asunto que fuera, y nunca de sí mismo. Tenía además, como toda la gente sencilla, un tipo de modestia que incluía también la consideración hacia los sentimientos ajenos, algo que ella, al menos en cierta medida, encontraba muy atractivo. Ahora mismo ya no estaba pensando en él ni en Tolstoi, sino en ella, en si tenía frío, en si no le molestaría la corriente, en si le apetecía una pera.

Ella dijo que no, que no le apetecía una pera. De hecho llevaba un rato con la mirada fija en el frutero (aunque no se había dado cuenta), celosamente, como abrigando la esperanza de que nadie lo tocaría. Sus ojos se habían estado paseando de acá para allá por los montículos y los huecos de sombra que formaba la fruta, entre el morado vivo de las uvas colocadas en la parte inferior, y luego por el borde rugoso de la concha, contrastando un amarillo con un malva, una silueta ovalada con otra redonda, sin saber por qué lo hacía ni por qué, a medida que lo hacía, se iba sintiendo cada vez más invadida por aquella serenidad; hasta que ahora de repente —¡qué pena!— una mano se alargaba, cogía una pera y lo echaba todo a perder. Miró hacia Rose compasivamente, la vio allí sentada entre Jasper y Prue. ¡Qué raro le parecía que fuera uno de sus hijos quien hubiera hecho aquello!

Qué raro le parecía ver sentados allí en fila a sus hijos, Jasper, Rose, Prue, Andrew, más bien callados, pero rumiando alguna broma sobreentendida entre ellos, se lo notaba en cierta contracción de los labios. Se trataba de algo totalmente al margen de cualquier cosa imaginable, algo que estaban acumulando para poder soltar la risa en cuanto llegaran a su cuarto. Esperaba que no fuera algo que tuviera que ver con su padre. No, no creía. ¿De qué se trataría? Le ponía un poco triste pensar que se iban a reír en cuanto la perdieran de vista. Aquello, lo que fuera, se represaba detrás de sus rostros circunspectos, quietos, como enmascarados, porque no entraban fácilmente en la conversación; parecían testigos al acecho, espías, formando rancho aparte en el grupo de los adultos, como si los miraran desde arriba.

Pero al fijarse en Prue, se dio cuenta de que eso no rezaba del todo con ella esta noche. Estaba a punto de trasponer el umbral, a punto de separarse, a punto de bajar de allí. Una luz imperceptible bañaba su rostro, como si acusara el reflejo del fulgor de Minta, sentada enfrente de ella, algo así como una excitación, como un presagio de felicidad, como si el sol del amor entre hombre y mujer se estuviera levantando y asomara por el borde del mantel, y ella, sin saber lo que era, se inclinara hacia aquello y le diera la bienvenida. Tenía los ojos fijos en Minta, unos ojos llenos de timidez pero también de curiosidad, y la señora Ramsay, que las observaba alternativamente, dijo para su fuero interno, pero dirigiéndose a Prue: «El día menos pensado serás tan feliz como ella, mucho más feliz, porque eres mi hija». Porque estaba convencida de que su propia hija tenía que ser a la fuerza más feliz que las hijas de los demás.

Pero ya la cena había tocado a su fin, había llegado la hora de levantarse de la mesa. Ya no hacían más que juguetear con los restos que quedaban en el plato. Esperaría a que acabasen de reírse de no sé qué que estaba contando su marido. Estaba bromeando con Minta acerca de una apuesta. Luego, se pondría de pie.

De repente pensó que no le desagradaba Charles Tansley, que le gustaba su risa, que le gustaba que Paul y Minta le produjeran irritación, hasta su tosquedad tenía cierto encanto. Tenía una serie de virtudes apreciables aquel chico, después de todo. «Y en cuanto a Lily —pensó mientras dejaba la servilleta junto al plato—, siempre encuentra algo con que divertirse sola, nunca molesta ni hay que ocuparse de ella.» Esperó todavía un poco. Dobló la servilleta y la puso bajo el borde del plato. Bueno, ¿no habían acabado? No. Aquel cuento había tirado de otro. Su marido estaba en vena esta noche y ahora, tal vez para hacer las paces con Augustus después de lo de la sopa —es lo que se imaginaba ella—, le había vuelto a dar pie y estaban hablando de no sé quién que los dos habían conocido cuando eran estudiantes. Miró a la ventana, donde la llama de las velas, ahora que los cristales estaban negros, se reflejaba con un brillo más incandescente, y así, mirando hacia fuera, las voces le sonaban irreales, como si le llegaran de una catedral donde se estuviera celebrando alguna ceremonia: no atendía a las palabras. Hubo una súbita irrupción de risas y luego una voz que hablaba sola, era la de Minta; todo le recordaba una función religiosa celebrándose en el interior de la catedral católica con su coro de hombres y niños entonando frases en latín. Siguió esperando. Hablaba su marido. Estaba recitando algo, y supo que era un poema por el ritmo y el timbre de la voz, a la vez exaltado y melancólico:

> Ven y sube por el sendero del jardín,
> Luriana, Lurilee,
> las rosas de China están floreciendo,
> y en torno a ellas zumba la abeja amarilla.

Seguía mirando a la ventana y las palabras sonaban igual que si estuvieran flotando fuera de allí, como flores en el agua, aisladas de todos ellos,

como si nadie las estuviera diciendo, sino que cobraran existencia por sí mismas.

> Y todas las vidas alguna vez vividas,
> y todas las que quedan por vivir,
> están pobladas de árboles de hoja caduca.

No entendía bien la letra, pero con música, aquellas palabras le parecían emitidas por su propia voz, como si dijeran, por su cuenta, de la forma más simple y natural, algo que le había andado rondando por la cabeza durante toda la tarde, mientras hablaba de diferentes cosas. Y notó, sin necesidad de mirar alrededor, que todos, en torno a la mesa, estaban escuchando aquella voz que decía:

> Me pregunto si no se parecerá a ti,
> Luriana, Lurilee.

con la misma índole de alivio y de placer que ella experimentaba, como si al fin se estuviera diciendo aquello que había que decir, la cosa más natural, y fueran las voces de todos las que lo dijeran.

Pero la voz cesó. Miró alrededor. Se obligó a levantarse. Augustus Carmichael se había puesto de pie, y alzando la servilleta en la mano, que casi parecía una camisa blanca, seguía cantando:

> Ven a ver a los reyes cabalgando
> por el prado de las margaritas,
> con sus hojas de palma y de cedro,
> Luriana, Lurilee.

Y cuando pasaba por delante de él, volvió levemente hacia ella la cabeza y repitió las palabras del estribillo:

> Luriana, Lurilee.

y se inclinó, como si le dedicara aquel homenaje. Sin saber por qué, notó ella que la quería más que la había querido nunca; y llena de consuelo y gratitud, le devolvió la inclinación de cabeza y traspuso el umbral de la puerta que él le abría.

Ahora hacía falta un paso más, ponerle una rúbrica a todo aquello. Con el pie en el umbral se detuvo aún unos instantes en la escena que se empezaba a desvanecer según la estaba mirando, y luego, cuando cogió a Minta del brazo y salió de la habitación, todo cambió, se configuró bajo otro aspecto; lo supo al lanzar una última mirada por encima del hombro a todo aquello, a lo que empezaba ya —y ella lo sabía— a ser pasado.

18

Como siempre —pensó Lily—. Siempre surgía algo que hacer en el momento más inoportuno, algo que la señora Ramsay, por razones personales, decidía que tenía que hacer sin demora, aunque estuvieran todos aún de pie, charlando y bromeando, como ahora, sin saber bien a dónde dirigirse, si pasar al salón o al cuartito de fumadores, o si subir a las buhardillas. Y entonces se veía a la señora Ramsay, que en aquel momento estaba cogida del brazo de Minta, quedarse parada en el seno de esa barahúnda, como si se acordara de algo y se dijera: «Es verdad, es la hora de hacer eso», y desaparecer inmediatamente, con aire secreto, a hacer algo a solas.

No hizo más que marcharse y sobrevino una especie de desintegración; todos se movían indecisos de un lado para otro, tomaban diferentes rumbos. El señor Bankes cogió del brazo a Charles Tansley y salieron a la terraza para terminar allí la discusión sobre política que habían iniciado durante la cena, imprimiendo así una oscilación a la balanza de toda la noche, al inclinarla en la dirección de uno de los platillos; aquel bandazo de la poesía a la política desconcertó a Lily y, según los miraba salir y captaba alguna palabra suelta sobre la política del Partido Laborista, le parecía verlos subirse al puente de un barco en busca de orientación. O sea que salieron el señor Bankes y Charles Tansley, mientras los demás se quedaron mirando cómo desaparecía la señora Ramsay escaleras arriba, ella sola, a la luz de la lámpara. ¿Dónde irá tan aprisa?, se preguntaba Lily.

Y no es que hubiera salido corriendo ni diera propiamente muestras de prisa; la verdad es que subía más bien despacio. Lo que le apetecía, aunque solo fuera por unos momentos, era tener un poco de paz después de aquel barullo y repescar un asunto en particular, el único asunto que le importaba ahora, destacarlo de los demás, aislarlo, limpiarlo de emociones y de retazos de otras cosas, y ponerlo frente a ella, traerlo al tribunal donde, reunidos en asamblea, tomaban asiento los jueces que ella había convocado para decidir sobre eso. ¿Qué es bueno y qué es malo, en qué hay error y en qué acierto, a dónde vamos a ir a parar?, y todas esas cosas. Así trataba de enderezarse después de la impresión producida por el suceso y, aunque de forma inconsciente y absurda, el hecho de mirar las ramas de los olmos allí fuera algo que le servía para volverse a sentir en postura estable; su mundo estaba en crisis, pero ellas permanecían inalterables.

El suceso había dejado en ella una sensación de mudanza. Tenía que poner las cosas en orden, tenía que arreglar esto y lo de más allá. Y mientras lo pensaba, tomaba como ejemplo, sin darse cuenta, la dignidad que hay en esa inmovilidad de los árboles y también ahora en la altivez de sus ramas erguidas —como la proa de un barco alzándose sobre una ola— cuando el viento las izaba. Porque se había levantado viento. (Se detuvo unos instantes para mirar afuera.) Se había levantado viento y de vez en cuando las hojas dejaban al descubierto una estrella; y ellas mismas, las estrellas, parecían temblar y afanarse por colar entre los huecos de las hojas su destello, el dardo que emitían.

Sí, aquello ya estaba, otro asunto concluido; y se tornaba solemne, como todas las cosas cumplidas. Ya considerado sin las adherencias del aspaviento o la emoción, podía decirse que era como si en realidad hubiera existido siempre, aunque solamente ahora se hubiera manifestado, y como si al manifestarse empujase a todas las cosas hacia la estabilidad. «Por muchos años que vivan —pensó reemprendiendo su marcha— volverán siempre los ojos a esta noche, a esta luna, a este viento, a esta casa.» Y también los volverían a ella. Al pensar eso, se sentía halagada en su punto más débil al halago: pensar que por mucho que vivieran, ella ya se hallaba trenzada en su corazón, formaría parte de la trama de su vida. «Y esto también formará parte, y esto, y esto», iba diciendo mientras subía las escaleras, dirigiéndose, con una mezcla de burla y ternura, al sofá del descansillo (herencia de su madre), a la mecedora (herencia de su padre), al mapa de las islas Hébridas. Todo aquello volvería a resucitar en la vida de Paul y Minta, de «los Rayley», y al ir a llamarlos así por primera vez experimentó, ya con la mano en el pestillo del cuarto de los niños, esa especie de comunión con los sentimientos ajenos que a veces aportan ciertas emociones, una mezcla de alivio y alegría, como si los tabiques de separación se hubieran adelgazado tanto, que ya todo pertenecía a la misma corriente, y las sillas y las mesas y los mapas eran suyos y eran de ellos, qué más daba de quién, y aquella corriente seguiría arrastrando a Paul y Minta cuando ella ya se hubiera muerto.

Hizo girar el pestillo con decisión, para que no chirriara, y entró con un gesto levemente fruncido en los labios, como para recordarse a sí misma que tenía que hablar en voz baja. Pero en cuanto entró, se dio cuenta, con fastidio, de que había sido una precaución inútil. Los niños todavía no se habían dormido. ¡Vaya por Dios! Mildred debería tener más cuidado. James estaba con los ojos completamente abiertos, Cam sentada muy erguida en la cama y Mildred levantada con los pies descalzos. Y eran las once y estaban los tres hablando. ¿Y de qué tema? Vaya, la culpa la tenía otra vez aquella maldita calavera de jabalí. Le había dicho a Mildred que la descolgara, pero a Mildred, claro, se le había olvidado, y allí estaban ahora James y Cam discutiendo con los ojos abiertos como búhos, cuando deberían llevar horas durmiendo. ¿Cómo se le pudo pasar a Edward por la cabeza la idea de mandarles aquella horrible calavera? La tonta fue ella en dejar que la colgaran allí, y estaba clavada bien fuerte, decía Mildred. Y Cam decía que no podía dormir con ella en el cuarto y James vociferaba si se la tocaban.

—Ahora Cam va a ser buena...

—Tiene unos cuernos muy grandes —dijo Cam.

—... va a ser buena y se va a dormir —siguió la señora Ramsay—, y a soñar con palacios maravillosos.

Se había sentado a la cabecera de su cama. Cam decía que podía ver los cuernos de la calavera por toda la habitación. Y era verdad. Pusieran la luz como la pusieran (y James sin una luz encendida en el cuarto no se podía dormir) siempre proyectaba sombras por algún lado.

130

—Pero, Cam, tienes que pensar que es solo un cerdo grande —dijo la señora Ramsay—, un cerdo negro muy bueno, como los de la granja.

Pero Cam creía que era una cosa horrible, que se ramificaba hacia ella desde todos los rincones de la habitación.

—Pues entonces —dijo la señora Ramsay—, lo vamos a tapar.

Y los tres la vieron dirigirse hacia la cómoda. Se puso a abrir los cajones aprisa, uno detrás de otro, y al ver que no encontraba nada que le pudiera servir, se quitó el chal sin pensarlo más y lo enrolló alrededor de la calavera, dándole varias vueltas. Luego volvió al lado de Cam, casi apoyó la cabeza horizontalmente en la almohada junto a la niña, y se puso a decirle que ahora ya era maravilloso y que cuánto les gustaría verlo a las hadas, que parecía un nido de pájaros, que parecía una montaña de aquellas tan bonitas que habían visto cuando iban de excursión, todo lleno de valles y de flores y de un resonar de esquilas y un piar de pájaros, con cabritas, con antílopes... A medida que hablaba notaba el eco rítmico de sus palabras en la mente de Cam, que iba repitiendo con ella que veía una montaña, un nido de pájaros y un jardín, y que había crías de antílopes, y se le cerraban los ojos y los volvía a abrir, y la señora Ramsay siguió diciendo en un tono cada vez más rítmico y más monótono cosas cada vez más sin sentido, que tenía que cerrar los ojos y dormirse para soñar con montañas y valles y estrellas fugaces y loros y antílopes y jardines y tantas cosas maravillosas, y luego fue despegando la cabeza despacito de la almohada, sin dejar de hablar cada vez más mecánicamente, hasta que consiguió enderezarse y vio que Cam se había dormido.

Y ahora, cruzando la habitación y dirigiéndose a la otra cama, le susurró a James que él también tenía que dormirse, la cabeza de jabalí seguía en su sitio, lo podía ver, nadie se la había quitado, había hecho lo que él quería, allí estaba intacta. Podía dormirse tranquilo porque estaba debajo del chal. Pero James le quería preguntar otra cosa. ¿Iban a ir por fin al Faro mañana?

—No, mañana no —dijo la señora Ramsay.

Pero le prometió que irían pronto, el primer día que hiciera bueno. Era muy dócil. Se hundió en la cama y se dejó arropar. Pero nunca se le olvidaría aquello, la señora Ramsay lo sabía, y sintió una sorda irritación contra Charles Tansley y contra su marido y contra ella misma por haberle hecho forjarse vanas ilusiones. Echó de menos el chal, pero se acordó de que lo había enrollado alrededor de la calavera del jabalí, se levantó, abrió la ventana un poquito, oyó el rumor del viento y respiró el aire totalmente impasible de la noche fresca; luego le dio las buenas noches a Mildred y salió de la habitación, procurando que la lengüeta del pestillo no hiciera ruido, al cerrar la puerta.

A ver si ahora a aquel pelmazo de Charles Tansley no se le caía algún libro al suelo de su cuarto, justo encima del de los niños. Les despertaba el vuelo de una mosca, eran tan sensibles, y quien había sido tan torpe como para decirles aquello del Faro igual era capaz de empujar con el codo una pila de libros y dejarlos caer encima de la cabeza de los niños justo cuando estuvieran cogiendo el primer sueño. Porque se imaginaba que habría subido a su cuarto a trabajar. El día que se fuera se le iba a quitar un peso de encima, a pesar de lo desvalido que lo veía y de que iba a procurar que al día siguiente le trataran todos algo mejor, a pesar de que su risa no le disgustaba y de lo bien que se portaba con su marido, pero realmente sus modales dejaban bastante que desear.

Bajaba las escaleras pensando estas cosas cuando, al llegar al descansillo, vio la luna a través de la ventanita que había allí, una luna amarilla, como de fiesta, y los que se habían quedado allí vieron cómo volvía la cabeza para mirarla, en lo alto de la escalera.

«Esa es mi madre», se dijo Prue. Claro, ¿cómo no iba a atraer las miradas de Minta, de Paul Rayley y de cualquiera? «Ella lo es todo», pensó, como si no pudiera haber una persona parecida a su madre en el mundo entero. Y de la persona mayor en que se había convertido poco antes, cuando estaba hablando con los demás, pasó a ser otra vez una niña y le pareció que había estado jugando a ser mayor y se preguntaba si aquel juego le parecería a su madre bien o mal. Y pensando que suerte tenían Minta y Paul de conocerla, aunque mucho mayor era la suya al tenerla por madre, y que no tenía ganas de ser mayor ni de irse nunca de casa, exclamó, como una niña:

—¿Sabes?, estábamos pensando en bajar un rato a la playa a ver romper las olas.

Al momento, la señora Ramsay, sin saber por qué, se sintió llena de alegría, como si se hubiera transformado en una chica de veinte años, se le puso de repente cuerpo de fiesta. Claro, qué buena idea —asintió con alborozo—, hacían muy bien en ir, pero que muy bien. Bajó casi a saltos los tres o cuatro últimos escalones, le puso una chaqueta a Minta y se reía mirándolos alternativamente, diciendo que le gustaría poder ir también y que no volvieran muy tarde. ¿Llevaba alguien reloj?

—Sí, Paul lleva —dijo Minta.

Paul sacó de una funda de cuero un relojito de oro precioso y se lo enseñó. Y según lo tenía en la palma de la mano para enseñárselo, pensaba: «Lo sabe todo, no hace falta que le cuente nada». Y era como estarle diciendo, al mismo tiempo que le enseñaba el reloj: «Lo he logrado, señora Ramsay, a usted se lo debo todo». Y ella, mirando el reloj de oro sobre su palma abierta, pensaba, a su vez: «¡Qué suerte tiene Minta! ¡Casarse con un hombre que usa reloj de oro en funda de cuero!».

—¡Cuánto me gustaría ir con vosotros! —exclamó.

Pero se sentía retenida por algo tan fuerte que ni siquiera se le pasó por la cabeza la idea de preguntarse qué podría ser. Desde luego le era imposible acompañarlos. Pero le hubiera gustado mucho, sino fuera por aquella otra cosa; y sintiendo cosquillearle la risa al considerar su absurda ocurrencia de que es una suerte casarse con un hombre que lleva reloj de oro en funda de cuero, le bailaba una sonrisa en los labios cuando entró en la habitación contigua, donde su marido se había retirado a leer.

19

«Seguro —se dijo al entrar en la habitación— que he venido aquí buscando algo que necesitaba.» Lo primero que necesitaba era sentarse en una silla concreta, a la luz de una lámpara concreta. Pero necesitaba algo más, aunque no supiera qué, no era capaz de darse cuenta de lo que venía buscando. Al mirar a su marido, mientras cogía la labor y se ponía otra vez a hacer punto, comprendió enseguida que no tenía ganas de ser interrumpido, eso estaba bien claro. Estaba leyendo algo que le debía conmover mucho, porque tenía una media sonrisa tras la cual se notaba que intentaba esconder su emoción. Volvía las páginas aprisa. Estaba viviendo lo que leía, tal vez se sentía identificado con algún personaje de aquel libro. Se preguntó qué libro podría ser. Era, claro, una novela del viejo sir Walter Scott, lo vio al mover un poco la pantalla de la lámpara para que la luz le cayera justo sobre la labor. Como Charles Tansley (y miró hacia el techo como esperando oír de un momento a otro un estrépito de libros cayendo de la mesa al suelo) había estado diciendo en la cena que la gente ya no leía a Walter Scott, su marido habría pensado: «Eso es lo que dirán de mí», y se había metido con una de sus novelas para dilucidar si tenía que darle la razón o no a Charles Tansley. Se dio cuenta de que, a medida que leía, iba pesando los pros y los contras, considerando esto y contrastándolo con aquello. Podría llegar a salvar a Walter Scott, pero no a sí mismo. Con respecto a sí mismo siempre estaba inseguro y eso le preocupaba a la señora Ramsay. Siempre estaba obsesionado con si sus libros se leían o no, con si eran buenos o malos, preguntándose por qué no eran mejores y pendiente de lo que los demás pensaban de él. No le gustaba pensar en ese aspecto suyo, se preguntaba si se habría dado cuenta alguien de por qué se puso nervioso durante la cena cuando salió la conversación aquella sobre la fama y sobre los libros imperecederos, y pensando en que los niños pudieran estar riéndose de él, se le fueron unos puntos de la aguja y todas las arruguitas que surcaban su frente y rodeaban sus labios parecían grabadas con un estilete de acero, y se quedó inmóvil como un árbol que, tras haber sido zarandeado y estremecido, luego, cuando la brisa cesa, se va reafirmando, hoja por hoja, en la quietud.

¡Qué más daba, en el fondo, todo eso! ¿Qué quería decir un gran hombre, un gran libro, una fama imperecedera? Eran cosas de las que ella no entendía nada. Pero su marido tenía la pasión de perseguir la verdad, era su manera de ser. Ella misma, en un momento determinado de la cena recordaba haber pensado: «Si dijera algo ahora», porque se fiaba siempre a ciegas de lo que él decía. Y apartando todo aquello de su mente, como quien aparta al bucear una brizna, un hierbajo, una burbuja, volvió a experimentar, a medida que se zambullía cada vez más profundamente, la misma sensación que se había apoderado de ella al acabar de cenar, cuando los demás estaban hablando. «Hay algo que necesito —se decía—, algo que he venido a buscar», y se sentía sumergir más y más en busca de aquello que no sabía lo que era, con los ojos cerrados. Esperó todavía un poco, volvió a coger la labor, perpleja, sumida en sus cavilaciones y poco a poco aquellas palabras que habían recitado al acabar de cenar, «Las rosas de China están floreciendo y en torno a ellas zumba la abeja amarilla», empezaron a columpiarse dentro de su cabeza, de un lado a otro, rítmicamente, y a compás de aquel oleaje, las palabras, como lucecillas, amortiguadas, rojas, azules, amarillas, se iban encendiendo en su mente, y parecían dejar su pértiga y lanzarse a volar surcando el aire de acá para allá, dando gritos que devolvía el eco. Buscó un libro cualquiera en la mesa que tenía delante.

> Y todas las vidas alguna vez vividas
> y todas las que quedan por vivir
> están pobladas de árboles de hojas caducas

murmuró, clavando las agujas en el calcetín.

Y abrió el libro y empezó a hojearlo al azar, y a medida que lo hacía, le parecía ir trepando hacia atrás, remontando un camino; lo iba cavando entre pétalos que formaban un túnel sobre ella, de tal modo que solo podía decir «esto es blanco» o «esto es rojo». Y al principio no entendía lo que decía allí. Leyó:

> Hacia acá, guiad hacia acá vuestros maderos alados, vencidos marineros.

Volvió la página, y se iba columpiando a su albedrío, saltando en zigzag de una línea a otra, de una rama a otra, de una flor roja y blanca a otra, hasta que un ruido ligero la sobresaltó: su marido se acababa de dar una palmada en el muslo. Sus ojos se encontraron durante unos instantes con los de él, pero ninguno de los dos tenía ganas de decirle nada al otro. No tenían nada que decirse, y sin embargo era como si una cierta corriente de comunicación se hubiera establecido entre ambos. Ella supo que era la vida, la fuerza y el gran humor de aquello que leía lo que le había hecho darse una palmada en el muslo. Y él parecía decirle: «No me interrumpas, por favor, no me digas nada, limítate a seguir sentada ahí». Y siguió leyendo, con aquel rictus dibujado en los labios. Era una lectura que le colmaba, que le vigorizaba. Le barría el recuerdo de los roces, tensiones de toda la noche, de lo indeciblemente que se había aburrido teniendo que soportar el estar sentado con gente que no paraba de comer y de beber, de lo intemperante que había sido con su mujer y lo susceptible y obsesionado que se había sentido cuando nadie mencionó sus libros, como si no existieran. Pero en este momento le traía sin cuidado quién hubiera podido llegar a la Z, suponiendo que el pensamiento abarcase, como un alfabeto, de la A a la Z. Alguien llegaría, si no era él sería otro. La fuerza y sensatez de aquellos personajes, su sentido de la rectitud, su tendencia a las cosas sencillas, aquellos pescadores, aquel pobre viejo loco en su choza de Mucklebackit le hacían sentirse tan fortalecido y aliviado de no sé qué peso, tan embargado por una mezcla de estímulo y triunfo que no pudo contener las lágrimas. Subiendo un poco el libro para que le tapara el rostro, las dejó correr por él, sacudió la cabeza y se olvidó por completo de sí mismo, aunque no de hacer un par de reflexiones sobre la moral de los novelistas ingleses comparada con la de los franceses, y sobre cómo el hecho de que Scott hubiera tenido las manos atadas no invalidaba el que sus puntos de vista fueran tan válidos como los de cualquiera; el naufragio de Steenie y las tribulaciones de Mucklebackit —de lo mejor que tiene Scott— le hacían olvidar por completo sus propias preocupaciones y fracasos, anegados en el increíble deleite y en la sensación vigorizante que aquella lectura le proporcionaba.

«Bueno, pues que alguien mejore esto, si es capaz», se dijo al acabar el capítulo. Le parecía que había estado manteniendo una discusión con otra persona y que había salido vencedor. Por mucho que dijeran, aquello no lo iba a mejorar nadie, y al pensar esto sentía consolidada su propia postura. «La verdad es que los amantes resultan un poco inconsistentes», se decía recapitulando sus apreciaciones. Esto suena a falso, aquello es de primera calidad, iba decidiendo mentalmente, al comparar unos pasajes con otros. Pero tenía que hacer una segunda lectura, es difícil apreciar el conjunto de una obra. Dejaría en suspenso el juicio definitivo. Y volvió a darle vueltas a la otra idea: la de que, si a los chicos de ahora no les gustaba Scott, era lógico que no les gustara tampoco lo que él escribía. «No debe uno hacerse la víctima», se dijo el señor Ramsay, procurando sofocar el deseo de quejarse a su mujer por el hecho de que la gente joven no le admirara. Pero no, lo tenía decidido, no la volvería a aburrir otra vez con aquello. La miró allí leyendo. Parecía estar tan a gusto leyendo. Le gustaba pensar que todo el mundo se había ido y que los habían dejado solos. «Acostarse con una mujer no lo es todo en la vida», pensó; y volvió a sus cavilaciones sobre Scott, Balzac, la novela inglesa y la francesa.

La señora Ramsay alzó la cabeza, como quien tiene un sueño ligero, y parecía estarle diciendo que si él quería que se despertara, se despertaría, desde luego, pero si no era así, ¿podría seguir durmiendo un poquito más, solo un poquito más? Estaba yéndose por aquellas ramas, por acá y por allá, posando sus manos de flor en flor.

Ni alabes en la rosa el bermellón oscuro

leyó. Y a medida que avanzaba en la lectura notaba que iba ascendiendo hasta la cima, hasta la cumbre. ¡Qué placer y qué descanso sentía! Todas las minucias del día eran absorbidas por aquel imán. Su mente quedaba limpia, barrida. Y de repente, como moldeada por sus manos, allí surgía y se alzaba, bella y razonable, nítida y rematada, la esencia de la vida redondeada en un soneto.

Pero empezó a darse cuenta de que su marido la estaba mirando, y de que le sonreía un poco irónico, como si se burlase cariñosamente de ella por verla dormida en pleno día, pero le dijera, al mismo tiempo: «Anda, sigue leyendo». Ahora no me parece que esté triste, pensaba él, y se preguntaba qué estaría leyendo, exagerando su ignorancia, su simplicidad, porque le gustaba pensar que era poco inteligente y rematadamente inculta. Se preguntaba si se estaría enterando de lo que leía. Seguramente no. Pero estaba asombrosamente bella. Le daba la impresión de que su belleza, si tal cosa fuera posible, iba en aumento de día en día.

«Aunque parezca que aún es invierno y que te has ido, yo jugué con ellos, como con tu sombra», acabó de leer.

—¿Qué pasa? —le preguntó, alzando los ojos del libro y contestando a la suya con una sonrisa soñadora.

Y mientras dejaba el libro sobre la mesa y repetía entre dientes la última estrofa: «Yo jugué con ellos como con tu sombra», al tiempo que volvía a coger la labor interrumpida, trataba de acordarse de lo que había pasado desde la última vez que estuvo a solas con él. Recordaba que se había vestido para cenar, que había estado mirando la luna, que Andrew levantaba demasiado el plato cuando ella le iba a servir, que le había deprimido algo que dijo William, se acordaba de los pájaros en las ramas del árbol, del sofá en el rellano y de los niños completamente despiertos por culpa de Charles Tansley, que dejaba caer al suelo una pila de libros..., pero no, qué tontería, eso lo había inventado ella; de Paul sacando el reloj de su funda de cuero. ¿De cuál de estos temas le podía hablar?

—Paul y Minta se han hecho novios —dijo, reemprendiendo su labor de punto.

—Me lo figuraba —dijo él.

No había mucho más que comentar acerca de aquello. Ella seguía dándole vueltas en la cabeza al poema, él continuaba bajo los efectos estimulantes y fortalecedores que la escena del entierro de Steenie había dejado en su alma. Así que ambos guardaron silencio. Entonces ella se dio cuenta de que estaba deseando que su marido le dijera algo.

«Algo, algo —se repetía sin dejar de hacer punto—, que diga algo, tiene que decir algo, lo que sea.»

—¡Qué gusto debe dar casarse con un hombre que usa reloj con funda de cuero! —dijo, porque era el tipo de bromas con las que a veces se reían juntos.

El señor Ramsay emitió una especie de bufido. Su opinión sobre este noviazgo era la misma que tenía sobre cualquier otro: la chica siempre valía más que el chico. Y poco a poco ella fue sintiendo cómo le hormigueaba por dentro de la cabeza la pregunta de por qué, entonces, se empeñará uno en que la gente se case. ¿Cuál era el valor real de las cosas, qué sentido tenían? (A partir de ahora, todo lo que dijeran tenía que ser incontestable.) «Di algo», repetía para sus adentros, deseando tan solo oír la voz de su marido. Porque aquella especie de sombra que a veces los envolvía se estaba iniciando, sintió cómo estrechaba nuevamente su cerco en torno a ellos. «Di algo», le suplicaba con la mirada, como pidiéndole socorro.

Él siguió callado, jugando con la cadena de su reloj y pendiente de su vaivén, sin dejar de pensar en las novelas de Walter Scott y en las de Balzac. Pero a través de los muros crepusculares de su intimidad —porque era evidente que se sentían atraídos uno por otro, involuntariamente, y se iban aproximando uno a otro cada vez más—, ella pudo sentir el pensamiento de su marido cobijando el suyo, como una mano que se levanta para proporcionar sombra. Y al notar que los pensamientos de su mujer tal vez iniciaban aquella pendiente perniciosa hacia lo que él llamaba «su pesimismo», se empezó a poner nervioso, aunque no lo expresara, y a pasarse la mano por la frente y a retorcerse un mechón de pelo y luego a dejarlo.

—Veo que no terminarás el calcetín esta noche —dijo, señalando la labor.

Aquel tono de aspereza en la voz con lo que pudiera implicar de reproche era justamente lo que ella estaba necesitando. Si él decía siempre que el pesimismo era malo sería porque era malo. ¿Por qué pensar que no iba a salir bien aquella boda?

—No —dijo, estirando el calcetín sobre su rodilla—, ya no me da tiempo a terminarlo.

¿Y ahora qué más? Porque notó que él seguía mirándola, y que su mirada había cambiado. Necesitaba algo más, necesitaba una cosa que a ella siempre le resultaba la más difícil de darle, necesitaba que le dijese que le quería. Y eso no, eso no era capaz de hacerlo. A él le resultaba mucho más fácil expresarse que a ella. Sabía decir cosas; ella no sabía. Así que, claro, era siempre él quien decía las cosas y luego, no se sabe por qué razón, le daba rabia haberlas dicho y se metía con ella. Decía que era una esposa desnaturalizada: nunca le decía que le quería. Pero no era eso, qué iba a ser eso; era una incapacidad para decir lo que sentía. ¿Qué podía hacer por él? ¿No tenía alguna migaja en la chaqueta? Se puso de pie y se acercó a la ventana con el calcetín en la mano, en parte para alejarse un poco de él, y en parte porque así con sus ojos espiándola, como ahora, ya no le importaba mirar al Faro. Porque sabía que había vuelto la cabeza y que la estaba mirando de espaldas y sabía que estaba pensando: «Estás más hermosa que nunca»; y se sentía realmente muy hermosa, y sabía que también le estaba pidiendo que, por una vez, le dijera que le quería. Y todo porque estaba nervioso por lo de Minta y por lo de su libro, y porque se había acabado otro día y por haber discutido con ella a cuenta de la dichosa excursión al Faro. Pero ella no le podía decir que le quería, no le salía decirlo. Pero como sabía que la estaba espiando, se volvió con el calcetín en la mano y, en vez de decirle nada, le miró de frente. Y según le miraba, empezó también a sonreír, para que, aunque no dijera una palabra, él pudiera saber por aquella mirada, como lo supo, que le quería. No podía ponerlo en duda. Y sin dejar de sonreír, volvió a mirar a la ventana y, pensando para sus adentros que nada podría haber en el mundo semejante a aquella dicha, dijo:

—Tenías razón. Mañana va a llover.

No lo había dicho, pero él lo había oído. Y ella le seguía mirando sonriente. Porque había vuelto a triunfar otra vez.

II
PASA EL TIEMPO

1

—Bueno, habrá que esperar a mañana hasta ver —dijo el señor Bankes, entrando de la terraza.

—Está una noche muy oscura, no se ve nada —dijo Andrew, que volvía de la playa.

—No se distingue siquiera dónde empieza el mar y dónde acaba la tierra —dijo Prue.

—¿Hay que dejar esa luz encendida? —preguntó Lily, cuando se estaban quitando las chaquetas en la entrada.

—No —dijo Prue—, si ya hemos vuelto todos.

—Andrew —gritó volviendo la cabeza—, apaga por favor la luz del vestíbulo.

Una por una se fueron apagando todas las luces, menos la del cuarto del señor Carmichael, que tenía la costumbre de quedarse un rato despierto leyendo a Virgilio y que dejó su vela encendida hasta bastante más tarde que los demás.

2

Una vez apagadas todas las luces, la luna se hundió, se inició un tamborileo de llovizna sobre el tejado y sobrevino una chaparrón de inmensa oscuridad. Parecía que nada iba a poder escapar a aquella oleada, a aquella inundación de oscuridad, que, colándose por todas las rendijas y por el ojo de las cerraduras, se escabullía por las persianas y se iba tragando aquí una jarra, allá una jofaina o un florero lleno de dalias rojas, y acullá los agudos perfiles y el bulto macizo de la cómoda. Pero no eran solamente los muebles lo que quedaba desvanecido e indistinto, apenas si se reconocía algún resto de cuerpo o de pensamiento del que pudiera decirse «eso es tal» o «eso es cual». Solo de vez en cuando se percibía el gesto de una mano intentando agarrarse a algo o defenderse de algo, o el gemido de alguien o una risa cosquilleando la nada, como queriendo jugar con ella.

Nada rebullía en el salón, ni en el comedor ni en la escalera. Nada más que aquellas rachas desprendidas del cuerpo del viento se filtraban sigilosamente por las esquinas y se aventuraban al interior haciendo crujir los goznes herrumbrosos y las molduras hinchadas por la humedad del mar. Hay que tener en cuenta que la casa ¡estaba tan destartalada! Casi podía uno imaginarse aquella ráfagas sutiles penetrando en el salón, investigándolo todo, fisgándolo todo, jugueteando con un jirón suelto del empapelado de la pared, preguntándose cuánto tiempo duraría colgando de allí, cuándo se desprendería del todo. Se refregaban sutilmente contra las paredes, las recorrían cavilando, como queriendo preguntarle a las rosas rojas y amarillas estampadas en el papel cuándo se marchitarían, examinando —sin prisa, porque tenían todo el tiempo por suyo— las cartas rotas tiradas a la papelera, las flores, los libros, todo lo que se ofrecía a su examen, interrogando a cada cosa para averiguar si era su aliada o su enemiga, para saber cuánto tiempo iba a durar allí.

Y así, guiados por la luz casual de alguna estrella que quedaba al descubierto o de algún barco errabundo, o el Faro cuando eventualmente dejaba su pisada blanquecina en las escaleras o en el felpudo, aquellos vientecillos trepaban escaleras arriba y husmeaban ante la puerta cerrada de los dormitorios. Pero allí no tenían más remedio que detenerse. Todo cuanto por doquier estaba abocado a la muerte y la desaparición, allí dentro se mantenía a buen recaudo. Era como si, al inclinar su aliento sobre la cama misma, alguien les dijera a aquellas luces resbaladizas y a aquellos vientecillos enredadores: «Aquí no podéis tocar nada, nada lograréis destruir». Al sobrevolar aquellos párpados cerrados, aquellos dedos trenzados con abandono, sus propios dedos de luz alada tomaban la consistencia de una pluma y por primera vez, fatigados y espectrales, se veían obligados a plegar su equipaje y abandonar el campo. Y continuaban frotándose contra la ventana del descansillo, subiendo al cuarto de las criadas, a las arcas de la buhardilla, volviendo a bajar, empalideciendo las manzanas del frutero que estaba sobre la mesa del comedor, manoseando los pétalos de las rosas, probando su suerte sobre el cuadro depositado en el caballete, revolcándose encima del felpudo, levantando un remolino de arena en el suelo.

Y al final, dándose por vencidos, se reagruparon, suspiraron y remitieron al unísono, soltaron una ráfaga de quejas sin sentido, a la que contestó una puerta batiéndose en la cocina, oscilaron en el vacío, reconocieron su impotencia y se largaron dando un portazo.

(En aquel momento, el señor Carmichael, que había estado leyendo a Virgilio, sopló su vela. Era más de medianoche.)

3

Pero, si bien se mira, ¿qué es una noche? Un pequeño tramo que se abrevia en cuanto la oscuridad remite, en cuanto empiezan a cantar los pájaros y a cacarear los gallos, en cuanto un tenue verdor, como el de una hoja al brotar, se va avivando en la cresta de las olas. Pase lo que pase, una noche sucede siempre a otra. El invierno hace provisión de unas cuantas en su almacén y las va depositando, a un ritmo apacible y uniforme, con sus dedos infatigables. Se prolongan, se van oscureciendo. Algunas de ellas mantienen en su arboladura una claridad de astros, un resplandor de chapas reverberantes. Los árboles de otoño, a despecho de su estrago, se encargan de asumir ese residuo de fulgor, como banderas andrajosas luciendo en la catacumba tenebrosa y fría de alguna catedral, donde está escrita en letras de oro sobre lápidas de mármol el nombre de los muertos en batalla, cuyos huesos blanqueados se calcinaron en las arenas de la India. Los árboles de otoño se destacan al resplandor de la luna amarilla, de la luna de las cosechas, esa luz que templa y madura la energía de la faena, suaviza el rastrojo y acompaña a la ola azul que viene a lamer la orilla de la playa.

Parecía ahora como si la divina providencia, conmovida por el arrepentimiento de los mortales y por el cúmulo de sus fatigas, hubiese tenido a bien descorrer una cortina y revelar de forma simple y neta lo que se ocultaba detrás de ella: la liebre al acecho, la ola rompiéndose, el vaivén de un barco que se zarandea, todo aquello que podríamos hacer nuestro para siempre, si nuestros merecimientos nos hicieran dignos de tal disfrute. Pero la divina clemencia, ¡ay!, tira de la cuerda, vuelve a correr la cortina y nos niega su gracia, sepulta sus tesoros bajo una avalancha de granizo, los despedaza y confunde, de tal manera que parece imposible imaginar que aquella calma vaya a renacer nunca, ni que seamos capaces de recomponer alguna vez los fragmentos para lograr de nuevo aquel conjunto acabado, ni que en aquel revoltijo de trozos dispersos vayamos a poder leer las inequívocas palabras de la verdad. Porque nuestra contrición solo nos hace merecedores de un vislumbre y nuestras fatigas solo de un alivio pasajero.

Ahora las noches ya se colman de ventisca y de estrago; los árboles se agitan y se doblan y sus hojas zarandeadas por el viento de acá para allá forman una costra sobre la pradera, se amontonan en las cunetas, obstruyen los canalones y se diseminan por los senderos mojados. También se agita el mar con bruscas sacudidas y se despedaza, y si acaso a algún mortal insomne se le ocurriera bajar una noche a la playa en busca de una respuesta a sus zozobras o de una compañía para su soledad, se echase fuera de las sábanas y viniese a pasear a solas por la arena, no cabe soñar que pudiera venirle al encuentro el menor rastro de celo o de providencia divina tendiéndole una mano diligente para poner la noche en orden y convertir el mundo en un reflejo acompasado de su alma. La mano se desvanece en su mano, la voz ruge en su oído. Se haría patente la inutilidad de formular a la noche, en el seno de tamaña confusión, ninguna de esas preguntas sobre el qué, el porqué y el para qué, que acucian al insomne y le tientan a abandonar la cama para salir en busca de una respuesta.

(El señor Ramsay, que avanzaba dando tumbos por un pasillo estrecho, alargó sus brazos en la oscuridad de un amanecer. Pero la señora Ramsay había muerto, casi de repente, la noche anterior y, por mucho que extendiera los brazos hacia adelante, solo pudo abrazar el vacío.)

4

Así que, con la casa vacía, las puertas cerradas y los colchones recogidos, aquellas ráfagas de aire extraviado, como avanzadillas de un colosal ejército, irrumpieron en tropel, azotaron las desiertas buhardillas, desconchadas y abandonadas a su deterioro, y a su paso por el salón y el comedor no encontraron otra resistencia que la de algún jirón colgante de cortina, alguna madera que crujía, las patas desnudas de una mesa o algún cacharro de porcelana o de barro ya sucio desportillado y sin lustres. Solamente alguna prenda desechada y en desuso —un par de zapatos, una gorra de caza, alguna falda o abrigo viejos colgados en el armario— conservaba la huella de una forma humana, dejando constancia con su mismo vacío de que hubo un tiempo en que alguien llenaba aquellas prendas y les infundía aliento de vida, de que hubo unas manos que se atarearon cosiéndoles botones y corchetes, de que aquellos espejos habían tenido rostro y habían configurado un mundo cóncavo dentro del cual había girado una silueta, se había agitado una mano y se había abierto una puerta para dar paso a un tropel de niños bulliciosos que luego se habían vuelto a marchar. Ahora, día tras día, la luz se limitaba a devolver, como una flor reflejada en el agua, su clara huella en la pared de enfrente. Solamente la sombra de los árboles sacudidos por el viento venía a hacer reverencias sobre la pared, oscureciendo por unos instantes el charco aquel dentro del cual la luz se reflejaba a sí misma, o los pájaros, al pasar volando raudos, dejaban la tenue mancha de su revoloteo deslizarse suavemente por el suelo del dormitorio.

Y así se iban enseñoreando del recinto la hermosura y la quietud, tomando ambas el mismo aspecto, una forma de belleza pura de la cual la vida se ha retirado, una presencia solitaria, como un lago atisbado a lo lejos desde la ventanilla del tren y que se desvanece tan fugazmente, palideciendo en el atardecer, que apenas la rápida visión ha llegado a turbar su soledad. La belleza y la quietud se estrechaban la mano en el interior del dormitorio y ni siquiera la intromisión del viento ni el sutil olfateo de la húmeda brisa marina circulando por entre los jarrones amortajados y las butacas cubiertas por sus fundas, reiterando, entre caricias y resoplidos sus preguntas: ¿os estáis mustiando?, ¿os vais a morir?, eran capaces de perturbar aquel sosiego, aquella indiferencia, aquel aire de integridad pura, como si a todo aquello solo se pudiera contestar diciendo: «Estamos aquí, permanecemos».

Parecía como si nada pudiera quebrar aquel aspecto, corromper aquella inocencia ni alterar el ondulante manto del silencio que, semana tras semana, recogía dentro de la habitación vacía los gorjeos postreros de los pájaros, las sirenas de los barcos, la resonancia y zumbido de los campos, el ladrido de un perro, el grito de un hombre, envolviéndolo todo entre los pliegues del silencio que rodeaba la casa, solamente turbado por el chasquido de un tablón en el rellano de la escalera o por un fleco que se desprendía del chal allí olvidado y que, tras el desgarrón, se quedaba planeando de acá para allá en medio de la noche, como un trozo de roca que, tras siglos de sumisión, se desprendiera de la montaña para precipitarse con estruendo en el fondo del valle. Pero enseguida volvía a descender la calma y a balancearse las sombras y a inclinarse la luz, como en una actitud de idolatría, ante su propia imagen reflejada en la pared de enfrente.

Así estaban las cosas cuando un día la señora McNab, rasgando con sus manos, que venían de hacer la colada en el lavadero, aquel velo de silencio, pisoteándolo con las mismas botas bajo las cuales acababan de crujir los guijarros de la playa, se encaminó en derechura a las ventanas, las abrió de par en par y se puso a quitar el polvo a los dormitorios.

5

Canturreaba, mientras se arrastraba escaleras arriba agarrada a la barandilla y deambulaba de un cuarto a otro, dando tumbos como un barco en alta mar y mirándolo todo descaradamente, con unos ojos que nunca se posaban sobre las cosas directamente sino como de soslayo, como quejándose del desdén y la crueldad del mundo, porque ella había nacido estúpida y lo sabía. Según frotaba la luna del espejo de cuerpo entero y lanzaba miradas de reojo a su figura oscilante, de sus labios se escapaba aquel sonsonete, algo que tal vez había resultado brillante veinte años atrás, cuando se tarareaba y se bailaba sobre las tablas de algún escenario, pero que ahora, en labios de aquella asistenta desdentada con cofia, era algo anacrónico y carente de sentido, como la voz de la necedad, el sarcasmo y la estolidez mismos, surgiendo de nuevo después de haber sido pisoteados, como si según iba dando tumbos y fregando y quitando el polvo, quisiera dejar constancia de la interminable desdicha y agobio que supone tener que levantarse todos los días y volverse a acostar, y aquel continuo sacar cosas y volverlas a poner en su sitio. No tenía nada de cómodo ni de fácil aquel mundo que le había tocado vivir desde hacía cerca de setenta años. Las fatigas la habían encorvado. «¿Y cuántos años me quedarán todavía?», rezongaba quejumbrosa, mientras limpiaba las buhardillas o sentía el crujido de sus huesos al arrodillarse para fregar debajo de las camas. Pero luego se volvía a enderezar renqueando, se sobreponía, y con aquella mirada de soslayo que parecía zafarse de todo y eludirlo todo, incluso su propio rostro y sus desdichas, se quedaba boquiabierta ante el espejo y sonreía sin sentido, antes de reemprender sus idas y venidas, aquel levantar colchones y sacar loza de los armarios, no sin dejar de lanzar de vez en cuando esas miradas de refilón al espejo, como si a fin de cuentas también ella tuviera derecho a un consuelo, como si una especie de irreductible esperanza se entremezclara, de hecho, en aquel sonsonete. Algunos ratos de alegría le cabría rescatar, en el lavadero, bebiendo en la taberna, abriendo un cajón para revolver entre sus ropas viejas, hablando con sus hijos, aunque dos de ellos fueran bastardos y el otro la hubiera abandonado. Alguna brecha en la oscuridad tenía que haber habido, algún cauce en los abismos de su penumbra por el cual discurriera la luz suficiente como para que pudiera sonreír con aquella mueca ante el espejo, algo que la hiciera luego, al reanudar la faena, tararear aquella vieja copla de *music hall*.

Mientras tanto, los místicos y los visionarios paseaban por la playa, se detenían a hurgar en un charco, a mirar una piedra y se preguntaban: «¿quién soy yo?, ¿qué es todo esto?»; y de repente una respuesta que venía a calentar su entumecimiento y a confortar su soledad parecía serles concedida, aunque no pudieran decir cuál era.

Pero la señora McNab seguía bebiendo y chismorreando como siempre.

6

La primavera, sin una hoja que zarandear, brillante y desnuda, cruel en su castidad y desdeñosa en su pureza, vino a derramarse por los campos, con los ojos abiertos y vigilantes, totalmente indiferentes a lo que pensaban los espectadores o a lo que había sido de sus vidas.

(Prue Ramsay, del brazo de su padre, había sido concedida en matrimonio aquel mes de mayo. La gente dijo que no podía haber hecho mejor boda y que estaba guapísima.)

A medida que se acercaba el verano y se alargaban las tardes, aquellos seres alerta y esperanzados que bajaban a pasear a la playa para hurgar en los charcos tuvieron visiones de lo más estrafalarias: de carne que se convertía en átomos arrastrados por el viento, de estrellas que se encendían en su corazón, de riscos, mar y nubes que se agrupaban deliberadamente para juntar en apariencia los fragmentos desperdigados de aquella visión. En aquel espejo de la mente humana, en aquellos charcos de agua intranquila, donde siempre vuelven a formarse nubes y sombras, los sueños se conservaban, y era imposible resistir la extraña sugestión según la cual cada gaviota, flor, árbol, hombre, mujer y hasta la misma arena blanca parecían manifestar (pero era una evidencia que se replegaba en cuanto era puesta en cuestión) que el bien triunfa, la felicidad prevalece y el orden impera. Ni era posible tampoco resistir al estímulo de andar de un lado para otro en busca de una especie de bien absoluto, una especie de lente de aumento, alejada de todo placer conocido y de toda virtud familiar, algo ajeno al discurrir de la vida doméstica, algo singular, duro, resplandeciente, como un diamante encontrado en la arena y cuya posesión les pondría al abrigo de cualquier peligro. Además la misma primavera, dulce y condescendiente, con su bordoneo de abejas y su danza de mosquitos, entornaba los ojos, se envolvía en su manto y volvía la cabeza, como si se hiciera cargo, entre sombras pasajeras y ráfagas de llovizna, de todas las tribulaciones de la humanidad.

(Prue Ramsay murió aquel mismo verano de unas fiebres que le sobrevinieron con su primer parto. La gente comentó la indiscutible tragedia de su destino, decían que nadie como ella hubiera merecido ser feliz.)

Y ahora, en pleno calor del verano, el aire volvió a mandar sus espías para que rondaran la casa. Las moscas tejían su trama por las habitaciones llenas de sol, las malas hierbas que crecían tupidas junto a los cristales venían puntualmente por la noche a la contraventana. Cuando las sombras lo invadían todo, el rayo de luz del Faro, que con tanta autoridad se imponía sobre la alfombra y trenzaba sus dibujos en la oscuridad, venía ahora, mezclado con los efluvios de la primavera y con la luz de la luna, a deslizarse dulcemente dejando su caricia, demorándose tenazmente, lo escudriñaba todo y se volvía a ir con igual delicadeza. Pero en uno de los intervalos de esa dulce caricia, cuando la larga ráfaga de luz ya trepaba por la cama, la roca firme se hizo pedazos: se desprendió otro jirón del chal verde y se quedó flotando por el cuarto. Y a lo largo de las breves noches y de los largos días estivales, cuando los lejanos ecos del campo y el zumbido de las moscas invadían la casa vacía, aquel jirón se dejaba arrastrar y giraba sin rumbo, mientras el sol despojaba y obstruía las habitaciones plagándolas de aquella neblina amarilla que daban a la señora McNab, cuando entraba a tumbos para fregar y limpiar el polvo, el aspecto de un pez exótico abriéndose camino entre aguas rayadas de sol.

Pero en el seno de aquella modorra y aquella inercia sobrevinieron a medida que avanzaba el verano ruidos de mal agüero, como golpes acompasados y amortiguados de martillo, a cuyos repetidos embates más se desgarraba el chal y las tazas de té más se iban desportillando. De vez en cuando se oía tintinear la cristalería dentro del aparador, como si la voz de un gigante hubiera lanzado tal alarido agónico que hasta los vasos allí dentro se estremecieran con aquella resonancia. Y luego volvía a caer el silencio, y noche tras noche, e incluso a veces en pleno día, cuando las rosas se abren y la luz proyecta sobre el muro nítidas siluetas, daba la impresión de que se infiltraba en el silencio y la indiferencia aquellos, en aquella normalidad, el ruido sordo de una cosa que cae de golpe.

(Hizo explosión un obús. Aquella explosión alcanzó a veinte o treinta jóvenes en el frente francés; entre ellos estaba Andrew Ramsay cuya muerte, afortunadamente, fue instantánea.)

En aquella época, los que bajaban a pasear por la playa, como pidiéndole al mar y al cielo que les comunicaran algún mensaje o que les revelaran alguna visión en la que ampararse, pudieron observar, entre los consabidos dones y signos de la divina misericordia —una puesta de sol en el mar, la palidez de un amanecer, la luna asomando, los barcos pesqueros destacándose al claro de luna, un grupo de niños tirándose puñados de hierba—, ciertos elementos que no estaban en armonía con aquella serenidad y aquel gozo. Por ejemplo, se produjo la silenciosa aparición de un barco color ceniza, que enseguida se fue, se vio sobre la superficie serena del mar una gran mancha morada como de algo que hubiera hervido por dentro y estallado inopinadamente en sangre. La interferencia de aquello en un escenario propicio a provocar las reflexiones más sublimes y las conclusiones más reconfortantes inmovilizó a los paseantes. Era difícil quitar importancia a tales señales, despojarlas de su significado en el seno de aquel paisaje, seguir paseando por la playa como si nada, regodeándose en la maravillada contemplación de tanta belleza.

¿Complementa la naturaleza los progresos del hombre? ¿Remata lo que él empezó? Con la misma condescendencia unánime contempla sus miserias, absuelve sus abyecciones y aprueba sus torturas. Por lo tanto aquellos sueños de participar, de completar, de hallar una respuesta en la soledad de la playa, no eran más que una imagen reflejada en un espejo, ¿y qué es el espejo mismo sino una superficie cristalina que toma la forma de la quietud cuando nuestras más nobles potencias quedan adormecidas por debajo de ella? Impacientes y ansiosos de recobrar esos encantos y compensaciones que ofrece la belleza, el paseo por la playa se les había hecho ya imposible, la contemplación se volvía insoportable: el espejo se había quebrado.

(El señor Carmichael publicó aquella primavera un libro de poemas que tuvo un éxito insospechado. Se decía que la guerra había resucitado en la gente el interés por la poesía.)

7

Una noche tras otra, verano e invierno, el suplicio de las tempestades y la saeta inmóvil del buen tiempo alternaron sin tregua sus reinados. Desde el piso de arriba de la casa vacía, solo se podían oír —si hubiera habido alguien para oírlo— las sacudidas y el azote de un caos gigantesco racheado de relámpagos y cómo los vientos jugaban con las olas imitando los necios juegos de los leviatanes, de contorno amorfo y frente exenta de cualquier destello de raciocinio, cuando se montan uno sobre el lomo de otro y se embisten y luego se sumergen en la oscuridad o en la luz del día (porque la noche y el día, los meses y los años, se precipitan y mezclan en amalgama imprecisa), hasta llegar a parecer que el universo entero estaba en guerra y dando bandazos, sumido en brutal confusión y entregado a desenfrenados apetitos sin objeto.

En primavera las macetas del jardín, donde crecían al azar hierbas y plantas cuya semilla trajo el aire, volvían a tener el aspecto risueño de siempre. Crecían violetas y narcisos. Pero la quietud y el resplandor del día resultaban tan anacrónicos como el caos y el tumulto de la noche, con aquellos árboles y aquellas flores que seguían allí plantados, mirando al frente o mirando al cielo, pero sin ver nada, con una mirada ciega y terrible.

8

Como la familia no había vuelto a venir, e incluso se rumoreaba que pensaban vender la casa, posiblemente a Michaelmas, la señora McNab, pensando que con eso no hacía daño a nadie, cogió unas flores del jardín e hizo un ramillete para llevárselo a casa. Luego lo dejó encima de la mesa, mientras terminaba de limpiar. Era una pena que se marchitaran allí. Se quedó con los brazos en jarras mirándose al espejo; si pensaban vender la casa, tendrían que cuidarla un poco más, era indispensable. Llevaba años sin que la habitara un alma. Todos los libros y los objetos se estaban echando a perder; con la guerra y lo difícil que se había vuelto encontrar ayuda, la casa no se había limpiado nunca en condiciones, como a ella le hubiera gustado. Y era demasiado trabajo para una sola persona intentarlo ahora. Ella estaba muy vieja y le dolían las piernas. Habría habido que sacar los libros uno por uno al prado para que se aireasen; la escayola del vestíbulo se había desconchado, el canalón de la ventana del despacho se había atascado y formado goteras, la alfombra estaba hecha una pena. Tenían que haber venido ellos en persona, alguno de ellos, o si no mandar a alguien para que echara un vistazo. Porque, claro, habían dejado ropa en todos los armarios, ropa por los dormitorios, y la señora McNab no sabía qué hacer con ella. Las cosas de la señora Ramsay se habían apolillado. ¡Pobre señora!, ya no necesitaría más aquella ropa. Decían que había muerto hacía años en Londres. Allí estaba la vieja bata gris que se ponía para trabajar en el jardín. La señora McNab le pasó los dedos por encima. Parecía que la estaba viendo, cuando llegaba ella por el paseo con un cesto de ropa lavada, inclinada sobre los macizos de flores. El jardín estaba ahora que daba pena; las plantas creciendo cada una por donde le daba la gana, y todo lleno de conejos que huían de uno por entre los macizos. Parecía que la estaba viendo con la bata gris y uno de sus hijos pequeños al lado. Por todas partes había zapatos y botas y hasta había dejado un cepillo y un peine encima del tocador como si pensara volver al día siguiente. Decían que había muerto de repente. Una vez estuvieron a punto de venir, pero luego por fin, con la guerra y lo difícil que se había vuelto trasladarse de un sitio a otro, no llegaron a hacer el viaje. En todos aquellos años no habían vuelto. Todo lo más mandaban algún dinero, pero escribir o venir, eso nunca, y no iban a pretender ahora encontrarlo todo en el mismo estado en que lo dejaron, eso sí que no. Abrió los cajones del tocador, estaban todos llenos de pañuelos, de cintas, de muchas cosas. Sí, le parecía estar viendo a la señora Ramsay, cuando ella venía con el cesto de ropa recién lavada.

—Buenas tardes, señora McNab —solía saludarla.

Siempre había sido muy buena con ella. Todas las muchachas la querían. Cuántas cosas habían pasado desde entonces, Dios mío —pensó cerrando uno de los cajones—, cuántas familias habían perdido a sus seres más queridos. La señora Ramsay había muerto, al señorito Andrew le había matado un obús, y decían que la señorita Prue había muerto también, de su primer parto. ¿Pero quién no había perdido a alguien en estos años? Y luego aquella intolerable subida de los precios, que no tenían trazas de volver a bajar nunca. Se acordaba perfectamente de ella con la bata gris.

—Buenas tardes, señora McNab —le decía.

Y luego le mandaba a la cocinera que le guardara un plato de sopa de leche, porque después de cargar con aquel cesto tan pesado desde el pueblo, le debía hacer buena falta. Parecía que la estaba viendo allí parada junto a sus flores, evanescente y movediza, como un rayo de luz amarillo, como dentro de ese círculo por donde termina un telescopio; aquella señora de gris, inclinada sobre las flores, se movía errabunda por las paredes del dormitorio, por el lavabo, encima del tocador, mientras la señora McNab iba renqueando de un lado a otro ordenando cosas y quitándoles el polvo.

¿Y cómo se llamaba la cocinera? Algo así como Mildred o Marian. Se le había olvidado, todo se le olvidaba. Era muy desenvuelta, como todas las pelirrojas. Y cuánto se habían podido reír juntas. Ella siempre era bien recibida en la cocina, se morían de risa con ella, ya lo creo. Eran tiempos mejores que los de ahora.

Suspiró. Era demasiada tarea para una mujer sola, no daba abasto. No hacía más que volver la cabeza de un lado para otro. Aquello había sido el cuarto de los niños. Estaba todo lleno de humedad y la escayola se caía a pedazos. ¿Y qué hacía allí colgada aquella calavera de bicho más que apolillarse como todo lo demás? Y luego, todas las buhardillas con ratas y la lluvia entrando. Y ellos sin venir, sin mandar recado. Muchas cerraduras se habían estropeado y las puertas batían. Le hacía poca gracia quedarse allí sola en cuanto empezaba a oscurecer. Era demasiado para una mujer sola, demasiado. Cerró la puerta de golpe, refunfuñando. Echó la llave y la casa quedó sólidamente cerrada, atrancada, sola.

9

La casa quedó abandonada, desierta. Quedó como una concha en un montón de arena, que se va llenando de granos secos de sal ahora que la vida la ha dejado. Una noche interminable parecía haber comenzado a reinar triunfalmente con sus aires sutiles y mordientes, con sus ráfagas húmedas y revoltosas. Las cacerolas estaban oxidadas y la alfombra hecha una ruina. Hasta sapos se habían metido. El chal verde oscilaba perezoso y sin rumbo de acá para allá. Por el tejado de la despensa se colaban las ortigas y las golondrinas habían anidado en el salón. El suelo estaba lleno de pajas y los desconchados de la escayola se podían coger con pala. Las vigas habían quedado al descubierto y los ratones se llevaban trozos de esto o de aquello para roerlo detrás del rodapié. Mariposas con manchas como de cáscara de tortuga surgían de las crisálidas y se pasaban la vida golpeando en las contraventanas. Las amapolas crecían espontáneamente entre las dalias, la hierba sin segar se agitaba en la pradera, por entre las rosas se alzaban alcachofas gigantescas y un clavel desflecado aparecía entre las coles. Y a lo largo de las noches de invierno, lo que había sido un suave golpear de malas hierbas contra la ventana, aquel verdor que inundaba en verano las habitaciones, venía a convertirse en tamborileo de ramas vigorosas y de zarzas de espinos.

¿Qué poder sería ahora ya capaz de oponerse a la fecundidad de la naturaleza, a su insensibilidad? ¿Aquella fugaz visión que había tenido la señora McNab de una señora, un niño y un plato de sopa, y que por un momento había fluctuado por las paredes como una mancha de sol para desvanecerse enseguida? La señora McNab había cerrado con llave y se había ido. Aquello era superior a las solas fuerzas de una persona. Nunca mandaban recado, nunca escribían ni decían nada. Las cosas se estaban pudriendo en los cajones, no se puede dejar todo tirado así. La casa estaba hecha una ruina y un dolor. Tan solo la ráfaga de luz del faro se colaba en las habitaciones por unos instantes, iluminando la oscuridad del invierno con aquel súbito resplandor que se deslizaba por las camas y las paredes, con aquella mirada impasible sobre las briznas de paja, sobre las golondrinas, las ratas y los cardos. Nadie oponía resistencia a ese rayo de luz, no hallaba eco en nadie. Que sople el viento, que las semillas de amapolas y claveles caigan entre las coles, que la golondrina anide en el salón y el cardo se abra camino por entre las tejas, que las mariposas vengan a tomar el sol sobre las desteñidas cretonas de las butacas. Que los añicos de cristal y porcelana se mezclen en la pradera con las hierbas y las fresas silvestres.

Parecía a punto de sobrevenir ese momento crítico de vacilación, como cuando el alba se estremece y la noche parece pararse, en que el simple peso de una pluma en uno de los platillos de la balanza podría acarrear el desequilibrio total. El simple peso de una pluma y la casa se derrumbaría, se iría a pique, se tambalearía y zambulliría en el profundo y sombrío abismo. Los excursionistas encenderían fuego en las habitaciones ruinosas para hervir agua, los enamorados buscarían cobijo allí y se tumbarían sobre las tablas desnudas del suelo, el pastor escondería su yantar entre los ladrillos y el vagabundo, envuelto en su tabardo, vendría a dormir para resguardarse del frío. Se habría desplomado el tejado, las zarzas y la cicuta habrían borrado los pasillos, los escalones, los huecos de las ventanas; habrían proliferado, desordenados, pero exuberantes, sobre todo el montículo, hasta el punto de que si algún caminante descarriado de su ruta llegaba a pasar por allí, solo por el rastro de alguna tritonia entre las ortigas o algún fragmento de loza entre la cicuta, hubiera podido adivinar que alguien había vivido allí, que en aquel lugar se había levantado una casa.

Solo con que una pluma hubiera caído en el platillo para desequilibrar la balanza, la casa entera se habría precipitado a los abismos, para ir a yacer en el desierto del olvido. Pero había una fuerza, no demasiado consciente, que trabajaba en contra, una fuerza que daba tumbos y miraba de soslayo, que para seguir adelante con su tarea no necesitaba inspirarse en un ritual majestuoso ni en cánticos solemnes. La fuerza de la señora McNab, que rezongaba, junto a la de la señora Bast, que crujía. Estaban viejas y entumecidas las dos, les dolían las piernas. Habían acudido con sus escobas y sus cubos y se había puesto a la tarea. Por fin, de repente una de la señoritas había escrito a la señora McNab que a ver si podía tener la casa en condiciones, que si se podía encargar de esto y de lo otro, que se diera prisa. Tenían pensado venir a pasar el verano. Avisaban en el último momento y pretendían encontrarlo todo a punto, como lo habían dejado.

Poco a poco, trabajosamente, a base de escoba y cubo, fregando, restregando, la señora McNab y la señora Bast trataban de poner coto a tanta ruina y deterioro, de rescatar de la laguna del Tiempo que los anegaba, ora una jofaina, ora un armario, de arrancar por la mañana de las garras del olvido las novelas de Walter Scott y el juego de té, y por la tarde sacar al aire y al sol los morillos, los hierros y las tenazas de cobre de la chimenea. El hijo de la señora Bast, George, cazaba ratones y segaba la hierba. Trajeron a unos albañiles. Parecía que se estaba produciendo un parto laborioso y torpe, entre tanto chirriar de goznes, rechinar de cerrojos y batirse de puertas con la madera crecida por la humedad, mientras aquellas dos mujeres, tan pronto subiendo las escaleras como bajando al sótano, se agachaban, se volvían a levantar, se quejaban, canturreaban, daban golpes y sacudían. Y decían: «¡Qué fatiga, Señor!».

A veces tomaban el té en el salón, otras en el despacho. Hacían un alto en el trabajo a mediodía con la cara llena de tiznones y aquellas manos agarrotadas y entumecidas de tanto agarrar el mango de la escoba. Hundidas en los sillones se recreaban en la victoria conseguida ya sobre la grifería y los baños, o en el triunfo, mucho más arduo y parcial, sobre las largas hileras de libros, antaño negros como ala de cuervo y ahora moteados de pintitas blancas, dentro de los cuales se creaban pálidos hongos y se escondían arañas furtivas.

Bajo los efectos reconfortantes del té, la señora McNab, una vez más, cogió el telescopio, se lo aplicó a los ojos y vio, dentro de un redondel de luz, al señor mayor, flaco como una percha, moviendo la cabeza y hablando solo por la pradera, le daba la impresión, como cuando ella venía de lavar la ropa. Nunca se daba cuenta de que pasaba por delante de él. Algunos habían dicho que era él quien se había muerto, otros que ella. ¿Cuál de los dos habría sido? La señora Bast tampoco lo sabía de fijo. El señorito sí se había muerto, de eso estaba segura, porque lo había leído en el periódico.

Y tenían por aquel entonces una cocinera, una tal Mildred o Marian, era un nombre así, una mujer pelirroja, de genio vivo como todas las pelirrojas pero muy buena persona, si se la sabía tratar. Cuánto se habían reído las dos juntas. Siempre había un plato de sopa para Maggie, y a veces una loncha de jamón, todo lo que sobraba. Se vivía bien en aquel tiempo, no les faltaba de nada. Con el calor del té que se le había subido a la cabeza, iba desenredando, elocuente y jovial, la madeja de sus recuerdos, allí sentada en la butaca de mimbre, junto a la chimenea del cuarto de los niños. Siempre había un quehacer enorme, siempre tenían invitados, hasta veinte llegó a haber algunas veces, y muchos días les daban las doce de la noche fregando platos.

la señora Bast, que no los había conocido porque por aquellas fechas vivía en Glasgow, le preguntó, mientras dejaba la taza de té, que a quién se le habría ocurrido colgar allí la calavera de ese bicho. Seguro que lo habría cazado alguien en un país exótico.

Bien pudiera ser, repuso la señora McNab, volviendo a distraerse con sus recuerdos, porque tenían amigos en los sitios más raros del extranjero, venían muchos señores y había señoras en traje de noche. Una vez los había visto ella sentados a la mesa, al pasar por la puerta del comedor. Juraría que eran veinte, y llevaban muchas joyas, y le pidieron que se quedara para ayudar a fregar la vajilla, sería más de medianoche cuando terminaron.

Pues lo iban a encontrar aquello muy cambiado, comentó la señora Bast. Se asomó a la ventana. Y vio a su hijo George que estaba segando la hierba. Preguntarían que quién se había ocupado de hacerlo, porque el viejo Kennedy, a cuyo cargo corría presuntamente esa tarea, andaba muy mal de la pierna desde que sufrió la caída del carro, y puede que hiciera un año, o cerca le andaría, que nadie cuidaba de aquello. Luego había venido Davie Macdonald y le mandaron semillas, ¿pero quién podría asegurar que las hubiese plantado? Lo iban a encontrar todo cambiadísimo.

Se quedó mirando segar a su hijo. Era un poco lento, pero muy trabajador. Pero bueno, tendría que meterse con el arreglo de los armarios, ¿no? Se animaron a levantarse.

Por fin, tras muchos días de labor incesante dentro de la casa y de cavar y podar el jardín, sacudieron los paños de polvo por la ventana, cerraron las ventanas, echaron la llave a todas las puertas de la casa y salieron dando un portazo a la de la entrada. Habían terminado con su tarea.

Y ahora, como si el trajín de tanto limpiar, fregar, podar y segar, hubiera venido hasta entonces amortiguándola, surgió esa melodía en sordina, esa música intermitente que el oído capta a medias y a medias deja escapar, un ladrido, un balido, algo que guarda cierto nexo a pesar de sus intermitencias y asonancias, el zumbido de un insecto, el temblor que, como algo que aún le pertenece, estremece la hierba recién cortada, la vibración de un escarabajo o el chirriar de una rueda, melodía unas veces más alta y otras más baja, pero misteriosamente combinada, rumores que el oído pugna por reunir pero que nunca llega a oír ni a armonizar bien del todo, hasta que por fin, al atardecer, van muriendo uno tras otro, la armonía desfallece y se instala el silencio. A la puesta del sol, las cosas pierden su nitidez y, a manera de niebla que asciende, la quietud se extiende y reina, se sosiega el viento, el mundo se precipita libremente en brazos del sueño, a oscuras, sin otra luz que aquella verde que le llega difusa a través de las hojas o palidecida entre las blancas flores de la ventana.

(Lily Briscoe se hizo transportar las maletas camino arriba hasta la casa en las últimas horas de una tarde de septiembre. En ese mismo tren vino el señor Carmichael.)

10

Realmente, había llegado la paz. El mar lanzaba con su respiración mensajes de paz de las olas a la orilla. Nunca volvería a interrumpir su sueño, la acunaría, por el contrario, más intensamente, la ayudaría a descansar, aseguraría los sueños benditos y cuerdos de todos los dormidos. ¿Qué otra cosa sino eso podía estar susurrando el mar, cuando Lily Briscoe, escuchando su murmullo, apoyaba la cabeza sobre la almohada en aquella alcoba limpia y tranquila? Por la ventana abierta llegaba todo el rumor de la belleza del mundo, demasiado quedo tal vez para entender exactamente lo que decía (pero eso ¿qué importaba si el sentido general quedaba claro?), pidiendo a los durmientes que volvían a llenar la casa (había venido también la señora Beckwith a pasar unos días, además del señor Carmichael), que si no tenían ganas en aquel momento de bajar hasta la playa misma, que por lo menos corriesen la cortina y mirasen por la ventana. Y que verían fluir la noche vestida de malva con su corona y su cetro de joyas, verían que hasta un niño puede mirarse en sus ojos. Y si ni siquiera a eso se animaban —Lily estaba muy cansada del viaje y se durmió casi inmediatamente, pero el señor Carmichael estaba leyendo un libro a la luz de la vela—, si aun a eso se negaban, si despreciaban el esplendor de la noche diciendo que no era más que vaho, que valía más el poder del rocío y que preferían dormirse, la voz aquella, sin más quejas ni discusiones, se pondría a cantar su canción dulcemente. Dulcemente, como las estaba oyendo Lily en sueños, se rompían las olas y deliberadamente se derramaba aquella luz que parecía surgir de sus párpados cerrados. Y todo ello —reflexionó el señor Carmichael, mientras cerraba el libro para dormirse ya— se parecía tanto a lo de años atrás.

«Si es así, ¿por qué no aceptar esto, conformarse con ello, aprobarlo y resignarse?», reanudaba la voz, mientras se corrían cortinas de oscuridad en torno de la casa y sobre la señora Beckwith, el señor Carmichael y Lily Briscoe, de tal manera que descansaban con varias capas de negrura encima de sus ojos. El suspiro de todos los mares rompiendo acompasadamente en torno a las islas los acunaba, la noche los arropaba. Nada vino a quebrar su sueño, hasta que al alba empezaron a cantar los pájaros entretejiendo sus voces con la blancura del amanecer, chirrió a lo lejos un carro, un perro rompió a ladrar no sé dónde y el sol, descorriendo las cortinas, rasgó el velo que protegía los ojos de los durmientes. Y Lily Briscoe, revolviéndose inquieta en sueños, se agarró a las sábanas como quien, a punto de despeñarse, se aferra a un penacho de hierba crecido al borde del acantilado. Abrió los ojos de par en par.

«Aquí estoy otra vez —pensó, incorporándose en la cama—. Despierta.»

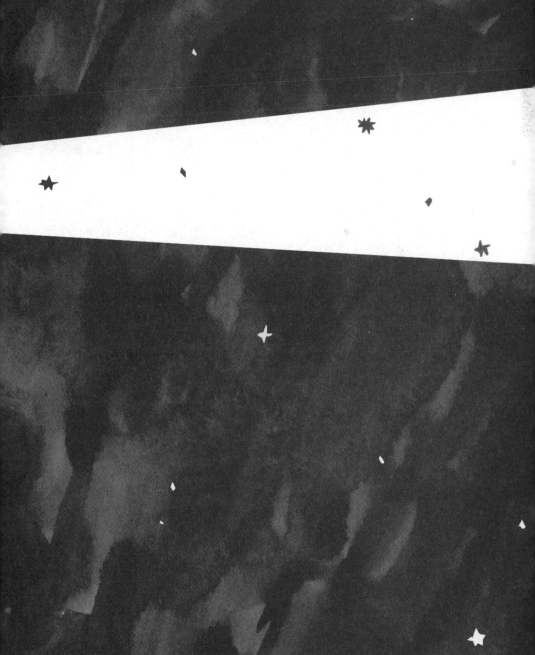

III
EL FARO

1

«¿Y qué significa, qué puede significar todo esto?», se preguntaba Lily Briscoe. La habían dejado sola y no sabía si levantarse a buscar otra taza de café en la cocina o esperar allí. Aquella frase tópica, sacada de algún libro —«¿qué significa esto?»—, encajaba aproximadamente con su pensamiento, porque no era capaz de resumir lo que sentía aquella primera mañana de estancia con los Ramsay, solo podía echar mano de una frase para que resonara y cubriera el vacío de su mente en blanco, hasta ver si aquellos vapores se le pasaban. Porque, ¿qué era en realidad lo que sentía al volver allí después de todos aquellos años y con la señora Ramsay muerta? Nada, nada, nada que fuera capaz de expresar en absoluto.

Había llegado ya tarde la noche anterior cuando todo estaba oscuro, misterioso. Y ahora, recién levantada, se encontraba ocupando su sitio de siempre para el desayuno, sentada sola a la mesa del comedor. Claro que era pronto todavía, no habían dado las ocho. Pero el señor Ramsay, Cam y James iban a hacer la excursión aquella, iban a ir al Faro. Ya tendrían que haber salido, porque les convenía coger la marea alta o por no sé qué. Pero Cam no estaba lista todavía, ni James estaba listo y a Nancy se le había olvidado mandar que les prepararan unos bocadillos, total que el señor Ramsay había acabado perdiendo los estribos y había salido de la habitación dando un portazo.

—¡Total ya no sé para qué vamos a ir! —gritó furioso.

Nancy se había esfumado. Y allí fuera estaba él paseando por la terraza arriba y abajo como una fiera enjaulada. Daba la impresión de que se oían gritos y portazos por toda la casa. Luego Nancy reapareció y mirando en torno suyo con un aire perdido, entre desesperado y perplejo, preguntó:

—¿Pero qué es lo que hay que llevar al Faro?

Lo preguntaba como forzándose a sí misma a hacer algo que estaba convencida de ser incapaz de hacer.

Y en realidad, ¿qué era lo que había que llevar al Faro? En cualquier otra ocasión, Lily podría haberle sugerido, en buena lógica, cosas como té, tabaco, periódicos. Pero esta mañana se le hacía todo tan sumamente extraño, que una pregunta como aquella de Nancy sobre lo que se debía llevar al Faro abría en su mente puertas que luego se cerraban violentamente y se quedaban oscilando de acá para allá, algo que mantenía a Lily en un embobado estupor, sin dejar de preguntarse: «¿Qué habrá que llevar?, ¿qué hay que hacer?, ¿y además por qué estoy aquí sentada?».

Sentada allí sola —porque Nancy había vuelto a salir de la habitación— ante la larga mesa llena de tazas limpias, se sentía aislada de todo el mundo, capaz únicamente de seguir mirando, cavilando, preguntándose cosas. Todo le parecía extraño: la casa, el sitio, la mañana. No tenía raíces allí ni relación alguna con aquello, pensó; cualquier cosa que pudiera pasar o que hubiera pasado, unos pasos sonando fuera, una voz llamando a alguien («¡No, no está en el armario, búscalo en la escalera!» —se oyó gritar—), se convertía en pregunta, como si el nexo que normalmente liga unas cosas con otras hubiera sido cortado y las cosas, desconectadas, flotaran a la deriva de acá para allá. ¡Qué caótico es todo, qué irreal, qué falto de sentido!, pensó con los ojos fijos en su taza de café vacía. La señora Ramsay muerta, Andrew y Prue también. Pero por mucho que se lo repitiera, no provocaba en ella emoción alguna. «Y aquí estamos todos en una casa como esta y en una mañana como esta», se decía mirando a la ventana. Hacía un día hermoso y tranquilo.

De repente el señor Ramsay levantó la cabeza al pasar y la miró fijamente con aquellos ojos suyos distraídos y ariscos pero tan penetrantes como si la estuviera viendo por primera vez, solo durante un segundo, pero también para siempre; y ella fingió ponerse a beber café en su taza vacía para librarse de él, para escapar a la exigencia de su mirada, para apartar de sí por unos instantes aquella imperiosa necesidad. Y él la saludó con un movimiento de cabeza y se alejó; le pareció oír que iba diciendo «solo» y también «acabado», y aquellas palabras, como todo lo demás que estaba pasando en esa mañana tan singular, se convirtieron en símbolos, quedaron inscritas en las paredes de color gris verdoso. Le parecía que si fuera capaz de reunirlas y de escribir alguna frase con ellas, habría llegado a captar la verdad de las cosas.

El viejo señor Carmichael entró arrastrando despacito los pies, se sirvió café, cogió su taza y salió a tomar el sol. Aquel extraordinario sentimiento de irrealidad a Lily casi le daba miedo, pero por otra parte resultaba excitante. La excursión al Faro. ¿Y qué era lo que había que llevar al Faro? La luz gris verdosa en la pared de enfrente. Los lugares vacíos en la mesa. Acabado. Solo. Estas eran algunas de las piezas, ¿pero qué se componía con todas ellas? Como si tuviera miedo de que cualquier interrupción pudiera quebrar el frágil edificio que estaba fabricando allí sobre la mesa, se puso de espaldas a la ventana para que el señor Ramsay no pudiera verla. Tenía que encontrar alguna manera de escapar, necesitaba estar sola en algún sitio. De repente se acordó. La última vez que había estado sentada en este sitio hacía diez años, había en el bordado del mantel algo así como una ramita o una hojita, y había sentido, al mirarla, una especie de revelación. Se trataba de una cuestión relacionada con la distribución de las formas en el primer término de su cuadro, y de repente se había dicho: ¡tengo que correr el árbol más al centro! Era un cuadro que nunca había llegado a terminar, pero que, a lo largo de todos estos años, había estado vagando por su mente. Lo terminaría ahora. ¿Dónde habría dejado la caja de pinturas? Sus pinturas, sí. Las había dejado en el vestíbulo la noche anterior, al llegar. Se pondría con él enseguida. Y, con esto decidido, se puso de pie inmediatamente, antes de que volviera el señor Ramsay.

Buscó una silla y plantó el caballete, con aquellos gestos suyos tan meticulosos de solterona, al final del prado, no demasiado cerca del señor Carmichael, pero lo bastante cerca como para sentir su protección. Sí, exactamente en este mismo sitio es donde lo colocaba hace diez años. Allí estaba el muro, allí el seto, allí el árbol. La cuestión se refería al modo particular de relacionar entre sí esos elementos. Era una cuestión que había llevado grabada en la mente durante todo este tiempo y parecía que ahora estaba a punto de solucionarla: por fin ya sabía lo que tenía que hacer.

Pero la conducta del señor Ramsay para con ella le impedía hacer nada. Cada vez que se acercaba, porque seguía paseando arriba y abajo por la terraza, se acercaban con él el caos y el trastorno. Era incapaz de pintar. Se inclinaba, se volvía, cogía el trapo o apretaba un tubito. Pero todo aquello lo hacía para ver de esquivarlo. Con él cerca le resultaba imposible hacer nada. Porque en cuanto le diera el menor pie, en cuanto la viera inactiva un momento o se le ocurriera mirarle, la asaltaría, le vendría a preguntar, como la noche antes, si no los encontraba muy cambiados. La noche antes, más saludarla, se había parado delante de ella y le había hecho esa pregunta. Y ella notó cuánto les molestaba oírla a aquellos seis chicos a quienes solían llamar la Roja, la Hermosa, la Bruja y el Cruel, en recuerdo de ciertos reyes de Inglaterra, lo notó aunque no habían hecho más que mirarla silenciosamente. Solo la vieja y amable señora Beckwith había dicho algo sensato, pero era una casa llena de pasiones desquiciadas, lo había estado pensando toda la noche. Y para colmo, el señor Ramsay, en cuanto le estrechó la mano, había salido con aquello de: «Nos encontrará usted muy cambiados». Y ninguno de ellos se había movido ni había dicho nada, se habían sentado y así siguieron, como si no tuvieran otro remedio que aguantar aquellas cosas que decía su padre. Solamente James (mejor dicho el Adusto) fruncía el entrecejo mirando la lámpara y Cam se retorcía un pañuelo alrededor del dedo.

Fue en aquel momento cuando el señor Ramsay les recordó que al día siguiente iban de excursión al Faro, y que tenían que estar preparados en el vestíbulo a las siete y media en punto. Luego, ya con la mano en el picaporte, se detuvo y se volvió a mirarlos. ¿Les apetecía, no? Si se hubieran atrevido a decir que no (y sus razones tenía para temerlo) se hubiera hundido con ademanes de tragedia griega en las amargas aguas de la desesperación. Hasta tal punto llegaba su capacidad de histrionismo. Parecía un rey en el exilio. James dijo que sí con gesto obstinado y Cam balbució lamentablemente. Sí, sí, estarían los dos listos a esa hora, dijeron. Y a Lily le impresionó aquello, le pareció una tragedia, porque la tragedia no solo reside en las cenizas, las mortajas y los paños funerarios, sino también en los niños sometidos a coacción, avasallados. James tenía dieciséis años y Cam debía rondar ya los diecisiete. Se quedó mirando alrededor, como buscando a alguien que no estaba allí, posiblemente a la señora Ramsay. Pero solo vio a la buena de la señora Beckwith que miraba láminas a la luz de la lámpara. Luego, sintiéndose cansada y con la cabeza cubriéndole y bajándole todavía a compás de las olas, invadida por el olor y el sabor que tienen los sitios cuando se vuelve a ellos después de mucho tiempo, con toda la luz de las velas bailándole por dentro de los ojos, había perdido el norte y se había dejado ir a la deriva. Hacía una noche hermosa, cuajada de estrellas; oyeron el rumor de las olas cuando subían la escalera y, al llegar al descansillo, la luna le sorprendió enorme y pálida, a través de la ventana del rellano. Se durmió en cuanto cayó en la cama.

Colocó el lienzo sobre el caballete con ademán resuelto, como si se tratara de una barrera que, aunque frágil, creía de consistencia suficiente para oponerse a los requerimientos del señor Ramsay. Hacía lo posible por concentrarse cuando él le daba la espalda, tal línea aquí, tal bulto allá. Pero ni pensarlo. Aunque estuviera a cincuenta pasos de distancia, aunque no le dirigiera la palabra, aunque ni siquiera la mirase, todo lo impregnaba de sí mismo, prevalecía, se imponía. Lograba trastocarlo todo, que ella no pudiera ver los colores, que no pudiera distinguir unas líneas de otras, aunque estuviera de espaldas a ella, no podía librarse de pensar: «Pero caerá sobre mí de un momento a otro, vendrá a pedirme algo». Y sabía que era algo que ella no le podía dar. Dejó un pincel y cogió otro. ¿Por qué no saldrían los niños y se marcharían todos ya de una vez?, se preguntaba, nerviosa. «Ese hombre —pensaba, sintiendo que le crecía la indignación— nunca ha dado, no ha hecho más que arrebatar.» En cambio ella se vería obligada a dar. La señor Ramsay había dado a manos llenas. Había muerto dando, dando y dando, y los resultados eran estos. La verdad es que le irritaba un poco pensar en la señora Ramsay. Con el pincel temblándole entre los dedos se quedó mirando al seto, al escalón, al muro. Todo aquello era obra de la señora Ramsay. Había muerto. Y aquí se había quedado ella, Lily, que a los cuarenta y cuatro años seguía desperdiciando el tiempo, incapaz de hacer nada, plantada aquí jugando a que pintaba, jugando a la única cosa que no se puede tomar como juego, y la culpa era de la señora Ramsay por haber muerto. El escalón donde solía sentarse estaba vacío. Había muerto.

¿Pero por qué empeñarse en seguir machacando sobre lo mismo? ¿A qué venía ese afán por hacer brotar de su alma sentimientos que no estaban en ella? Había en esto como una especie de blasfemia. Todo aquello estaba ya seco, marchito, apagado. No sabía para qué la habían tenido que invitar ni para qué había aceptado venir. Cuando se tiene ya cuarenta y cuatro años no se puede seguir desperdiciando el tiempo. Le resultaba odioso jugar a que pintaba. No se puede jugar con un pincel, una de las pocas cosas serias que quedan en este mundo de contiendas, catástrofes y caos, no se puede, ni siquiera a sabiendas de ello, era algo que odiaba. Pero lo hacía. «No podrás tocar el lienzo —parecía decirle al señor Ramsay, a punto de caer sobre ella— hasta que no me des lo que necesito de ti.» Y para acá volvía, voraz, enajenado. «Bueno —se dijo Lily por fin, desesperada, dejando caer su mano derecha a lo largo del flanco—, lo mejor será acabar de una vez.» Seguro que no le sería muy difícil imitar el fulgor, el arrebato, la sumisión que recordaba haber visto en tantos rostros de mujeres, por ejemplo en el de la señora Ramsay, cuando, en ocasiones como esta, se inflamaban en raptos de simpatía —recordaba perfectamente aquella expresión en la mirada de la señora Ramsay—, como saboreando una recompensa cuya naturaleza se le escapaba, pero que evidentemente provocaba en ellas la bienaventuranza más sublime que es capaz de experimentar un ser humano.

Aquí estaba ya, se había parado junto a ella. Estaba dispuesta a darle todo lo que pudiese.

2

La había encontrado un poco ajada, le parecía tan pequeñita, tan flacucha, tan poca cosa. Y sin embargo, no dejaba de tener cierto atractivo. A él le gustaba. Hubo un tiempo en que corrieron rumores sobre una posible boda con William Bankes, pero no resultó nada de aquello. Su mujer la había querido mucho. Había estado un poco malhumorado a la hora del desayuno. Y además... además estaba pasando por uno de esos momentos en que se sentía acuciado, sin poder precisar la índole de su urgencia, por la incontenible necesidad de acercarse a alguna mujer, de obligarla por los medios que fuera —tanto lo necesitaba— a que le diese lo que imploraba: simpatía.

Le preguntó si se ocupaban de ella, si se encontraba a gusto, si necesitaba algo.

—Oh, no, muchas gracias —dijo, nerviosa, Lily Briscoe—, no necesito nada.

No, era imposible, no le salía aquello. Tendría que haberse sentido invadida inmediatamente por una efusiva ola de simpatía; era tremenda la presión que sentía ejercida sobre ella. Pero se quedó inmóvil y hubo una pausa espantosa. Los dos miraban hacia el mar. «¿Cómo podrá mirar al mar, estando yo aquí?», se preguntaba el señor Ramsay. Ella se puso a decir que ojalá el mar se mantuviese en calma para que pudiesen llegar con bien al Faro. ¡«El Faro, el Faro! ¿Qué tiene que ver el Faro?», se decía él, presa de impaciencia. Y de pronto, sin poderse contener por más tiempo, con la fuerza de una ráfaga primitiva, dejó escapar tal gemido que cualquier otra mujer del mundo se hubiera sentido impulsada, al oírlo, a tomar una actitud cualquiera, a decir algo. «Cualquier mujer del mundo menos yo —pensó Lily, replegándose amargamente en sí misma— que no soy una mujer, que probablemente no soy más que una solterona reseca, agriada y picajosa.»

El señor Ramsay suspiró muy hondo y se mantuvo a la espera. ¿Sería capaz de no decir nada?, ¿de no entender lo que le estaba pidiendo? Al cabo, se puso a hablar de los motivos particulares que tenía para querer ir al Faro. Su mujer tenía la costumbre de llevarle de vez en cuando algo a aquella gente. El torrero tenía un chico con tuberculosis de cadera, el pobre. Volvió a suspirar profundamente. Era un suspiro significativo, Lily deseaba con toda su alma que aquella inmensa ola de lástima, aquel hambre insaciable de compasión, aquella exigencia de que se le rindiese incondicionalmente —y aun así tenía penas de sobra para abastecerla a lo largo de toda la vida— dejase de afligirla, se desviase, antes de arrasarla bajo su avalancha. Y se quedó mirando a la casa, como esperando que alguien los viniera a interrumpir.

—Estas excursiones —dijo el señor Ramsay, escarbando en el suelo con la punta del zapato— son muy tristes.

Lily siguió sin decir una palabra. «Es como de piedra, es un pedazo de leño», pensaba él.

—Son agotadoras —siguió diciendo.

Y al decirlo echó una mirada morbosa, que a Lily le pareció nauseabunda, hacia sus propias manos tan bellas y cuidadas. «Es horrible —pensó ella—, casi indecente, está haciendo teatro, representando su propio personaje.» ¿No vendría nunca nadie —se preguntaba— para ayudarla a llevar aquel peso que ya no podía soportar por más tiempo? No podía con aquella carga de aflicción, con aquellas pesadas colgaduras de lástima, no podía resistir aquella actitud de viejo que se complacía en exhibir su decrepitud, llegando al extremo de hacer como que se tambaleaba, no podía aguantarlo ni un minuto más.

Pero tampoco era capaz de decir nada; de toda la inmensidad del horizonte parecía haber sido barrido cualquier posible objeto de conversación; solamente podía sentir, sumida en la estupefacción, cómo, mientras el señor Ramsay estuviera allí, su mirada caería lúgubremente sobre la soleada pradera y le robaría el color, ocultando al mismo tiempo bajo un velo de crespón la figura rubicunda, amodorrada y totalmente satisfecha del señor Carmichael, que leía una novela francesa tumbado en su hamaca, como si una existencia como aquella, al desplegar su plenitud en este valle de infortunios, fuera motivo bastante para provocar en el señor Ramsay los pensamientos más sombríos. Era como si al decir «mírale» estuviera diciendo «mírame a mí», y de hecho, lo que estaba pensando sin parar todo el rato era: «Hazme caso, hazme caso».

¡Ay, si el aire pudiera traer aquel bulto un poco más hacia acá! Tal era el ardiente deseo de Lily. Sentía no haber puesto el caballete un par de metros más cerca del señor Carmichael; un hombre, cualquier hombre podría servirle para poner coto a tanta efusión, para detener esa ola de lamentaciones. Era una mujer —ella— quien había dado pie a tanta calamidad, y, como mujer, debería saber cómo arreglárselas. Sentía como una gran deshonra para su sexo al permanecer allí tan muda. ¿Qué se dice, qué tendría que decir? Seguro que la señora Beckwith, aquella buena mujer aficionada al dibujo, hubiera dicho: «¡Ay, señor Ramsay, querido señor Ramsay!»; lo habría dicho certeramente y sin dudar. Pero ella, nada. Seguían allí de pie, aislados del resto del mundo, sin moverse. La gran compasión de él hacia sí mismo y su exigencia de simpatía la salpicaban como una lluvia que fuera formando charcos a sus pies y todo lo que se le ocurría hacer, pobre desgraciada, era recogerse más la falda alrededor de los tobillos para que no se le mojaran. Guardaba un silencio absoluto, sin dejar de apretar el pincel entre los dedos.

Oyó ruido dentro de la casa, nunca podría dar bastantes gracias al cielo. James y Cam debían estar a punto de salir. Pero el señor Ramsay, como si se diera cuenta del poco tiempo que le quedaba, intensificó la presión de sus calamidades sobre la figura indefensa de ella: su edad, su desvalimiento, su desolación. Y cuando empezaba a mover la cabeza con gesto e impaciencia y fastidio —porque, bien mirado, ¿qué mujer habría sido capaz de resistírsele?— se dio cuenta de repente de que tenía desatado el cordón de uno de sus zapatos. Lily miró por abajo; eran unos zapatos que llamaban la atención, esculturales, magníficos; llevaban impreso, como todo lo que el señor Ramsay se ponía, desde la corbata gastada hasta el chaleco a

medio abrochar, el sello indiscutible de su personalidad. Se los imaginaba paseando a ellos solos por su cuarto, expresando en su ausencia todo aquel conjunto de patetismo y brusquedad, de encanto y malhumor.

—¡Qué zapatos tan bonitos! —exclamó.

Y enseguida se sintió avergonzada de haber dicho aquello, de haberse limitado a alabar sus zapatos cuando lo que él le estaba pidiendo era un lenitivo para su alma, cuando le había estado mostrando sus manos heridas y su lacerado corazón para que derramara el bálsamo de su compasión sobre ellos; y en ese momento es cuando se le ocurría a ella decirle alegremente: «¡Qué bonitos zapatos lleva usted!». Le estaría bien empleado que la aniquilase ahora con uno de sus intempestivos ataques de rabia, lo sabía, y levantó los ojos esperándolo.

Pero el señor Ramsay estaba sonriendo. Su luto, sus colgaduras fúnebres, sus males todos se habían esfumado.

—¡Ay, ya lo creo! —dijo levantando uno de sus pies para enseñárselo—. Son de primera calidad.

Se puso a decir que no había más que un hombre en toda Inglaterra capaz de hacer unos zapatos como aquellos, que el calzado era uno de los principales castigos de la humanidad, que parecía como si todo el empeño de los zapateros, al poner en práctica su oficio, fuera el de lisiar y torturar el pie humano y que eran los seres más perversos y tercos de nuestra raza. Dijo también que se había pasado muchos años, cuando era joven, buscando gente que le hiciera zapatos como es debido. Le pedía que se fijase bien en estos —y al decirlo levantaba hacia ella un pie y luego otro—, a ver si había visto en su vida calzado mejor rematado. Estaban hechos con el mejor cuero que se puede encontrar. Porque la mayoría de los cueros son cartulina y papel de estraza. Se miraba complacido uno de los pies que aún mantenía en alto. Y a Lily le pareció que habían arribado a una isla soleada donde moraba la calma, reinaba el sentido común y el sol brillaría para siempre jamás, la isla bienaventurada de los zapatos de artesanía. Estaba empezando a tomarle cariño.

—Vamos a ver qué tal sabe usted atar el cordón de un zapato —le dijo él.

Rechazó despectivamente su rudimentario sistema. Le iba a enseñar uno inventado por él y que no fallaba, cordón que se ataba así no había miedo de que se volviera a desatar. Por tres veces le ató el zapato a ella y lo desató otras tantas.

¿Y por qué en aquel momento tan inoportuno, cuando le vio inclinado sobre su zapato, tuvo que sentir, de repente, una ola de simpatía hacia él tan intensa que el rubor se le subió a las mejillas y, al recordar la crueldad con que le había juzgado un farsante, notar que los ojos se le llenaban de lágrimas? Entregado a aquella ocupación se le antojaba una figura infinitamente patética. Ataba nudos. Compraba zapatos. No iba a poder ayudar al señor Ramsay en el viaje que iba a emprender. Y justo en aquel momento, cuando estaba deseando decirle algo, cuando tal vez le iba a salir decirle algo, aparecieron en la terraza James y Cam. Venían remoloneando, uno al lado del otro, formaban una pareja seria y triste.

¿Pero por qué tenían que llegar de esa manera? No pudo por menos de sentir una cierta irritación contra ellos; podían llegar con un aire más alegre, podían brindarle a su padre lo que, en cuanto se fueran, ella perdería la ocasión de poderle dar. Sintió una repentina sensación de vacío, como una especie de frustración. El sentimiento había acudido demasiado tarde a su corazón; ahora lo tenía a punto pero él ya no lo necesitaba. Se había convertido en un hombre maduro y muy distinguido que no la necesitaba absolutamente para nada. Se sintió humillada. El señor Ramsay se echó al hombro una mochila y se puso a distribuir los paquetes. Eran bastantes y venían mal envueltos en papel pardo. Mandó a Cam a por una prenda de abrigo. Tenía todo el aspecto de un jefe disponiéndose a emprender una expedición. Por fin, dando media vuelta, abrió marcha con paso decidido y marcial, camino abajo, con aquellos zapatos maravillosos, cargado de paquetes envueltos en papel pardo y con sus dos hijos detrás. Le pareció a Lily como si Cam y James, condenados por el destino a una dura empresa, pero aún demasiado jóvenes para dejarse arrastrar de buen grado tras las huellas de su padre, se dispusieran, obedientes, a cumplirla, aunque en la luz mortecina de sus ojos pudiera leerse un mudo sufrimiento impropio de su edad. Llegaron al final del prado, y a Lily le pareció estar mirando una procesión, movida por cierto impulso común que hacía de sus miembros, a pesar de sus defectos y titubeos, un grupo unido que la impresionaba extrañamente. Con gesto cortés, pero distante, el señor Ramsay agitó la mano para decirle adiós.

«¡Pero qué rostro tiene!», se dijo Lily, dándose cuenta al mismo tiempo de que la simpatía que nadie le estaba pidiendo luchaba ahora por manifestarse. ¿Por qué tendría una cara así? Tal vez de tanto pensar noche tras noche en la realidad de las mesas de cocina, se le ocurrió pensar. Y se acordó de que aquel símbolo de la mesa de cocina se lo había sugerido una vez Andrew para ayudarle a fijar sus vagas nociones acerca del trabajo intelectual del señor Ramsay (se acordó también de que a Andrew le había caído encima un obús y le había producido la muerte instantánea). La mesa de cocina era un objeto que estimulaba la imaginación en su misma austeridad, algo desnudo, sólido, funcional. No tenía color, era toda ella ángulos y aristas, de una sobriedad intransigente. Y sin embargo el señor Ramsay siempre la estaba mirando, nunca permitía que otra cosa le distrajese o le embaucase, y a fuerza de mirar aquello había llegado a la expresión cansada y ascética que formaba parte integrante de esa belleza suya sobria que tan profundamente impresionaba a Lily. Pensó ahora mientras apretaba el pincel entre los dedos, en la misma postura en que él la había dejado, que otras obsesiones menos nobles habían podido contribuir a desgastarlo. Se imaginaba que habría tenido sus dudas acerca de la mesa, que a veces habría puesto en cuestión su entidad real, que se habría preguntado si merecía la pena dedicarle tanto tiempo, si sería capaz o no de llegar a apresar su esencia. Si no hubiera tenido tales dudas habría sido menos exigente con los demás. Suponía que muchas veces debía hablar de esas dudas con su mujer hasta altas horas de la noche, y que sería esa la razón de que al día siguiente la señora Ramsay tuviera un aspecto tan cansado, y entonces Lily se indignaba con él a causa de alguna minucia. Pero ahora ya no tenía con quien hablar de la mesa ni de sus zapatos ni de la manera de atar cordones; era como un león buscando una presa para devorar, y por eso había en su rostro aquella sombra de desesperación y desmesura, que llegaba a darle miedo y la llevaba a recogerse un poco las faldas alrededor del cuerpo.

Y luego se acordó también de aquella repentina resurrección que parecía haberse operado en él cuando Lily alabó sus zapatos, aquella especie de fulgor súbito que inesperadamente le había hecho recobrar la vitalidad y el interés por las pequeñas cosas de la vida, algo que también era efímero y estaba sujeto a mudanza —como todo en él, porque siempre estaba cambiando de humor y no lo disimulaba—, pero que había revocado esa fase final, nunca antes presenciada por ella, que le hizo sentirse avergonzada de su irritabilidad; era como si el señor Ramsay, al despojarse de todas sus manías y ambiciones y de su sed de ser compadecido y alabado, hubiera alcanzado una especie de región diferente y se fuera internado en ella, a la cabeza de aquella pequeña procesión, arrastrado por la simple curiosidad, en mudo coloquio no se sabía si consigo mismo o con alguien. ¡Un rostro extraordinario! Se oyó el portazo de la verja al cerrarse.

3

«¡Por fin se han ido!», pensó Lily dando un suspiro de alivio y desilusión. La solidaridad hacia él se volvía contra sí misma y le daba en la cara como el azote de una zarza. Se sintió extrañamente desgajada en dos, como si una parte de su ser se sintiera arrancada de aquí, transportada hacia el Faro que se divisaba a lo lejos en la mañana tranquila y brumosa, y la otra echara raíces, con firmeza y obstinación, en ese lugar del prado. Miró el lienzo, desplegado allí ante sus ojos, blanco e intransigente, como si le reprochara con su mirada fría todo su nerviosismo y ajetreo, tanta locura y vano derroche de emotividad; como si le recordara despiadadamente la incoherencia de sus sentimientos —el haber dejado ir al señor Ramsay sin decirle nada, cuando tanta compasión sentía por él—; y a medida que esas sensaciones desordenadas, al recapacitar sobre ellas, iban abandonando el campo, sintió una primera impresión de descanso, pero luego también un inmenso vacío.

Contemplaba el lienzo con mirada de incomprensión y él le devolvía la suya de blanca intransigencia; luego, entornando los ojos de china en la carita arrugada, los desviaba de él y se quedaba mirando el jardín. Recordaba que se trataba de algo en relación con la forma que tenían de cruzarse y de cortar el espacio aquellas líneas, de cómo incidía en el conjunto la mancha del seto con su oquedad verde compuesta de azules y sepias, algo que nunca se le había borrado de la imaginación, que había formado como una especie de nudo en su pensamiento, de tal manera que, a lo largo del tiempo y en el seno de las minucias cotidianas, por ejemplo cuando estaba paseando por Brompton Road o se estaba cepillando el pelo, se le aparecía aquello sin darse cuenta, y se volvía a ver delante de aquel cuadro sin acabar, recorriéndolo nuevamente con los ojos de la imaginación, intentando deshacer aquel nudo. Pero ahí estaba la diferencia: mediaba la mayor distancia del mundo entre aquellas vueltas a la ligera que le daba a la cuestión cuando no la tenía delante y el hecho de tener que coger ahora el pincel y dar la primera pincelada al lienzo.

Ni había cogido el pincel apropiado, alterada por la presencia del señor Ramsay, ni el caballete, que había armado atropelladamente, estaba colocado en un buen sitio. Y ahora, mientras lo ponía mejor, trataba de dominar también aquellas cuestiones impertinentes y banales que se habían apoderado de su atención, trayéndola a pensar sobre su manera de ser y la de los demás, sobre si sus relaciones con la gente eran de esta manera o de la otra; hasta que consiguió por fin templar el pulso y levantar el pincel, que se quedó por unos momentos temblando en el aire, en una especie de éxtasis doloroso y excitante. La cuestión estaba en saber por dónde empezar, dónde había que dar la primera pincelada. Una simple línea trazada sobre el lienzo comprometía a continuadas e irrevocables decisiones, entrañaba riesgos sin cuento. Todo lo que parecía simple en la imaginación se convertía inmediatamente en algo muy complejo al ser llevado a la práctica, de la misma manera que las olas pueden ser consideradas desde la cumbre de un acantilado como un conjunto de formas simétricas, pero quien se encuentra nadando en medio de ellas las ve separadas unas de otras por profundos abismos y crestas espumeantes. Y sin embargo, había que correr el riesgo, había que dar la primera pincelada.

Embargada por una extraña sensación física, que por una parte parecía espolearla con toda urgencia y por otra retenerla, dio el primer toque con gesto decidido y rápido. Luego dejó caer el pincel. Una línea marrón vibraba sobre el cuadro dejando escurrir su marca. Repitió el gesto una segunda vez, luego una tercera. Y así, a base de vacilaciones y pausas, fue alcanzando un movimiento acompasado, como de danza, como si los altos que hacía en la tarea formaran una parte del ritmo, y los trazos conseguidos otra, pero ambas conectadas entre sí y con el conjunto. Hasta que, a base de pausas breves y de pinceladas rápidas, fue cubriendo el lienzo de nerviosos y veloces trazos de color marrón, los cuales, tan pronto como quedaban instalados allí, cercaban un espacio (lo sentía surgir ante ella). En la sima de cada ola veía ya levantarse por encima de aquella, como una torre cada vez más alta, la cresta de la siguiente. ¿Podía haber algo más formidable que aquel espacio? «Aquí estoy otra vez —se dijo retrocediendo unos pasos para mirarlo—, apartada de los chismes, de la trama de la vida, de la convivencia con los demás, frente a frente con su colosal y antiguo antagonismo ante algo distinto, ante esta certeza, esta realidad que ha hecho presa en mí, que ha surgido escueta y desnuda del fondo de las apariencias reclamando mi atención.» Su voluntad se entregaba a aquello con una mezcla de rechazo y desconfianza. ¿Por qué tenía que sentirse empujada y frenada al mismo tiempo? ¿Por qué no dejarlo en paz e ir a hablar con el señor Carmichael en el prado? Aquello, desde luego, exigía una forma de trato muy rigurosa, no como otros objetos de culto, ya fueran hombres, mujeres o el mismo Dios, que se daban por satisfechos con ese mero culto, con permitir a los demás que se postraran de rodillas; pero cualquiera de estas formas, aunque no fuera más que la de una pantalla blanca destacándose sobre una mesa de mimbre, desencadenaba dentro de ella una lucha perpetua, desafiaba a un duelo en el cual llevaba uno siempre las de perder. No sabía si achacarlo a su manera de ser o a su sexo, pero el caso era que siempre que se veía en el trance de trocar la fluidez de la vida por la concentración que le exigía su dedicación a la pintura, pasaba por unos momentos de desvalimiento, le daba la impresión de ser un espíritu increado, un alma arrancada del cuerpo, zozobrando en una cima huracanada y expuesta sin amparo a los zarandeos de la incertidumbre. ¿Y despúes de todo, por qué lo hacía? Miró al lienzo ligeramente recorrido por aquellos brochazos. Acabaría colgado en el cuarto de la criada o enrollado y empujado con el pie debajo de cualquier sofá. ¿Qué sacaba en limpio con aquel trabajo? Y le pareció oír la voz de alguien que le decía que no era capaz de pintar, que no era capaz de crear nada, como si se sintiera atrapada por una de esas corrientes que poco a poco van elaborando la experiencia de nuestra mente, y nos llevan, al cabo del tiempo, a repetir frases sin saber muy bien quién las pronunció por primera vez.

«No eres capaz de pintar, no eres capaz de escribir», repetía monótonamente, al tiempo que se preguntaba con ansiedad cuál debía ser su plan de ataque. Porque la sustancia surgía ante ella, sobresalía, sentía su presión contra los párpados. Y así, como si el jugo imprescindible para lubrificar sus capacidades fuese brotando espontáneamente, empezó a mojar precariamente el pincel en los azules y los sienas, a llevarlo de acá para allá, pero ahora le pesaba más y se movía más despacio, como si se adaptase a un ritmo impuesto por lo que miraba —sus ojos iban y venían sin cesar del seto al lienzo—, mientras que, en cambio, cuando la vida estremecía y recorría el pulso de su mano, aquel ritmo tenía el brío suficiente para arrastrarla a su caudal. Evidentemente estaba perdiendo la noción del mundo exterior. Y a medida que perdía la conciencia del mundo exterior, de su nombre, de su personalidad y de su aspecto y hasta de si el señor Carmichael estaba o no estaba allí, la mente, desde sus más recónditas profundidades, no dejaba de asaltarla con escenas, nombres, frases, recuerdos e ideas, como un surtidor alzando su chorro por encima de un espacio blanco, reverberante, arduo y hostil, mientras ella trataba de modelarlo en tonos verdes y azules.

Se acordó de que era Charles Tansley quien solía decir que las mujeres no son capaces de pintar ni de escribir. Una vez, en este mismo sitio, se le había acercado por la espalda y se había parado a su lado para verla pintar, cosa que le molestaba sobremanera. Haciendo gala de su pobreza y de sus principios austeros, había dicho que él fumaba tabaco de picadura, del que costaba a cinco peniques la onza. Pero la guerra había acabado con el aguijón de su feminidad. No podía uno por menos de pensar que tanto hombres como mujeres eran unos pobres diablos, unos desgraciados, metidos en aquel berenjenal. Tansley llevaba siempre un libro debajo del brazo, un libro de tapas encarnadas. Siempre estaba «trabajando». Recordó que se solía sentar a trabajar a pleno sol. A la hora de la cena se sentaba en un sitio que quitaba la vista de la ventana.

De repente se acordó de un día que había ido a la playa, le interesaba revivir aquella escena. Era una mañana que hizo mucho viento, y habían bajado todos a la playa. La señora Ramsay se sentó a escribir cartas junto a una roca; no paraba de escribir y escribir. De pronto, alzando la vista hacia una cosa que flotaba a lo lejos en el mar había dicho: «¿Qué será aquello, un vivero de langostas o un barco que se ha ido a pique?». Era tan corta de vista que no lo distinguía, y Charles Tansley había estado realmente encantador. Se puso a jugar al saltapiedra. Escogía piedrecitas negras y planas y las iba lanzando para que rebotaran sobre las olas. La señora Ramsay, de vez en cuando, lo miraba por encima de las gafas y se reía con todos. No podía acordarse de la conversación, solo de que ella había estado tirando piedrecitas al mar con Charles Tansley, que de repente se había sentido muy a gusto con él y que la señora Ramsay los miraba. Se acordaba con total certeza. «¡La señora Ramsay!», murmuró, retrocediendo un poco con los ojos entornados. Y pensó en la sombra que aportaba antaño a la composición, en que sin ella sentada con James junto a escalera de la terraza el cuadro se había alterado enormemente. ¡La señora Ramsay! Al acordarse de ella y de Charles Tansley tirando piedrecitas al agua, le daba la impresión de que toda la escena de aquel día en la playa de alguna manera dependía de ella, que estaba condicionada por su presencia allí sentada junto a una roca, escribiendo cartas con la carpeta apoyada contra las rodillas. Había escrito muchísimas, a veces el viento se las llevaba y Charles tuvo que rescatarle un pliegue del mar. «¡Qué fuerza tiene el alma humana!», pensó Lily. Aquella mujer nada más que con estar allí sentada escribiendo junto a una roca simplificaba la complejidad de todas las cosas, barría todos los disgustos y los enfados como jirones de ropa vieja, juntaba esto con aquello y luego con lo otro, convertía aquellas mezquindades, tonterías y rencores (Charles y ella reñían y hacían las paces por piques estúpidos) en algo capaz de sobrevivir al paso de los años, como pasaba con aquella escena de la playa, con aquel momento de concordia y bienestar, hasta tal punto que ahora ella tenía que zambullirse en esa escena para remodelar en su recuerdo la imagen de Charles, para fijarla en él casi como una obra de arte.

«Como una obra de arte», repitió dejando vagar sus ojos del lienzo a los escalones del salón y de estos al lienzo otra vez. Necesitaba descansar un ratito. Y mientras descansaba con la mirada errando distraída de un punto al otro, se le impuso, planeando sobre ella, dejando caer su sombra sobre ella, aquella vieja pregunta que surcaba perpetuamente el cielo de su alma, aquella vasta y difusa pregunta que tendía a concretarse en situaciones como aquella, cuando se relajan las potencias del alma tras la alerta que las ha mantenido en tensión, una simple pregunta que lo abarcaba todo: «¿Qué sentido tiene la vida?», y que, con el paso de los años, tiende a estrechar su cerco.

La respuesta reveladora jamás se había producido. Era una gran revelación que tal vez no se produjera nunca. Solo se producían, para sustituirla, pequeños milagros cotidianos, vislumbres, cerillas que se encienden inesperadamente en la oscuridad, como esta que acababa de encenderse. Una por aquí, otra por allá, ella al lado de Charles Tansley y una ola rompiendo, la señora Ramsay uniéndolos, la señora Ramsay convirtiendo aquel instante en algo imperecedero, igual que ella —Lily— trataba de hacer imperecedero el instante presente, en eso consistía la esencia de la revelación. Se quedó mirando las nubes que pasaban y las hojas que se estremecían: en el seno del caos las cosas tomaban forma, a veces su perenne transcurso y oleaje desembocaba en la estabilidad. «¡Vida, detente aquí!», había dicho aquel día la señora Ramsay. Y Lily repetía: «Señora Ramsay, señora Ramsay». Esta revelación se la debía a ella.

Reinaba el silencio. La casa aún no daba señal alguna de agitación. La miró dormitando bajo la temprana luz matutina, con sus ventanas verdes y azules en cuyos cristales se reflejaban las hojas. La evanescente imagen de la señora Ramsay en su recuerdo parecía estar muy en consonancia con aquella casa tranquila, con aquel humo, con aquella leve brisa de las primeras horas de la mañana. Todo era sutil e irreal, pero asombrosamente puro y estimulante. Esperaba que tardaran en abrir las ventanas, en salir afuera, que la dejaran seguir pensando, seguir pintando en paz. Trató de volver al lienzo.

Pero, impulsada por una especie de curiosidad, derivada del desasosiego que le producía aquella ola de simpatía sin desahogo, dio unos pasos hasta el borde del prado, por ver si era capaz de distinguir a lo lejos, allá abajo en la playa, aquel grupo que se iba a hacer a la mar.

Y entre todos los barcos que vio allá abajo, unos con las velas replegadas, otros surcando lentamente el mar, porque soplaba poco viento, se fijó en uno, que se mantenía un poco apartado. Le estaban izando la vela. Decidió que en aquel barquito tan lejano y silencioso iban el señor Ramsay, James y Cam. Ahora la vela ya estaba izada. Ahora, tras ondear con un zigzag balbuceante, el aire empezaba a hincharla. Sumida en profundo silencio Lily se quedó mirando aquel barco que, pasando entre los otros, emprendía decidido su ruta hacia alta mar.

4

Las velas se agitaban sobre su cabeza. El agua chapoteaba y azotaba los costados del barco, amodorrado e inmóvil bajo el sol. De vez en cuando una ligera brisa venía a rizar las velas, pero se desinflaba enseguida, al cesar la ráfaga de brisa, y el barco volvía a quedarse totalmente inmóvil. El señor Ramsay iba sentado en el centro. «Se va a empezar a poner nervioso» —pensaba James, que manejaba el timón—. Y Cam, sentada a proa, pensaba lo mismo. Los dos miraban a su padre, sentado allí entre ellos, con las piernas estrechamente cruzadas. No podía soportar aquella tregua. Como era de esperar, al poco rato de aguantarse los nervios, le dijo algo intemperante al chico de Macalister, que se apresuró a empuñar los remos y empezó a remar. Pero James y Cam sabían de sobra que su padre no se quedaría tranquilo hasta que el barco corriese con las velas desplegadas, que no pararía de acechar inquieto la brisa, de referirse a ella entre dientes, mascullando frases que Macalister y su hijo alcanzarían oír, y que a James y Cam les harían sentirse horriblemente a disgusto. Se había empeñado en que vinieran. Los había obligado a venir. Y les daba tanta rabia que hacían votos para que la brisa no soplara, para que todo viniera a defraudarle y saliera lo peor posible, por haberlos obligado a hacer la excursión en contra de su voluntad.

Todo el camino hasta la playa lo habían hecho remoloneando a la zaga de su padre, sin decir una palabra, a pesar de que él no dejaba de conminarles a que se dieran prisa. Agachaban la cabeza, como si una galerna implacable les azotase. Era inútil intentar hablar con él, no habían tenido más remedio que venir, que seguirle. Se veían obligados a caminar en pos de él y a cargar con aquellos paquetes envueltos en papel marrón. Pero, según iban andando en silencio, se juramentaban a seguir unidos y a llevar adelante el cumplimiento de su gran pacto: hacer frente a la tiranía hasta la muerte. Y en aquella misma tesitura silenciosa permanecían sentados uno frente al otro en los extremos opuestos del barco. No dirían nada, se limitarían a mirarle, sentado allí con sus piernas cruzadas, ceñudo y nervioso, emitiendo gruñidos, mascullando cosas para sí mismo, pendiente de la brisa, esperándola impaciente. Y ellos deseando que reinara la calma chicha, deseando que sus esperanzas se vieran frustradas, que la excursión fuera un fracaso y que tuvieran que volverse a la playa con sus paquetes.

Pero una vez que el hijo de Macalister remó un poco más hacia alta mar, las velas se fueron desplegando poco a poco, el barco se enderezó, tomó velocidad y empezó a navegar a impulsos del viento. Inmediatamente el señor Ramsay, como si se hubiera quitado un gran peso de encima, estiró las piernas, sacó su tabaquera y se la tendió a Macalister, con una especie de gruñido. Se le notaba totalmente satisfecho, y sus hijos —por mal que les sentase— lo tuvieron que reconocer. Ahora ya sabían que tenían que seguir navegando así durante horas, oyendo las preguntas que le hacía su padre al viejo Macalister —posiblemente sobre el atroz temporal del invierno pasado— y lo que el viejo Macalister le contestaba, mientras fumaban sus pipas juntos, viendo cómo el viejo Macalister ataba y desataba nudos en una cuerda embreada y cómo su hijo se ponía a pescar sin dirigirle la palabra a nadie. En cuanto a James, no podría apartar ni un momento su atención de las velas, porque si dejaba de estar pendiente de ellas el lienzo se arrugaba y se aflojaba, con lo cual el barco empezaría a ir más despacio, su padre le diría ásperamente «pero mira, hombre, pero mira», y el viejo Macalister se revolvería un poco en su asiento.

Y así oyeron, en efecto, cómo el señor Ramsay empezaba a hacer preguntas sobre la gran tempestad de las últimas Navidades y cómo el viejo Macalister se ponía a describirla. «Llegó doblando el cabo —dijo— y diez barcos tuvieron que fondear en la bahía para buscar abrigo en ella.» Él los había visto. «Uno allí, otro allí, otro allí», decía, apuntando despacio a lo largo de la había. (El señor Ramsay iba volviendo la cabeza para seguirle.) Había visto a tres hombres abrazados al mástil. Luego la tormenta cesó. «Por fin pudimos hacernos a la mar», seguía diciendo el viejo Macalister. James y Cam, sumidos en un hosco silencio, sentados cada uno en un extremo, solo captaban palabras sueltas y se sentían unidos por su pacto de hacerle frente a la tiranía hasta la muerte. Por fin habían logrado hacerse a la mar, habían echado un bote salvavidas y habían doblado el cabo. Mientras Macalister contaba la historia, de la cual solo les llegaban palabras sueltas, estaban todo el tiempo pendientes de la presencia de su padre, de cómo se inclinaba hacia adelante, del tono de su voz mezclándose con la de Macalister, de cómo, sin dejar de fumar su pipa, miraba acá y allá, hacia donde Macalister le iba indicando, como saboreando con la imaginación la escena del temporal, de la noche oscura y de los pescadores en lucha contra los elementos. Le gustaba que los hombres trabajasen y sudasen de noche, en la playa, bajo el vendaval, oponiendo el vigor de sus músculos y de su inteligencia al de las olas y el viento embravecidos. Eran fatigas propias de hombres; la misión de las mujeres, en cambio, mientras ellos corren el peligro de ahogarse allí afuera, en una noche de tormenta, es la de quedarse en casa, velando el sueño de sus hijos. James y Cam, sin dejar de mirarle ni de mirarse uno a otro, sabían que eran cosas así las que estaba diciendo; les bastaba con fijarse en cómo sacudía la cabeza, en su gesto de atención, en el tono de su voz, con una sombra de acento escocés, que le hacía parecer uno de los del lugar, como ahora al preguntarle a Macalister por la suerte de aquellos once barcos que vinieron a buscar refugio en la bahía la noche del temporal. Tres se habían ido a pique.

Miraba con expresión de orgullo hacia los puntos que Macalister le iba señalando. Y Cam, sintiéndose también orgullosa de él sin saber por qué, pensó que si él hubiera estado allí aquella noche, habría pilotado la lancha salvavidas y habría impedido el naufragio. «Es tan valiente y tan intrépido», se decía. Pero luego se acordó del pacto: había que hacer frente a la tiranía hasta la muerte. Y también de los agravios a que les había sometido. Había forzado su voluntad, los había oprimido. Una vez más se habían visto avasallados por su influjo sombrío y autoritario, obligados a obedecer sus órdenes y a venir, solo porque a él le daba la gana, a traer unos paquetes al Faro, en esta mañana tan hermosa; obligados a participar en ese ritual que se complacía en celebrar como homenaje a los muertos, pero que ellos odiaban, obligados a seguirle remoloneando; lograba echarles a perder todo el placer de la jornada.

Sí, la brisa iba haciéndose cada vez más fresca y el barco se inclinaba cortando afiladamente el agua, que se levantaba en chorros verdes, en burbuja, en cataratas. Mirando la espuma y el fondo del mar con tantos tesoros, Cam se sentía hipnotizada por la velocidad y el vínculo que la unía con James se aflojaba un poco, cedía un poco. «¡Cuánto corremos!, ¿adónde vamos?», empezó a pensar, subyugada por aquel vaivén. Mientras tanto James, con los ojos fijos en las velas y en el horizonte, manejaba el timón con gesto adusto. Pensaba, sin dejar de atender a su tarea, que tendría que haber alguna escapatoria, alguna manera de liberarse de todo aquello; podían desembarcar en algún sitio y entonces se sentiría libre. Sus miradas se cruzaron durante unos instantes y ambos compartieron una sensación exaltada de fuga, provocada por la velocidad, por el cambio. Pero la brisa había producido en el señor Ramsay una excitación parecida y de pronto, cuando el viejo Macalister se disponía a lanzar su caña, exclamó, en voz alta: «Perecimos». Y añadió luego: «Solos todos nosotros». Inmediatamente, como bajo el efecto de uno de aquellos ataques de vergüenza o de timidez que le daban a veces, se recobró y agitó la mano señalando hacia la costa.

—Mira, ¿no ves allí la casa? —le dijo a Cam, instándola a mirar en aquella dirección.

Ella se incorporó de mala gana y dirigió su mirada hacia allí. ¿Cuál era? Ya no era capaz de distinguir su casa, allá en la ladera. Todas le parecían igual de lejanas, pacíficas y extrañas. Y la orilla algo estilizado, distante, irreal. El breve trecho de navegación había bastado para situarlos lejos y para conferir a aquello que quedaba lejos el aspecto distinto y estático de las cosas que se nos escapan y en las que dejamos de tener participación. ¿Cuál de aquellas era su casa? No la lograba ver.

—Pero yo, bajo un mar alborotado —recitó entre dientes el señor Ramsay.

Había encontrado la casa y, al verla, se vio a sí mismo en ella, paseando solo por la terraza. Se estaba paseando arriba y abajo entre las macetas, y se encontró muy envejecido y encorvado. E inmediatamente, sentado allí en el barco, acentuó aquel gesto de encogerse y encorvarse, se imbuyó de su papel de hombre abandonado, viudo, desvalido, complaciéndose en imaginar delante de él un tropel de gente que le compadecía, representando para sí mismo, en el asiento del barco, un pequeño drama que requería por su parte dotes de agotamiento, decrepitud y melancolía. Para reafirmarse en aquella imagen, levantó las manos, reparó en lo delgadas que eran, e inmediatamente imaginó cuánto le gustaría a muchas mujeres ofrecerle su simpatía y su compasión, introduciendo así en su imagen soñada el reflejo exquisito y placentero aportado por aquella compasión femenina. Lo cual le hizo exhalar un suspiro y exclamar enternecido y en tono apagado, aunque no tanto como para que los demás no percibiesen claramente sus palabras:

Pero yo, bajo un mar alborotado,
fui arrebatado a simas más profundas que él.

Cam, soliviantada y molesta, estuvo a punto de saltar de su asiento, y aquel movimiento, que no pasó desapercibido a su padre, le sacó de su ensueño y le hizo reaccionar exclamando, tras un leve sobresalto:

—¡Mira, mira!

Lo dijo de forma tan repentina y compulsiva que el propio James volvió la cabeza para mirar hacia la isla por encima de su hombro. Todos se habían vuelto. Todos estaban mirando hacia la isla.

Pero Cam no conseguía ver nada. Se preguntaba cómo habrían podido desvanecerse todos aquellos caminitos del prado, confundidos y entrelazados con la trama misma de la vida que habían vivido allí; pertenecían al pasado, se habían borrado, era algo irreal; la única cosa real era este barco, la vela remendada, Macalister con su aro en la oreja, el rumor de las olas, no había más realidad que esta. Y mientras pensaba aquello, se puso a murmurar para sí misma: «Perecimos, solos todos nosotros», porque las palabras de su padre no dejaban de darle vueltas en la cabeza. Y entonces él, reparando en su mirada soñadora y ausente, empezó a meterse con ella.

¿Cómo podían ignorar los puntos cardinales? ¿Es que no sabía distinguir el norte del sur? ¿De verdad no se daba cuenta de que era allí enfrente donde vivían? Y volvía a señalarle el lugar, y le enseñaba la casa que estaba allí, aquella, entre aquellos árboles. No le gustaba que pusiera tan poca atención a las cosas.

—Dime, ¿dónde está el este y dónde el oeste? —le preguntó.

Se lo preguntaba en un tono mitad de burla mitad de reprimenda, porque le resultaba imposible entender cómo una persona, que no fuera completamente imbécil, podía ignorar los puntos cardinales. Y sin embargo, ella no los distinguía. Y al reparar en su mirada perpleja, en aquellos ojos, un poco asustados ahora, que se fijaban abstraídos en un punto donde no se veía ninguna casa, el señor Ramsay se olvidó de sus propias ensoñaciones, de sus paseos solitarios arriba y abajo entre las macetas de la terraza, y de aquellos brazos femeninos tendidos hacia él. «Todas las mujeres son iguales —reflexionó—; la imprecisión de su mente es algo que no tiene remedio.» Nunca lo había entendido, pero era así. Lo mismo le pasaba a su mujer. No eran capaces de captar ni de fijar con nitidez ningún concepto. Pero tampoco había hecho bien en reñir a Cam, porque además, ¿no era precisamente esa vaguedad lo que solía atraerle en las mujeres? Formaba parte de su excepcional encanto.

«Tengo que lograr que me sonría —pensó—. Me parece que la he asustado un poco.» Se había quedado tan callada. Entrelazó los dedos con fuerza y decidió que en adelante dominaría su voz, los gestos de su rostro y todos aquellos violentos y expresivos ademanes que durante años había puesto al servicio de lograr que la gente le admirara y le compadeciera. Tenía que hacerla sonreír, encontrar algo sencillo y fácil de decirle. ¿Pero qué? Inmerso en su trabajo, como estaba siempre, había llegado a olvidar la clase de cosas que puede uno decir en casos así. Se acordó del cachorro. Tenía un cachorro.

—¿Quién se va a encargar de cuidar hoy al cachorro? —preguntó.

«Vaya —pensó James, observando inquisitivo e implacable el perfil de su hermana que se destacaba contra la vela—, seguro que ahora va a ceder. Y yo me quedaré solo para hacer frente a la tiranía.» Le iba a dejar cargar a solas con el pacto. Cam no sería capaz de luchar hasta la muerte contra la tiranía. Lo pensó con un humor adusto, sin dejar de espiar el rostro de su hermana, triste y mohíno, pero a punto de ceder.

Y de la misma manera que a veces una nube, al gravitar sobre una verde colina, deja caer sobre ella una sombra de tristeza y consternación y las colinas circundantes parecen considerar, con una mezcla de piedad y de maligno regocijo ante la aflicción ajena, la suerte que afecta a todo lo nublado, a todo lo oscurecido, así también Cam se sentía ahora como bajo un cielo encapotado, sentada entre aquella gente segura y tranquila que la rodeaba, mientras ella, sumida en un mar de dudas, no sabía cómo contestar a aquella pregunta que le había hecho su padre relativa al cachorro, ni cómo resistir a su súplica —«Perdóname, quiéreme»—, estando allí enfrente James, el legislador, con las tablas de la infalible sabiduría abiertas sobre las rodillas y hasta empuñando el timón con un gesto simbólico, James que parecía estarle diciendo: «Aguanta sus embates, lucha contra él». Y tenía razón, su consejo era justo, se habían juramentado para hacerle frente a la tiranía hasta la muerte. De todas las virtudes humanas, era la justicia la que le inspiraba mayor respeto. Su hermano se le aparecía como un dios, su padre como un penitente. «¿Y ante cuál de los dos debía doblegarse?», se preguntaba, sentada allí entre ambos, con los ojos fijos en aquella costa cuyos puntos cardinales le eran desconocidos y pensando cómo sería posible que la casa, la terraza y el prado se hubieran disipado así, envueltos en aquel humo de paz y lejanía.

—Jasper se ha quedado encargado de cuidar al cachorro —dijo con tono hosco.

—¿Y qué nombre le iban a poner? —insistió su padre. De pequeño él tuvo un perrito y lo llamaban Frisk.

«Seguro que ahora cede», pensó su hermano. Porque había descubierto en su rostro un expresión peculiar, una expresión que le recordaba algo. «Es esa forma de mirar para abajo que tienen ellas —se dijo— cuando están haciendo punto o algo por el estilo, y luego de repente levantan los ojos.» Y se acordó, como en una especie de vislumbre azul, de una vez que alguien estaba sentado junto a él y de pronto esa persona se había echado a reír, como sometiéndose, y a él le dio mucha rabia. Debía ser su madre, sí, estaba sentada en una silla baja, y su padre apareció allí delante, de pie. Se puso a rebuscar entre los innumerables estratos de impresiones que el tiempo había depositado, hoja por hoja, pliegue por pliegue, lentamente, incesantemente, en su cerebro, entre aquel amasijo de olores y sonidos, de voces destempladas, profundas o dulces, de luces pasando, de escobas barriendo, entre el bramido y el silencio del mar, a ver dónde estaba aquella figura masculina que, después de pasear arriba y abajo, había venido a detenerse en seco, allí de pie delante de ellos. Y mientras pensaba en eso, no dejaba de mirar a Cam, que metía los dedos en el agua, mantenía los ojos fijos en la costa y no decía una palabra. «No, no cederá —pensó—; ella es distinta.»

«Bueno, si Cam no quiere seguirme la conversación —decidió el señor Ramsay— tampoco tengo por qué molestarla más.» Y se palpó el bolsillo en busca de un libro que traía. Pero la verdad es que ella tenía ganas de contestarle algo, hubiera deseado con toda su alma apartar aquel impedimento que sentía pesando sobre su lengua y poderle decir: «Ah, pues muy bien, Frisk. Le llamaremos Frisk», e incluso preguntarle si no era ese Frisk aquel perrito que una vez había encontrado él solo, a través de un páramo, el camino para volver a su casa. Pero, por mucho que lo intentara, no se le ocurrían las palabras para decir una cosa así, fiel por una parte al pacto que había hecho con su hermano y orgullosa de él, pero transmitiendo, por otra, a su padre, sin que James lo notara, cierta secreta prenda del amor que le profesaba. Y ahora el chico de Macalister había pescado un pez y Cam lo vio debatirse en el fondo de barco con las agallas ensangrentadas, y luego, sin sacar los dedos del agua, volvió a mirar a James, que dirigía sus ojos impasibles a las velas o a algún punto del horizonte y pensó: «Tú no sabes lo que es esto, tú eres inmune a esta tensión, a esta desgarradura de sentimientos contrarios, a esta tentación insoportable».

Su padre seguía palpándose los bolsillos, dentro de unos instantes sacaría el libro y se pondría a leer. Nadie en el mundo la atraía tanto como él. Le gustaban sus manos, sus pies, su voz, las palabras que decía, su nerviosismo, su humor, sus rarezas, su apasionamiento, aquella costumbre de decir a bocajarro delante de quien fuera «hemos perecido, pero cada uno por su cuenta», su aire ausente. Acababa de abrir el libro.

Pero lo que resultaba insoportable de él —recapacitó, sentada muy tiesa y mirando cómo el chico de Macalister arrancaba el anzuelo de las agallas de otro pez— era su ceguera crasa, aquella tiranía suya que les había envenenado la infancia y provocado tormentas tan amargas que todavía a veces se despertaba en medio de la noche temblando de rabia al recordar alguna de sus órdenes o de sus insolencias, «tienes que hacer esto, tienes que hacer aquello, tienes que someterte a mí», su sed de dominio.

Así que no dijo nada. Siguió mirando, obstinadamente, tristemente, hacia la costa envuelta en aquel manto de paz, como si toda la gente que

vivía allí se hubiera quedado dormida, como si fueran libres para ir a su antojo de acá para allá, libres como el humo, como los fantasmas. «Allí nadie sufre», pensó.

5

«Sí, aquel es su barco», decidió Lily, parada en el borde del prado.

Era un barco con las velas color gris parduzco, ahora lo veía enderezarse y lanzarse a surcar la bahía. «Ahí va sentado él —pensó—, y los chicos siguen guardando silencio.» Pero ella tampoco podía alcanzarlo ya. Sentía sobre sí, como un peso muerto, la compasión que no había llegado a manifestarle. Y era algo que le impedía pintar.

Siempre le había parecido de trato difícil, nunca había sido capaz de hacerle un elogio a la cara, recordaba. Y esto había coartado sus relaciones, reduciéndolas a una zona neutral, exenta de ese atisbo de sexo que había en la actitud galante y jovial que él adoptaba con respecto a Minta, cuando, por ejemplo, le cogía unas flores o le prestaba un libro. ¿Pero podía él imaginar que Minta iba a leer alguno de esos libros? Se limitaba a llevarlos consigo por el jardín, a ponerles una hoja entre las páginas.

«¿Se acuerda usted, señor Carmichael?», le daban ganas de preguntarle al viejo que estaba un poco más allá. Pero él se había echado el sombrero sobre la frente y parecía dormido; o tal vez estuviera sumido en sus ensueños, o inmóvil a la caza de alguna palabra.

«¿Se acuerda usted?», hubiera querido preguntarle al pasar delante de él, rememorando de nuevo aquella mañana en la playa con la señora Ramsay, el tonel oscilando sobre las olas y los pliegos arrebatados por el viento. ¿Por qué, al cabo de tantos años, resucitaba la escena, resonaba, se encendía, nítida y visible hasta en sus menores detalles, rodeados su antes y su después por millas y millas de espacio en blanco?

—¿Aquello es un barco o es un corcho? —preguntaba la señora Ramsay—. Y Lily lo repetía ahora, volviendo ante su lienzo de mala gana, y pensando, mientras cogía nuevamente el pincel, que el problema aquel del espacio, gracias al cielo, seguía siendo el mismo, algo que la deslumbraba.

El conjunto total del cuadro descansaba sobre ese peso. Tenía que lograrse una apariencia de gran belleza y resplandor, algo alado y evanescente, con los colores disueltos unos en otros como los de un ala de mariposa; pero todo el edificio tenía que estar fraguado por dentro con tornillos de hierro. Tenía que ser una cosa que se pudiera venir abajo de un soplido y que, al mismo tiempo, un tronco de caballos no fuera capaz de mover de su sitio. Y empezó a poner un rojo y un gris para ir modelando aquel vacío que tenía enfrente. Pero, mientras lo hacía, sentía, al propio tiempo, que seguía sentada en la playa al lado de la señora Ramsay.

—¿Es un barco? ¿O es un tonel? —preguntó la señora Ramsay—. Y se puso a buscar las gafas en torno suyo. Y, cuando las encontró, siguió sentada en silencio, mirando el mar a lo lejos.

Y Lily, imperturbable en su tarea de pintar, tenía la impresión de que se había abierto una puerta que daba acceso a un espacio oscuro y solemne, como una catedral, donde uno permanece contemplándolo todo en silencio. Llegaban gritos del mundo exterior. Los barcos se desvanecían dejando columnas de humo en el horizonte. Charles Tansley tiraba piedras para que saltaran sobre el mar.

Y la señora Ramsay permanecía sentada en silencio. A Lily le parecía que estaba contenta, que le gustaba quedarse callada, sin comunicarse con nadie, descansando en aquel total vacío de relaciones humanas. ¿Quién puede saber lo que somos ni lo que sentimos? ¿Quién puede decir, ni siquiera en los momentos de mayor intimidad: «Ahora entiendo»? Muchas veces, sentada junto a la señora Ramsay, compartiendo su silencio, le había parecido que ella se preguntaba: ¿no se echan las cosas a perder cuando las expresamos? ¿No resultan más significativas así? Y el instante acababa por volverse tan fértil. Había hecho un agujerito en la arena y lo volvió a tapar, como si quisiera enterrar en él la perfección de aquel instante. Era como una gota de plata en la que uno moja e ilumina la oscuridad del tiempo pasado.

Lily retrocedió como si quisiera ver su lienzo dentro de aquella perspectiva. Era un camino arduo de recorrer este de la pintura. A base de desviarse y de adentrarse cada vez más, llega a parecer que está uno en alta mar, totalmente solo, encima de una estrecha tabla. Y al mismo tiempo que mojaba su pincel en el color azul, lo estaba mojando también en aquel pasado. Ahora se acordaba de cuando la señora Ramsay se puso de pie. Se había hecho la hora de la comida, la hora de volver. Y regresaron juntos a lo largo de la playa: Lily iba detrás con William Bankes y delante de ellos Minta, con un agujero en la media. ¡De qué manera se hacía ostensible a sus ojos aquel redondelito de talón rosa! Y le parecía recordar que William Bankes, aunque no dijo nada, lo consideraba una cosa deplorable. Para él aquello significaba la negación de la feminidad, el desaliño, el desorden, criadas que se despiden, camas sin hacer a mediodía, todo lo que él aborrecía más. Tenía una manera especial de estremecerse, de extender los dedos como para tapar un objeto cuya vista le desagradaba; y fue precisamente el gesto que hizo entonces, ponerse la mano delante, a modo de visera. Y Minta iba andando en cabeza, seguro que al encuentro de Paul, y luego se irían a pasear al jardín.

«¡Los Rayley!», se dijo Lily Briscoe, mientras apretaba el tubo del verde. Se puso a reunir sus impresiones recientes sobre aquel matrimonio. La vida de los Rayley se le aparecía en una serie de escenas dispersas. Una, de madrugada, junto a una escalera. Paul se había acostado temprano, pero ella tardó en volver a casa. Eran cerca de las tres de la mañana cuando volvió, a Lily le parecía estarla viendo, adornada, pintada, llamativa, al pie de la escalera. Paul salió en pijama y traía en la mano unas tenazas de la chimenea por si eran ladrones. Minta, a medio subir la escalera, junto a la ventana, se estaba comiendo un emparedado a la lívida luz del amanecer. Y en la alfombra había un roto. ¿Pero qué fue lo que se dijeron? Lily se lo preguntaba a sí misma, como si a fuerza de mirarlos, pretendiera oírlos. Cosas desagradables. Minta siguió comiendo su emparedado, con gesto de fastidio, mientras él hablaba. La increpaba en un tono indignado y celoso, la insultaba procurando no alzar la voz para que no se despertaran los niños: tenía dos varones. A él se le notaba mala cara, parecía agotado; ella aparecía pimpante, indiferente. Porque las cosas entre ellos habían empezado a ir mal poco después del primer año; el matrimonio aquel había resultado bastante mal.

Y a eso se reduce lo que llamamos «conocer a la gente», «pensar en ella» o «tenerle cariño»: a inventar historias sobre ella, pensó Lily, mojando el pincel en pintura verde. Tal vez nada de aquello había sido verdad, tal vez ella lo hubiera inventado; y sin embargo, a través de eso los conocía. Y continuó excavando su camino a través de la pintura, a través del pasado.

Otra vez Paula había dicho que «solía ir a jugar al ajedrez a los cafés», y sobre aquella frase había urdido Lily en su imaginación toda una estructura. Se acordaba que, cuando se lo oyó decir, se lo imaginó llamando a la doncella para preguntarle por Minta y cómo ella le contestaba: «La señora Rayley ha salido, señor», y cómo él decidía entonces salir también y volver tarde. Se lo imaginó sentado en el rincón de algún local sórdido y cargado de humo que impregnaba los asientos de peluche rojo, de esos donde acaba uno por conocer a todas las camareras, jugando al ajedrez con un hombrecillo traficante en té que viviría por Surbiton, y eso sería todo lo que Paul sabría de él. Pero Minta no había vuelto todavía cuando él llegó a casa, y luego venía la escena de la escalera, cuando Paul salió con las tenazas por si era algún ladrón —pero sin duda también para impresionarla— y le habló en aquel tono tan agrio y le dijo que había destrozado su vida. Sería verdad o no, pero otra vez que fue a visitarlos a un chalet que tenían cerca de Rickmansworth, las relaciones estaban muy tirantes. Paul se llevó a Lily al jardín porque quería enseñarle unas liebres belgas que criaba, y Minta los siguió, canturreando, y había pasado su brazo desnudo sobre el hombro de Paul, sin duda temiendo que le pudiera hacer alguna confidencia.

A Minta las liebres le daban igual, o por lo menos es lo que le parecía a Lily. Porque Minta nunca dejaba entrever lo que pensaba. Nunca se le hubiera escapado una frase como aquella de Paul acerca de su costumbre de jugar al ajedrez en los cafés. Se daba cuenta del alcance de las cosas, era demasiado cauta. Pero volviendo a la historia, ahora parecía que habían superado la crisis. Lily había pasado unos días con ellos el verano anterior. Un día el coche tuvo una avería y Minta le iba alargando las herramientas a Paul, que estaba sentado en la carretera, arreglándolo. La manera que

tuvo de darle aquellas herramientas —eficaz, sencilla, amistosa— daba fe de que las cosas ya iban mejor entre ellos. Pero «enamorados» ya no estaban, eso no. Paul había conocido a otra mujer, una mujer seria, que llevaba cartera y el pelo recogido en una trenza —Minta la describía con gratitud y casi con admiración—, que iba a los mítines y compartía las preocupaciones de Paul, más acentuadas cada día, por asuntos como la tasa de los bienes inmuebles y el impuesto sobre la renta. La relación con aquella mujer, lejos de haber roto su matrimonio, lo había consolidado. Cuando él se sentó en la carretera para arreglar el coche y Minta le alargó las herramientas, resultaba evidente que eran excelentes amigos.

Y esa era la historia de los Rayley. En el rostro de Lily se dibujó una sonrisa. Se imaginaba a sí misma contándole a la señora Ramsay que hubiera sentido una enorme curiosidad por saber qué había sido de los Rayley. Habría tenido una pequeñas sensación de victoria si le hubiera podido contar a la señora Ramsay que el matrimonio de los Rayley no había sido un éxito precisamente.

«Pero, ay, los muertos —se dijo Lily, retrocediendo unos pasos porque se había topado con una dificultad en el dibujo que la obligaba a detenerse y reflexionar sobre ella—, los muertos nos producen lástima, los apartamos de nuestro lado, y hasta llegamos a considerarlos con cierto desdén. Están en nuestras manos. La señora Ramsay ya no existe, se ha evaporado. Podemos anular sus deseos, dar por superadas sus ideas estrechas y anticuadas. Cada vez se alejan más de nosotros.» Y llena de ironía, le parecía ver aún a la señora Ramsay, diciendo, desde el fondo del pasillo de los años, cosas tan anacrónicas como aquella de «hay que casarse, hay que casarse»; la veía sentada muy tiesa desde muy temprano cuando los pájaros empezaban a alborotar el jardín con sus trinos. Y cabría contestarle ahora: «Todo se ha desarrollado en contra de tus deseos. Ellos son felices de esa manera. Yo soy feliz de esta. La vida ha dado un viraje total.» Y bastaba esto para que todo su ser, incluso su belleza, se convirtieran al instante en algo polvoriento y anticuado. Por unos momentos Lily, allí de pie con el sol calentándole la espalda, recapitulando la historia de los Rayley, sintió que triunfaba sobre la señora Ramsay, la cual nunca sabría que Paul había frecuentado los cafés y tenido una amante, que luego se sentó en el suelo y Minta le iba alargando las herramientas, que ella seguía aquí pintando su cuadro, y que nunca se había casado, ni siquiera con William Bankes.

La señora Ramsay había acariciado la idea de esa boda. Y tal vez, de haber vivido, se habría salido con la suya. Y aquel verano le parecía «el más educado de los hombres» y también «el sabio más importante de su generación, lo dice mi marido». Cuando hablaba de él decía: «Pobre William, me da tanta pena cuando veo que no tiene ni un adorno en su casa, nadie que le ponga ni un triste ramo de flores en un búcaro». Y empezó a arreglárselas para que salieran juntos de paseo, y empezó a decir, con aquel ligero toque de ironía que hacía que la señora Ramsay se le escurriera a uno entre los dedos, que Lily tenía una mente tan científica, que le gustaban tanto las flores, que era tan rigurosa. «¿Pero por qué tendría aquella manía de casar a la gente?», se preguntaba Lily, retrocediendo unas veces ante su caballete y otras avanzando hacia él.

(Y de repente, tan de repente como una estrella cruza el firmamento, un fulgor rojizo emitido por ella pareció incendiar su mente, aureolando la figura de Paul Rayley. Surgió como un fuego encendido por tribus salvajes en una playa remota en conmemoración de algo. Oía un crujido y su chisporroteo. El mar entero se volvió rojo y oro en mil leguas a la redonda. Le llegaba mezclado con cierto olor a vino que la embriagaba, porque había vuelto a sentir aquel arrebatado deseo de precipitarse por un acantilado y morir ahogada con tal de buscar en la playa un brocado de perlas. Y el crujido y el chisporroteo aquellos producían en ella un rechazo, mezcla de terror y repugnancia, como si, al mismo tiempo que consideraba su fuerza y su esplendor, se diese cuenta también de que se alimentaba, voraz e inconsiderado, a expensas de todos los tesoros de la casa, y eso le llevara a abominarlo. Pero el espectáculo, la gloria de aquel incendio, había sobrepasado a todas las experiencias de su vida, había continuado ardiendo año tras año como un fuego de señales encendido al borde del mar en una isla desierta, y bastaba con que dijese «enamorado» para que al instante volviese a surgir, como le estaba ocurriendo ahora, la figura de Paul envuelta en fuego. Y luego se apagó; dijo riendo: «¡Los Rayley!», y se acordó de Paul jugando al ajedrez por los cafés.)

Se había salvado por los pelos. Se acordó de cómo se había quedado mirando el mantel y de cómo había tenido el repentino vislumbre de que tenía que correr el árbol más al centro y del gozo exultante que había sentido al comprender que no necesitaba para nada casarse nunca con nadie. Se había sentido en pie de igualdad con la señora Ramsay, lo cual era como rendir tributo al poderoso influjo que ella ejercía sobre todo el mundo. Bastaba con que dijera «haz tal cosa», y se hacía. Hasta su sombra en la ventana, al lado de James, era autoritaria. Se acordaba de cómo se había escandalizado William Bankes cuando creyó que ella menospreciaba el significado de aquel conjunto formado por madre e hijo. «¿Cómo podía dejar de admirar su belleza?», le había preguntado. Pero luego la había escuchado —se acordaba muy bien— con sus ojos de niño avispado cuando se puso a explicarle que no se trataba de irreverencia, simplemente de que una luz aquí requiere una sombra allá y todo eso. Nada más lejos de su ánimo que denigrar un tema al que Rafael —estaban los dos de acuerdo— había dado un tratamiento divino. No se trataba de cinismo, todo lo contrario. Lo había entendido muy bien, gracias al rigor científico de su mente, y aquella prueba de su desapasionamiento intelectual le había servido a Lily de gran placer y consuelo. Porque comprendió que se podía hablar en serio de pintura con un hombre. De hecho, su amistad había sido uno de los mayores alicientes de su vida. Amaba a William Bankes.

Era un perfecto caballero; cuando iban a Hampton Court siempre le dejaba tiempo de sobra para que se lavara las manos, mientras él paseaba a la orilla del río. Esta libertad era algo típico de sus relaciones. Muchas cosas no hacía falta decirlas. Luego paseaban por los patios y, verano tras verano, admiraban las proporciones arquitectónicas y las flores, y él hablaba de arquitectura y de perspectivas, y a veces se paraba para mirar un árbol o el panorama sobre el lago o a un niño (le daba mucha pena no haber tenido una hija), con aquella actitud de vaga reserva característica de un hombre que, a fuerza de haber consumido tantas horas en su laboratorio, era como si, al salir de él, el mundo le trastornara un poco, y por eso andaba despacio, se ponía la mano a modo de visera ante los ojos y se paraba de vez en cuando, simplemente para aspirar mejor el aire. Y le contaba que su ama de llaves estaba de vacaciones, que tenía que comprar una alfombra nueva para la escalera. ¿Querría acompañarle a comprar una alfombra nueva para la escalera? Y en cierta ocasión le habló de los Ramsay, y le dijo que la primera vez que la había visto a ella, llevaba un sombrero gris, no tendría más de diecinueve o veinte años, y era de una belleza increíble. Y se quedó mirando hacia la avenida de Hampton Court, como si viera a la señora Ramsay allí, entre las fuentes.

Ahora Lily miraba los escalones que daban al salón. Y a través de los ojos de William, vio la sombra de aquella mujer, tranquila y silenciosa, con los ojos abatidos. Estaba sentada, abstraída, cavilosa —y aquel día vestía de gris—, con los ojos bajos. Nunca levantaba los ojos. «Sí —se dijo Lily mirando atentamente—, así la debí ver también yo por primera vez, pero no vestida de gris, ni tan inmóvil, ni tan joven, ni tan serena.» Le era bastante fácil reconstruir la imagen. William Bankes había dicho que era de una belleza increíble. Pero la belleza no lo era todo. La belleza tenía su castigo: lo invadía todo demasiado aprisa, demasiado por completo, paraba la vida, la congelaba. Le hacía olvidar a uno esos pequeños trastornos como el rubor, la palidez, alguna extraña crispación, ciertas luces o sombras que deforman un rostro y lo hacen irreconocible por unos momentos, aunque le añaden también ciertas calidades que luego uno recuerda para siempre. Era más fácil que todo aquello se difuminase bajo la máscara de la belleza. «¿Pero qué expresión tenía —se preguntaba Lily— cuando se encasquetaba aquel sombrero de cazador, o cuando se echaba a correr por el césped, o cuando reprendía a Kennedy, el jardinero?» Nadie se lo podría aclarar jamás, nadie podría venir en su ayuda para decírselo.

Se volvía a encontrar, sin querer, como a flote, un poco fuera de lo que estaba pintando, mientras miraba, con esa especie de aturdimiento con que se miran las cosas irreales, al señor Carmichael. Estaba tumbado en su hamaca con las manos cruzadas sobre la barriga; no leía ni dormitaba, solo tomaba el sol como una criatura ahíta de vida. El libro se le había caído sobre la hierba.

Le hubiera gustado llegarse a él y poder decirle: «¡Señor Carmichael!». Y él la miraría con que gesto suyo de bienaventuranza, desde sus ojos neblinosos, de un verde incierto. Pero solo se puede despertar a la gente cuando está uno seguro de lo que quiere decir. Y ella no quería decirle una cosa concreta, quería decirle todo. Las palabras sueltas que rompen el pensamiento y lo descabalan no expresan nada. «Le quiero hablar de la vida, de la muerte, de la señora Ramsay.» No, no podía, era imposible decirle nada a nadie. La urgencia del momento siempre hace fallar la puntería. Las palabras revolotean por los flancos y apuntan muy por bajo de la diana. Entonces se da uno por vencido y la idea vuelve a sumergirse, y acaba uno por ser como casi toda la gente de cierta edad, cautelosa, huidiza, con el entrecejo arrugado y un aspecto de perpetua aprensión. Porque, ¿cómo expresar con palabras las emociones del cuerpo? ¿Cómo expresar ese vacío de ahí? (Miraba a los escalones del salón y le parecían terriblemente vacíos.) Pero se trataba de una sensación del cuerpo, no de la mente. La sensación física que le llegaba de la contemplación de aquellos escalones desolados se había convertido de repente en algo muy desagradable. Querer y no tener era algo que comunicaba a todo su cuerpo una sensación de dificultad, de oquedad, de tensión. ¡Cómo destroza el corazón querer y no tener, desear y desear, cómo lo va destrozando una vez tras otra! «¡Oh, señora Ramsay!», llamó sin palabras, dirigiéndose a aquella esencia sentada junto al barco, a aquel ser abstracto en que se había convertido, a la mujer de gris, como reprochándole haberse ido y que volviera después de haberse ido. Le había parecido una cosa tan fuera de peligro pensar en ella. Un fantasma, un soplo de aire, nada, una cosa con la que resulta tan fácil jugar a cualquier hora del día o de la noche sin que entrañe el menor riesgo, había sido aquello y de repente alargaba la mano y le oprimía a uno el corazón de aquella manera. De repente los escalones vacíos del salón y los flecos de la butaca que había dentro y el cachorro dando saltos por la terraza y todo el hormigueo y susurro del jardín se convirtieron en curvas y arabescos ramificándose en torno a un núcleo de absoluto vacío.

«¿Qué significa? ¿Cómo se explica usted esto?», le hubiera gustado preguntar, dirigiéndose de nuevo al señor Carmichael. Porque era como si el mundo entero se disolviera, a aquella temprana hora matinal, en una charca de pensamientos, en un profundo estanque de realidad, y hasta cabía imaginar que si el señor Carmichael dijera algo, una lágrima podría subir a quebrar la superficie de la charca. Y entonces podría surgir sabe Dios qué, tal vez aparecer una mano, centellear la hoja de un cuchillo. Pero eran tonterías, por supuesto.

Le asaltó la extraña sensación de que él pudiera estar percibiendo, después de todo, aquellas mismas cosas que ella era incapaz de expresar. Era indescifrable aquel viejo de la barba manchada de amarillo, siempre a vueltas con sus poemas, con sus jeroglíficos, surcando serenamente un mundo que colmaba todos sus deseos, hasta el punto de que parecía bastarle con poner la mano sobre el prado donde estaba echado para sacar de él lo que se le antojaba. Volvió a mirar su cuadro. Seguro que él le habría contestado: «Tanto usted como yo, como ella, pasamos y nos desvanecemos, nada permanece, todo cambia, pero las palabras y la pintura no.» «Aunque acabe colgado en la buhardilla —pensó—, o enrollado y metido debajo de un sofá, aun así, incluso para un cuadro así, es verdad. Hasta de un garabato como este, no como tal cuadro quizás, sino en nombre de lo que ha intentado expresar, podría decirse que "permanecerá para siempre"», estaba a punto de decir Lily o, al menos, dejar insinuado sin palabras, porque dicho con palabras le sonaba, incluso a ella misma, demasiado pretencioso; cuando de repente, al mirar al cuadro, se sorprendió al notar que no podía verlo. Sus ojos estaban anegados por un líquido caliente (al principio ni se le ocurrió que pudieran ser lágrimas), que espesaba el aire y, sin alterar el gesto firme de sus labios, le corría por las mejillas. Pero, por favor, si ella siempre se controlaba perfectamente, en todos los sentidos, ¿cómo iba a estar llorando a estas alturas por la señora Ramsay, sin tener consciencia de ningún tipo de infelicidad? Volvió a mirar al señor Carmichael. ¿Qué era aquello, qué quería decir? ¿Es que las cosas pueden alargar la mano y asirnos así? ¿Pueden herir el cuchillo, agarrar el puño? ¿No había manera de ponerse a salvo, de aprenderse de memoria las añagazas del mundo? ¿No iba a haber guías ni refugios, es que todo iba a ser siempre como un milagro, como saltar al vacío desde lo alto de una torre? ¿Era posible que a tal cosa se redujera la vida, incluso para la gente madura, a algo tan desconcertante, insólito y desconocido? Por unos instantes tuvo la sensación de que, si ahora ambos se pusieran de pie, aquí en este prado, y empezara a pedir explicaciones de por qué la vida es tan corta y tan incomprensible, con energía, como dos seres humanos perfectamente capacitados para hacerlo y a quienes nada se les debe ocultar, si pudieran hablar de esa forma, entonces se desplegaría la belleza, se volvería a colmar aquel espacio vacío y todos aquellos fútiles arabescos recobrarían su forma; que si la llamasen lo bastante fuerte, la señora Ramsay volvería.

«¡Señora Ramsay! —dijo en voz alta— ¡Señora Ramsay!» Las lágrimas le corrían por la cara.

6

(El chico de Macalister cogió uno de los peces y le cortó un trozo del costado para ponerle cebo al anzuelo. Aquel fragmento de cuerpo mutilado [aún estaba vivo] fue arrojado de nuevo al mar.)

7

«¡Señora Ramsay —gritó Lily— ¡Señora Ramsay!»

Pero no ocurrió nada. Y el dolor crecía. «Es absurdo que la angustia pueda reducirnos a tales extremos de estupidez», pensó. De todas maneras, el viejo no lo había oído. Permanecía sumido en su estado de beatitud, tranquilo, casi podría decirse que sublime. Gracias a Dios, nadie había escuchado su grito ignominioso, basta, ya estaba bien de sufrir. Resultaba evidente que el sentido común no la había abandonado por completo. Nadie la había visto lanzarse desde aquel estrecho tablón a las aguas del aniquilamiento. Seguía siendo una solterona delgaducha, de pie en el prado, con su pincel en la mano.

Y, poco a poco, el dolor del deseo y la amarga desazón (haber irrumpido así, precisamente cuando creía que ya nunca más lloraría a la señora Ramsay. ¿La había echado en falta durante el desayuno, entre las tazas de café?; ni mucho menos) fueron remitiendo. Y de la angustia quedó, como antídoto, un alivio, que ya era un bálsamo por sí mismo, pero también, aunque de forma más misteriosa, la sensación de que alguien estaba allí, ella, la propia señora Ramsay, liberada por un momento del peso que el mundo había echado sobre ella; notaba esa presencia ligera a su lado, la de la señora Ramsay en todo el esplendor de su belleza, ajustándose en torno de la frente una corona de flores blancas, como cuando se había ido. Lily volvió a apretar sus tubos, tratando de resolver el problema propuesto por el seto. Era curioso lo claramente que la estaba viendo alejarse con aquella ligereza que le era característica, caminando a través del campo para esfumarse entre aquellas ondulaciones suaves de color violeta, por entre aquella floración de lirios y jacintos. Durante mucho tiempo, después de haberse enterado de su muerte, la había estado viendo de esa misma manera, ajustándose la corona de flores en la frente y alejándose a campo través, sin hacer ninguna pregunta, y llevando una sombra por toda compañía. El espectáculo y la palabra tenían un gran poder de consolación. En cualquier lugar donde se encontrara, entregada a su pintura, en el campo o en Londres, se le volvía a representar la visión aquella, y buscaba, entornando los ojos, algo sobre lo cual fundamentarla. Unas veces iba en el tren, otras en el autobús, se quedaba mirando, cogía una línea de un hombro o de una mejilla, miraba a las ventanillas de enfrente, a Picadilly con su hilera de luces al anochecer. Todo aquello había formado parte del terreno de los muertos. Pero siempre había algo, ya fuera un rostro, una voz, o un chiquillo que voceaba los periódicos «¡Standard, News!» que venía a zarandearla y despertarla, exigiéndola forzar al máximo su atención, obligándola a reconstruir perpetuamente la visión aquella.

Y una vez más ahora, espoleada como se sentía por cierta instintiva sed de distancia y de azul, se quedó mirando a la bahía allá abajo, transformando en montículos las franjas azules de las olas, en campos pedregosos los espacios violeta. Otra vez, como de costumbre, se veía conmovida por algo estrafalario. Había una mancha marrón en medio de la bahía. Era un barco. Sí, se dio cuenta al cabo de unos segundos. ¿Y de quién era aquel barco? «Es el barco del señor Ramsay», se contestó. El señor Ramsay, aquel hombre que había pasado junto a ella, que había levantado la mano para saludarla con aire distraído, marchando al frente de una procesión, calzado con unos zapatos espléndidos, implorando una simpatía que ella le había denegado. El barco se encontraba ahora en medio de la bahía.

Hacía una mañana tan buena que, a no ser por alguna ráfaga de viento intermitente, se hubiera podido decir que el mar y el cielo eran la misma cosa, como si las velas estuvieran encoladas al cielo o las nubes se hubieran caído al mar. Un barco de vapor, que cruzó a lo lejos, había dibujado en el aire una gran voluta de humo que se demoraba allí describiendo curvas y redondeles decorativos, como si el aire fuera una fina gasa capaz de retener suavemente entre sus mallas todas las cosas, imprimiéndolas tan solo un ligero vaivén que las balanceaba de acá para allá. Y, como pasa a veces cuando hace bueno, los acantilados parecían conocer a los barcos y los barcos a los acantilados, era como si se hicieran señales los unos a los otros, enviándose mensajes de un código secreto. Y el Faro, con lo cerca de la costa que parecía estar otras veces, esta mañana se veía a una enorme distancia, envuelto en bruma.

«¿Dónde estarán ahora?», se dijo Lily mirando al mar. ¿Qué habría sido de él, del hombre tan viejo que pasó junto a ella en silencio, llevando bajo el brazo un paquete envuelto en papel marrón? El barco estaba en medio de la bahía.

8

«Allí nadie siente nada», pensó Cam, mirando hacia la costa, la cual, oscilando arriba y abajo ante sus ojos, se le aparecía cada vez más distante y tranquila. Iba cortando el mar, con la mano metida en él, el tiempo que su mente, entumecida y como envuelta por un sudario, elaboraba dibujos con los remolinos y las franjas verdes, errando con la imaginación dentro de aquel mundo submarino donde las perlas se agrupan en racimos de blancos ramajes, en el seno de cuya luz verdosa la mente se somete a total mudanza y el cuerpo se vuelve semitransparente y emite una especie de fosforescencia a través del manto verde que lo envuelve.

Poco a poco, los remolinos en torno a su mano se fueron aquietando, el embate del agua cesó y el mundo se volvió a plagar de ruidos disonantes que rechinaban y crujían. Se oía el romper de las olas salpicando los costados del barco, como si estuviera anclado en el puerto. Todas las cosas parecían estar ahora muy cerca de uno. Y es que la vela sobre la que James mantenía los ojos fijos, hasta el punto que había llegado a hacérsele como una persona conocida, se aflojó completamente, y como consecuencia se pararon y quedaron dando bandazos, bajo el ardiente sol, a la espera de un soplo de brisa, a leguas de la orilla y a leguas del Faro. Todas las cosas del mundo parecían haberse quedado inmóviles. El Faro se volvió inmutable y el perfil de la lejana costa era una línea fija. El calor del sol empezó a apretar; parecía que ahora estaban mucho más cerca unos de otros, que cada cual sentía aquellas presencias ajenas que casi había llegado a olvidar. La caña de pescar de Macalister caía a plomo dentro de las aguas del mar. Pero el señor Ramsay siguió leyendo impasible, sentado sobre sus piernas cruzadas.

Estaba leyendo un libro pequeño de pastas brillantes y con pintitas, como el cascarón de un huevo de avefría. De vez en cuando, mientras el barco flotaba a merced de aquella calma chicha, volvía una página. Y a James le parecía que el gesto peculiar con que volvía cada una de las páginas era algo que se dirigía a él, unas veces pidiendo aprobación, otras dando una orden, otras exigiendo afecto; y en todo momento, a medida que su padre iba volviendo aquellas páginas, estaba esperando con terror que levantara la cabeza y se pusiera a hablarle destempladamente sobre lo que fuera. Podía pedirle explicaciones, por ejemplo, de por qué se había parado allí, o de cualquier otra cosa tan irracional como esa. «Y si lo hace —se decía James—, saco una navaja y se la clavo en mitad del corazón.»

Siempre había mantenido ese viejo símbolo de la navaja que le clavaba a su padre en el corazón. Solo que ahora, como había ido creciendo, al mirar con fijeza rabiosa e impotente a su padre allí sentado, no era a él, a aquel viejo que leía, a quien quería matar, sino a aquello que descendía sobre él, posiblemente sin que él mismo se diera cuenta, a aquella repentina y feroz arpía de alas negras, de garras y pico fríos y afilados, que ataca una vez y otra vez (recordaba muy bien sus picotazos en su pantorrilla desnuda, una vez que le atacó de niño), y que luego de pronto se va, y ahí quedaba nuevamente él, un pobre viejo, muy triste, leyendo un libro. Era aquello lo que quería matar atravesándole el corazón.

Hiciera lo que hiciera en la vida —y algo tendría que hacer, pensaba mirando al Faro y la línea distante de la costa—, tanto si se ocupaba de negocios, como si se empleaba en la banca, o llegaba a estar al frente de una empresa o a abrir bufete de abogado, contra aquello es contra lo que combatiría, lo que perseguiría encarnizadamente hasta pisotearlo dondequiera, lo que él llamaba «tiranía y despotismo», ese obligar a la gente a que haga lo que no quiere, ese desposeerla de su derecho a la palabra. ¿Quién era capaz de contestarle «no quiero» cuando te decía «vamos al Faro», «haz esto» o «tráeme aquello»? Las alas negras se desplegaban y el pico se disponía a herir. Y al poco rato, ahí lo tenías a él otra vez sentado leyendo su libro, y hasta puede que a punto de alzar la vista —con él nunca se sabía— y ponerse a hablar en un tono bastante sensato. Podía ponerse a hablar con los Macalister o darle una limosna a una vieja aterida que viera por la calle, o lanzar diatribas contra el deporte de la pesca o agitar excitado los brazos en el aire. O sentarse en silencio a la cabecera de la mesa sin decir una palabra a lo largo de toda la comida. Sí —pensaba James mientras el barco se balanceaba inmóvil bajo el sol—, había como un erial rocoso y nevado, lo había pensado ya desde hacía tiempo, muchas veces, siempre que su padre decía alguna incongruencia que dejaba a la gente sorprendida, un lugar desierto y austero donde estaba seguro de que no había más huellas de pasos que las de su padre y las suyas. Solo ellos se conocían el uno al otro. ¿Y de dónde venía entonces este terror, este odio? Volviendo la vista atrás, para resolver entre aquellos estratos de hojas que el pasado había ido depositando en él, escudriñando en el corazón de esa selva donde el sol y la sombra se entrecruzan de tal manera que todo parece desfigurarse y anda uno a ciegas, tan pronto con el sol en los ojos como envuelto en las sombras más densas, se adentró en busca de alguna imagen para redondear su sensación, para enfriarla y separarla de sí, dándole una forma concreta. Vamos a suponer que estando, de niño, sentado impotente en un cochecito o sobre las rodillas de alguien, hubiera visto un carro que atropellaba, sin querer, el pie de alguien. Vamos a suponer que se hubiera fijado primero en el pie sobre el césped, suave e intacto, y luego ese mismo pie, después de pasarle la rueda por encima, triturado y cárdeno. Pero la rueda no tenía la culpa, era inocente. Pues lo mismo pasaba cuando su padre venía muy temprano por el pasillo a grandes zancadas y los llamaba para que despabilaran porque había que ir al Faro, era como si atropellara su pie, o el pie de Cam, o el pie de quien fuera. Y no se podía hacer otra cosa más que sentarse y mirárselo.

¿Pero, en qué pie estaba pensando y en qué jardín había pasado todo aquello? Porque había un decorado para estas escenas; crecían los árboles, había flores, una luz determinada, algunas figuras. Todo tendía a localizarse en un jardín donde no había rastro de este pesimismo ni de este chaparrón de manoteos, la gente hablaba en un tono normal, y todo el día se lo pasaba entrando y saliendo. Había una mujer mayor en la cocina que hablaba por los codos, y los visillos, empujados por la brisa, iban de adentro afuera por la ventana abierta; todo crecía, todo se ventilaba, y por encima de aquellos platos, de aquellos búcaros y de aquellas flores altas que se mecían rojas y amarillas, un delgado velo amarillento se extendía al anochecer, como una hoja de viña. Las cosas por la noche se volvían más inmóviles y más oscuras. Pero el velo en forma de hoja era tan tenue que las luces lo traspasaban y lo arrugaban las voces, y James podía ver, a su través, la figura de alguien que se paraba, oír cómo se acercaba y se volvía a alejar luego el susurro de un vestido, el tintineo de una cadena.

En este mundo fue donde la rueda vino a atropellar el pie de alguien. De pronto algo —se acordaba muy bien— se había parado y había proyectado su sombra sobre él, nada se movía y algo rasgó el aire, algo seco y afilado que descendió en ese preciso momento, como una cuchillada o un sablazo, azotando las hojas y las flores todas de ese mundo feliz, marchitándolas y arrancándolas.

Recordó a su padre diciendo: «Lloverá. No podréis ir al Faro».

El Faro era entonces una torre de plata, envuelta en niebla, con un ojo amarillo que de repente, al anochecer, empezaba a parpadear dulcemente. Y ahora...

James miró hacia el Faro. Distinguía las rocas emblanquecidas de espuma, la torre ceñuda y derecha, podía ver que estaba listado de franjas negras y blancas, que tenía ventanas, alcanzaba incluso a ver ropa tendida a secar sobre las rocas. ¿Así que aquello era el Faro, aquello era?

Pero no, también el otro era el Faro. Porque ninguna cosa es solo una cosa. El otro era Faro también. A veces resultaba difícil verlo a través de la bahía. Y por las noches abría uno los ojos y veía el ojo aquel abriéndose y cerrándose y su luz parecía alcanzarlos por todos los rincones de ese jardín lleno de brisa y de sol donde se pasaban la vida sentados.

Pero al llegar aquí se interrumpió. Siempre que decía «ellos» o «una persona», le parecía empezar a oír el susurro de alguien que se acercaba o el tintineo de alguien que se alejaba y se le aguzaba la sensibilidad para detectar la presencia de cualquiera que estuviera en la habitación. Ahora se trataba de su padre, y la tensión se hizo más aguda. Porque de un momento a otro, si no se levantaba brisa, podía cerrar de golpe las tapas del libro que estaba leyendo y preguntar: «Pero bueno, ¿qué pasa?, ¿se puede saber qué hacemos aquí perdiendo el tiempo?», de la misma manera que aquella otra vez en la terraza había dejado caer sobre ellos el filo de su espada, y su madre se había quedado rígida, y si él hubiera tenido a mano un hacha, una navaja o cualquier otra arma de punta aguzada, la hubiera empuñado para clavársela a su padre en el corazón. Ella se había quedado completamente rígida y luego había aflojado la presión del brazo con que le rodeaba, hasta que notó que había dejado de hacerle caso, que luego se había levantado sin saber cómo y que se había ido, dejándole allí solo, indefenso, desairado y grotesco, sentado en el suelo con un par de tijeras en la mano.

No corría ni un soplo de aire. El agua gorgoteaba en el fondo del barco, donde dos o tres peces se debatían a coletazos dentro de aquel charquito, no lo bastante profundo como para cubrirlos por entero. De un momento a otro el señor Ramsay (James no se atrevía ni a mirarlo) podía reaccionar, cerrar su libro y soltar alguna inconveniencia. Pero por el momento seguía leyendo, así que James, a hurtadillas, como si estuviera bajando descalzo un escalera por miedo a despertar a un perro guardián con algún crujido en la madera, siguió pensando en ella, en cómo era, en dónde haría ido aquella tarde. Empezó a buscarla por todas las habitaciones hasta llegar a una donde, envuelta en una luz azul, como si aquel reflejo viniera de los platos de porcelana, la encontró hablando con alguien, y se quedó escuchando a ver de lo que hablaban. Le estaba diciendo algo a la criada, diciéndole cosas fáciles de entender, lo que se le pasaba por la cabeza, que aquella noche iban a necesitar una fuente grande, que dónde habían puesto la fuente azul. Ella era la única que decía la verdad, la única con quien podía hablar. En aquello residía posiblemente la fuente del inagotable atractivo que tenía para él; era alguien a quien se le podía decir cualquier cosa que se le pasase a uno por la cabeza. Pero, al mismo tiempo que pensaba en ella, notaba como si su padre siguiera su pensamiento, ensombreciéndolo, zarandeándolo y haciéndolo vacilar.

Hasta que acabó por dejar de pensar; se quedó allí sentado con la mano agarrada al timón, bajo el sol, mirando fijamente al Faro, incapaz de moverse, incapaz de aventar aquellos copos de tristeza que se iban posando, uno tras otro, en su mente. Le parecía estar amarrado allí con una cuerda, que era su padre el que le había atado y que la única manera de escapar a aquella situación sería coger una navaja y clavársela en... Pero en aquel instante la vela empezó a girar lentamente, a hincharse poco a poco, el barco pareció volver a tomar impulso y por fin, todavía medio amodorrado al principio y luego ya despierto, arrancó y volvió a surcar las aguas. La sensación de alivio fue extraordinaria. Era como si todos volviesen a separarse unos de otros, y a sentirse a gusto, como si las cañas de pescar recobrasen su inclinación tensa apoyadas contra el borde del barco. Pero su padre no se había alterado. Se limitó a levantar una mano en el aire con gesto misterioso, y a volverla a dejar caer sobre la rodilla, como si estuviera dirigiendo quién sabe qué secreta sinfonía.

9

(«El mar sin una mancha», pensó Lily Briscoe, en la misma postura, sin dejar de mirar hacia allá. Por toda la superficie de la bahía el mar aparecía liso como si fuera de seda. ¡Qué poder tan fuerte tiene la distancia! Le pareció que se los había tragado el mar, que se habían alejado para siempre, que habían entrado a formar parte de la naturaleza. Estaba tan sereno, tan inmóvil. Hasta el vapor aquel había desaparecido, y solo el gran garabato de humo permanecía en el aire, deshaciéndose, como una bandera que oscilase melancólicamente diciendo adiós.)

10

«De modo que así es la isla», pensó Cam, volviendo a meter los dedos en el agua. Era la primera vez que la veía desde alta mar. Así era como estaba acostada en el mar, así, con esa grieta en el medio y esos dos peñascos escarpados y el mar estrellándose contra todos sus costados y derramándose luego a lo lejos en leguas y leguas a la redonda. Era muy pequeña y por la parte de arriba se afilaba en forma de hoja. «Así que nos montamos en un barquito», se dijo, empezando a contarse un cuento de aventuras cuyo argumento era que se habían salvado de un naufragio. Pero con el agua del mar y aquella evanescente espuma de algas escurriéndosele por entre los dedos no quería tomarse en serio ningún cuento. Le bastaba con aquella sensación de aventura y escapatoria implícitas en el mero estar allí, le bastaba con pensar, según el barco iba surcando el mar, que se había disipado el enfado de su padre por no saber ella los puntos cardinales, y la insistencia de James en que mantuvieran el pacto y su propia angustia, que todo aquello había pasado, que se lo había llevado la corriente. ¿Y ahora qué iba a pasar? ¿Adónde se dirigían? De su mano, helada a fuerza de llevarla totalmente sumergida en el agua, brotó como un surtidor de alegría por aquel cambio, por la sensación de evasión y aventura que suponía simplemente seguir estando viva, seguir estando allí. Y las gotas que brotaban de aquel repentino e inesperado surtidor de alegría salpicaban en la oscuridad las aletargadas imágenes de su mente, contornos de un mundo sin elaborar que daban vueltas en su propia tiniebla, arrancando de acá o de allá alguna chispa de luz: Grecia, Roma, Constantinopla. También, por pequeña que fuera, aquella islita rematada en forma de hoja y con aquellas aguas de oro que la salpicaban todo alrededor tendría su lugar en el mapa del mundo, ¿por qué no iba a tener incluso ella ese derecho?

Pero se lo podían haber dicho aquellos señores mayores que estaban en el despacho. Muchas veces entraba del jardín al despacho solo para ver si cazaba algo de lo que decían. Siempre estaba alguno allí —el señor Carmichael o el señor Bankes, muy mayor, muy serio— sentados uno enfrente de otro en sus butacones. Y cuando ella entraba del jardín, hecha un lío por algo que había oído decir, sin entenderlo, sobre Jesucristo o sobre un mamut descubierto en ciertas excavaciones de Londres o sobre Napoleón, crujían las páginas del *Times* que tenían desplegado delante de las narices. Y entre todos reunían aquellas migajas, las recogían con sus manos limpias y enguantadas en gris, oliendo a brezo, cruzaban las piernas, doblaban el periódico y a veces daban tal información o tal otra, siempre muy escuetamente. Y ella, sumida en una especie de trance, cogía al azar un libro del estante y se quedaba allí quieta, mirando escribir a su padre con aquella caligrafía tan igualita, tan clara, que iba de un extremo del papel al otro; y de vez en cuando tosía o les decía algo —siempre muy breve— a los otros señores que estaban enfrente. Y ella allí en medio, mirando el libro que había cogido, pensaba que en aquel sitio podía uno dejar vagar su pensamiento por donde le diera la gana, como una hoja que se lleva la corriente, que bastaba con portarse bien entre aquellos señores que fumaban y doblaban el *Times* para que todo marchara bien. Y viendo ahora a su padre sentado en el barco, pensaba, como cuando le miraba escribir en el despacho, que era el ser más adorable y más inteligente, que no era ningún fatuo ni ningún tirano. De hecho, muchas veces, cuando la había visto leyendo un libro, se había dirigido a ella para preguntarle con la mayor amabilidad del mundo que si le podía servir de ayuda para aclararle algo.

Y por si acaso estaba equivocada, volvió a mirarle ahora leyendo aquel librito con las tapas moteadas como un huevo de avefría. No, qué iba a estar equivocada. «Míralo ahora, anda», tenía ganas de decirle a James en voz alta. Pero James no apartaba los ojos de la vela. Y además James le replicaría que era un animal sarcástico, que no sabía hablar más que de sí mismo y de sus libros, que era un egoísta insoportable, y sobre todo un tirano, que era lo peor. Eso es lo que le diría James. «Pero mira, por favor, míralo ahora», insistía ella. Lo veía allí sentado leyendo, con las piernas encogidas, miraba el librito aquel cuyas páginas amarillentas le eran tan familiares, aunque no supiera lo que decía en ellas. Era pequeño, esmeradamente impreso; en las guardas su padre tenía apuntado —lo sabía ella— que se había gastado cincuenta francos en una cena, tanto del vino, tanto de propina al camarero, y luego el total abajo cuidadosamente sumado. Pero de lo que decía en el libro que le había deformado con sus bordes el bolsillo, de eso no tenía ni idea. Ni de lo que él pensaba, que nunca lo sabía nadie. Pero estaba totalmente embebido en su lectura, tanto que, cuando de vez en cuando levantaba los ojos de ella, como acababa de hacer durante un breve instante, no era para mirar nada ni a nadie, sino para dejar mejor prendido, con mayor exactitud, algún pensamiento. Una vez hecho lo cual, se sumergía de nuevo en la lectura y su imaginación reemprendía el vuelo. Le parecía que su padre leía como si estuviera guiando alguna expedición o pastoreando un gran rebaño de ovejas o tratando de trepar monte arriba por un sendero estrecho y solitario. Y unas veces caminaba deprisa y en línea recta, abriéndose paso entre la maleza, pero otras parecía como si se hubiese enganchado en alguna rama, o los zarzales le impidiesen ver el camino, pero no iba a dejarse vencer por tal cosa, seguía adelante, volviendo una página tras otra. Igual que ella seguía adelante con aquella historia que se estaba contando sobre la escapatoria de un naufragio, porque se sentía a salvo mientras siguiera sentada aquí, tan a salvo como cuando se escabullía del jardín y entraba en el despacho y cogía un libro, y los señores aquellos, plegando el periódico y asomando la cabeza por encima de las páginas, decían algo muy escueto sobre el carácter de Napoleón.

Volvió la cabeza para mirar la isla en medio del mar. La punta de la hoja iba perdiendo su perfil picudo. Era muy pequeña y estaba muy lejos. Ahora el mar era mucho más importante que la costa. Estaban rodeados de olas que se erguían y se desplomaban, por la panza de una se deslizaba una corteza de árbol, en la cresta de otra se posaba una gaviota. «Más o menos en este sitio se hundió una vez un barco», pensó agitando el agua con los dedos de la mano. Y luego, soñadora, medio amodorrada, murmuró entre dientes: «Cómo perecimos, solos todos nosotros».

11

«Todo depende de la distancia —pensó Lily Briscoe, mirando al mar casi inmaculado y tan liso que las nubes y las velas parecían inmersas en el mismo azul—, todo depende de lo lejos o lo cerca que la gente esté de nosotros.» Porque se daba cuenta de que sus sentimientos acerca del señor Ramsay experimentaban un cambio a medida que se alejaba más y más navegando por la bahía. Era como si se dilatase, se alargase y se volviese cada vez más remoto. Parecía que aquel azul, aquella distancia, se los habían tragado a él y a sus hijos; y en cambio aquí, en el prado, le era totalmente perceptible cualquier cosa: por ejemplo, de súbito, un gruñido del señor Carmichael, que tenía al alcance de la mano. Se echó a reír. Acababa de recoger su libro de la hierba y se enderezaba de nuevo en la hamaca, jadeando y resoplando como un monstruo marino. En eso residía toda la diferencia, en que a él lo tenía cerca.

Y todo volvió a entrar en la quietud. Ya hacía tiempo que se tenían que haber levantado los demás —calculó, mirando hacia la casa—, pero nadie comparecía. Claro que tenían la costumbre —recordó— de desaparecer en cuanto acababan cualquiera de las comidas y marcharse cada cual a lo suyo. Todo estaba impregnado de aquel silencio, de aquel vacío, de aquella sensación de irrealidad de la hora tan temprana. «A veces las cosas tienen una manera especial de volverse irreales», siguió pensando, mientras miraba las anchas ventanas brillantes y aquel penacho de humo azul. También al volver de un viaje o durante la convalecencia de una enfermedad, antes de que las costumbres de siempre vuelvan a aflorar a la superficie, se tiene esta misma vivencia de la irrealidad que resulta tan sobrecogedora; siente uno como si algo surgiera de nuevo. Y en esos momentos, la existencia se tornaba más intensa y se encontraba uno a sus anchas. No hacía falta, por ejemplo, apresurarse a cruzar el prado para saludar a la señora Beckwith, si salía al jardín a buscar un rincón donde sentarse, y decirle: «Muy buenos días, señora Beckwith. ¡Qué día tan hermoso, ¿verdad?! ¿Pero va a tener valor para sentarse a pleno sol? Es que Jasper ha escondido las sillas, ¿sabe? Déjeme que le busque una», o algún parloteo por el estilo. No hacía falta ninguna hablar. Bastaba con desplegar las propias velas —como hacían todos aquellos barcos que ahora se estaban poniendo en movimiento y empezaban a surcar la bahía—, con dejarse ir entre las cosas, más allá de las cosas. Nada estaba vacío, sino colmado, rebosante. Le parecía a Lily estar inmersa hasta los labios en una sustancia especial, en la que tan pronto flotaba como se sumergía, sí, porque aquellas aguas eran de una profundidad insondable. Y es que eran tantas las vidas que se habían vertido en ellas. La vida de los Ramsay, la de sus hijos y la de toda clase de seres desamparados y de cosas ligadas a ellos. Una mujer con su cesto de ropa recién lavada, una urraca, un macizo de tritonias y todo el malva y el gris verdoso de las flores, con aquella sensación, que se va tejiendo y que abarca al mundo entero, de que todo afluye al mismo cauce.

Se trataba de aquel especial sentimiento de plenitud, quizá el mismo que ya diez años antes, cuando estaba de pie más o menos en el sitio de ahora, había hecho decir a Lily Briscoe que estaba enamorada de este lugar. Porque el amor se manifiesta en mil facetas distintas. Puede que ciertos amantes tengan el don de elegir determinados elementos, extraerlos de las cosas, reunirlos, y de esa manera, dotándolos de una vida que no tenían, elaborar con ellos alguna escena, algún encuentro con gente ya hoy desaparecida y separada, cualquiera de esos logros globales y compactos en los que se complace el pensamiento y con los que juega el amor.

Sus ojos seguían fijos en aquella manchita marrón que era el barco del señor Ramsay. Creía que llegarían al Faro para la hora de comer. Pero el aire se había vuelto más frío y a medida que el cielo y el mar cambiaban poco a poco de aspecto y los barcos alteraban su postura, aquel espectáculo, que pocos minutos antes parecía un milagro de estabilidad, se volvía ahora menos grato. El viento había dispersado la huella de humo y en la disposición que tomaban ahora los barcos había un no sé qué de desagradable.

Era como si la carencia de proporciones de esa visión viniese a trastornar también la armonía de su propio pensamiento. Experimentó un oscuro malestar, que corroboró al volver a mirar su cuadro. Había estado desperdiciando toda la mañana. No sabía por qué razón se sentía incapaz de lograr el equilibrio indispensable entre aquellas dos fuerzas encontradas que desajustaban la balanza: una, la señora Ramsay; otra, su cuadro; y lo tenía que lograr. ¿Sería que había algo equivocado en el dibujo?, se preguntaba. ¿Sería que la línea del muro requería una brecha, o que no debía ser tan densa la mancha de los árboles? Sonrió con sarcasmo. ¡Y ella que estaba convencida, al empezar, de tener ya el problema resuelto!

Pero, entonces, ¿en qué consistía el problema? Tenía que tratar de agarrar algo que se le escapaba. Se le escapaba cuando pensaba en la señora Ramsay, y se le escapaba cuando se ponía a pensar en la pintura. Recordaba frases, recordaba imágenes. Imágenes bonitas. Frases bonitas. Pero lo que había que captar era aquella vibración que sacudía sus nervios, la esencia misma de aquello, antes de ponerse a transformarlo en otra cosa. «Es lo que tienes que hacer, empezar de nuevo, hazlo y empieza de nuevo», se decía desesperada, reafirmándose en su postura frente al caballete. Pensaba que el aparato con que el ser humano cuenta para pintar y para sentir está dotado de un mecanismo precario e ineficaz que puede hacerse pedazos en el momento más crítico y que solo a base de heroísmo se le puede obligar a seguir funcionando. Seguía mirando, con el entrecejo fruncido. Sí, allí estaba el seto, de eso no cabía duda. Pero no se logra nada insistiendo a base de exigencias compulsivas. Todo lo más que se logra es un destello en los ojos a fuerza de mirar la línea del muro o de pensar que la señora Ramsay iba vestida de gris y que era de una belleza increíble. «Ya vendrá —se dijo—, hay que dejar que venga cuando quiera. Porque hay momentos en que no es uno capaz de pensar nada ni de sentir nada. ¿Y dónde va a ir uno a parar —prosiguió— si no es capaz de pensar ni de sentir nada?»

«Pues va a parar al suelo», se dijo sentándose en la hierba y hurgando con el pincel en una pequeña colonia de plantas de llantén que habían crecido porque el prado estaba muy descuidado. «Viene uno a parar aquí, a sentarse en el mundo», siguió pensando. No podía librarse de la sensación de que todo lo que pasaba aquella mañana estaba ocurriendo por primera y tal vez por última vez; era una evidencia parecida a la que tiene un viajero cuando sabe, aunque vaya medio dormido, que tiene que mirar por la ventanilla del tren en aquel momento, porque nunca volverá a ver ese pueblo o ese carro de mulas o esa mujer que está trabajando en el campo. El prado era el mundo, los dos estaban juntos encima de él —lo pensaba mirando al señor Carmichael— en una situación privilegiada. Y le parecía que el viejo, a pesar de no haber abierto la boca en todo el tiempo, compartía su sensación. Y tal vez nunca le iba a volver a ver. Había envejecido mucho. Pero, fijándose con una sonrisa en cómo se le columpiaba una zapatilla medio salida del pie, recordó que también, además de viejo, se había hecho famoso. La gente decía que sus poemas eran muy bonitos. Le estaban publicando cosas que había escrito hacía cuarenta años. Ahora existía un poeta famoso llamado Carmichael. Y se sonreía pensando en las muchas facetas que puede tener una persona, en cómo el señor Carmichael era ese de que hablaban los periódicos, pero también el mismo que había sido siempre. Parecía el mismo de siempre, aunque un poco más canoso. Sí, pero alguien le había dicho que, aunque pareciera el mismo, había perdido todo el interés por la vida desde que se enteró de la muerte de Andrew Ramsay, a quien un obús había quitado la vida en el acto y que pudo haber llegado a ser un matemático ilustre. ¿Qué significaría esa muerte para el señor Carmichael?, se preguntaba Lily.

¿Habría salido a pasear por Trafalgar Square apoyado en su gran bastón? ¿O se habría sentado solo en su cuarto de St. John's Wood a hojear un libro detrás de otro sin leerlos? No podía imaginar lo que hizo al enterarse de que habían matado a Andrew, pero daba igual, porque entendía lo que había sentido en su interior. Se sentaban uno junto a otro en las escaleras y solo de vez en cuando se decían algo en voz baja, miraban al cielo y decían si iba a hacer buen tiempo o malo. Pero es una de las maneras que tiene la gente de conocerse —pensó—, descubriendo los rasgos de un perfil, no los detalles, sentándose en un jardín a mirar juntos cómo se van amoratando las curvas de una colina en el lejano brezal. También ella conocía al señor Carmichael de esa manera. Y podía saber que, de alguna manera, había cambiado. Nunca había leído una sola línea de su poesía, pero creía saber cómo la recordaría, con cadencia lenta y sonora. Era una poesía sazonada y melodiosa. Hablaba del desierto, de camellos, de palmeras y de puestas de sol. Era totalmente impersonal; hablaba algo de la muerte pero nunca de amor. Todo en el señor Carmichael tenía un aire distante. Necesitaba muy poco de los demás. Siempre pasaba con su periódico debajo del brazo, escabulléndose con aire un poco violento por delante de la ventana del salón, como si quisiera zafarse de la señora Ramsay que, no se sabe por qué, parecía no resultarle agradable. Y por lo mismo, claro, ella siempre estaba buscando la manera de hacerle detenerse. Él la saludaba, se paraba un momento de mala gana y le dedicaba una profunda inclinación de cabeza. A veces, irritada de que no quisiera nada con ella, la señora Ramsay le preguntaba que si no necesitaba alguna prenda de abrigo, una manta, un periódico, Lily la había oído a veces preguntárselo. Y él que no, que no necesitaba nada. Y volvía a saludarla. Debía haber algo en ella que no le era simpático. Tal vez su manera de ser, imperativa, tajante, aquel lado un poco prosaico que había en ella. ¡Era tan inequívoca!

(Un ruido llamó la atención de Lily. Era el crujido de una bisagra en la ventana del salón. Una brisa ligera jugueteaba contra aquella ventana.)

«Puede que haya habido más gente a quien la señora Ramsay no le resultara demasiado simpática», siguió pensando Lily. Y se daba cuenta, sí, de que los escalones del salón seguían sin nadie, pero también de que ya no le causaba impresión. Había dejado de necesitar a la señora Ramsay. Puede que hubiera gente que la encontrara demasiado segura de sí misma, demasiado inflexible, gente a quien probablemente su misma belleza le molestara, que pudiera decir: «¡Qué cosa tan monótona, siempre igual!» Quizá prefiriesen otro tipo de belleza más morena, más vivaz. Y luego que era demasiado blanda con su marido, ¡le permitía a veces unas escenas! Además era muy cerrada, nadie podía saber nunca lo que le estaba pasando. Y, volviendo al señor Carmichael y a las causas de su antipatía por ella, no se podía imaginar uno a la señora Ramsay por ejemplo pintando o leyendo una mañana entera en el jardín. Era algo inconcebible. Se iba de repente al pueblo, llevando por toda compañía su bolso colgado del brazo, se iba a ver a los pobres, a pasar un rato sentada en cualquier alcoba mal ventilada. Cuántas veces la había visto Lily dejar interrumpido un juego o una discusión, coger el bolso, sin más, y marcharse muy erguida. Y cuando volvía, se fijaba en ella y pensaba con un poco de risa al ver los gestos tan metódicos con que ponía las tazas de té, pero también algo emocionada ante aquella belleza que le dejaba a uno sin aliento: «Se han levantado para mirarte unos ojos abatidos por el dolor. Has estado allí con esa gente».

Y a lo mejor la señora Ramsay se enfadaba con alguien porque no era puntual, o porque la mantequilla no estaba lo bastante fresca o porque le habían desportillado la tetera. Pero, según la oía uno hablar de que la mantequilla no estaba bastante fresca, en lo que pensaba uno era en las estatuas de los templos griegos y en cómo puede caber en la cabeza que una belleza semejante hubiera estado allí con aquella gente. Jamás hablaba de ello, se limitaba a acudir a aquellas citas puntualmente, inequívocamente. De la misma manera que las golondrinas, por instinto, tienden hacia el sur o las alcachofas buscan el sol, ella tendía instintivamente a ir allí, a volverse inexorablemente hacia los seres humanos, a acercarlos a su corazón. Y aquella tendencia, como todas las tendencias instintivas, producía una especie de desazón en las personas que no la compartían; en el señor Carmichael, posiblemente; en ella, desde luego.

Ambos tenían una noción parecida sobre la ineficacia de la acción y la supremacía del pensamiento. Aquellas visitas eran como un reproche para ellos, le imprimían al mundo un sesgo diferente y ellos sentían ganas de protestar al ver que esto atentaba contra sus inclinaciones y las ponía en entredicho, necesitaban agarrarse con más fuerza a ellas para que no se desvanecieran. Charles Tansley también hacía lo mismo y, en gran medida, era por eso por lo que resultaba antipático, porque trastornaba las proporciones del mundo que a cada cual le era propio. ¿Y qué habría sido de él, por cierto?, se preguntaba Lily, sin dejar de hurgar con el pincel en las plantas de llantén. Había obtenido un lectorado, se casó y vivía en Golder's Green.

Una vez, durante la guerra, ella entró en una sala para oír una conferencia que daba. Denunció no sé cuántos abusos y condenó a no sé cuántas personas, predicando el amor entre los seres humanos. Y Lily había pensado que cómo podría amar al prójimo quien no era capaz de distinguir un cuadro de otro, quien se había parado una vez detrás de ella fumando su tabaco de picadura («a cinco peniques la onza, señorita Briscoe»), y había puesto todo su empeño en convencerla de que las mujeres no son capaces de pintar ni de escribir; y no es que lo pensara así, sino que, quién sabe por qué razón, deseaba que fuera así. Y allí estaba ahora perorando sobre el amor con su voz ronca, flaco y rubicundo, subido a aquella tarima. (Por toda la planta de llantén, donde Lily hurgaba con el pincel, corría un tropel de hormigas activas y rojas que le recordaban a Charles Tansley): le miraba ella con sorna desde su asiento, le veía esforzándose por salpicar de amor aquel recinto frío, y de repente aquel viejo tonel o lo que fuera, que flotaba de un lado para otro sobre las olas del mar, había surgido ante ella, y había vuelto a ver a la señora Ramsay buscando sus gafas por entre las rocas. «¡Vaya por Dios, qué contratiempo, las he vuelto a perder! Pero no se moleste, señor Tansley, no tiene importancia, todos los veranos pierdo cientos de pares.» Y él, a oírlo, había inclinado la barbilla sobre su cuello, como si no se atreviera a tacharla de exagerada, dispuesto a aguantar todas sus exageraciones porque la quería y por aquella forma tan encantadora que tenía de sonreírle. Tansley le debía haber hecho confidencias de su vida alguna vez, en uno de aquellos paseos que daban unos con otros a solas, cuando se separaban del grupo. Estaba pagando los estudios de su hermanita, la señora Ramsay se lo había contado a Lily, y opinaba que aquello tenía mucho mérito por su parte. Pero en el fondo, Lily lo pensaba ahora hurgando con el pincel en aquellas plantas, la idea que se hacía de él era grotesca. La mitad de las ideas que nos hacemos de los demás siempre rozan un poco lo grotesco. Los demás sirven para alimentar nuestras propias opiniones. Por ejemplo, el señor Tansley para Lily había sido siempre una especie de chivo expiatorio, y muchas veces, cuando estaba de malhumor se sorprendía azotándole los costados. Cuando quería tomárselo en serio, tenía que buscar apoyo en lo que decía de él la señora Ramsay, mirarlo a través de los ojos de ella.

Hizo una montañita para que las hormigas treparan por encima, lo cual las hundió en un delirio de perplejidad, al notar que alguien había interferido en su cosmogonía. Unas salían corriendo en una dirección y otras en la dirección opuesta.

Se necesitarían cincuenta pares de ojos —pensó— para mirar con ellos. Tal vez ni cincuenta pares de ojos bastarían para examinar todos los aspectos de una mujer como aquella. Y entre todos, por lo menos un par de ellos haría falta que se mantuvieran ciegos a su belleza. Haría falta, sobre todo, un sexto sentido, sutil como el aire, capaz de colarse por los ojos de las cerraduras y de rondar en torno suyo, cuando se sentaba a hacer punto, cuando decía algo o cuando se quedaba inmóvil y sola mirando por la ventana, para captar y atesorar, como hace el aire al recoger el humo de un vapor, sus fantasías y sus anhelos. ¿Qué significaría el seto para ella, qué el jardín; qué sentiría cuando oía romper las olas? Y Lily se quedó mirando al vacío, como le había visto hacer a la señora Ramsay; también ella ahora estaba oyendo el ruido de las olas que rompían en la playa. ¿Y qué estremecimientos agitarían su mente cuando los chicos estaban jugando al críquet y se les oía gritar: «¿Qué pasa?, ¡venga!». Alzaba los ojos de la labor por unos instantes, miraba hacia allá intensamente. Luego recaía en su estado anterior, hasta que el señor Ramsay venía a pararse en seco, interrumpiendo sus paseos por delante de ella, y entonces era como si la recorriese un extraño escalofrío, como si el hecho de que él se parase frente a ella y la mirase la sumiese en profunda agitación. A Lily le parecía que los estaba viendo.

El señor Ramsay le tendía la mano para ayudarla a levantarse de su asiento. Era un gesto que parecía haber hecho ya otra vez, mucho antes; era el mismo gesto que hizo en una ocasión para ayudarla a bajar de aquel barco que, por haber atracado a unas pulgadas de la isla, requería que un caballero tendiese su mano para ayudar a las señoras a saltar a tierra. Era una escena antigua que, como tal, requería para acercarla imaginar crinolinas y pantalones de trabilla. Lily se figuraba que en aquel momento en que se dejó ayudar por él para saltar a la playa, la señora Ramsay habría pensado: «Ha llegado la hora». Sí, eso es lo que debió decirse. Y debió posar lentamente, suavemente, su pie sobre la arena. Seguramente, dejando su mano dentro de la de él, pronunciaría una sola frase. «Me casaré con usted», debió decirle con la mano dentro de la suya, no debió decirle nada más. Y aquel mismo fluido se habría vuelto a producir muchas veces entre ellos, era evidente, pensaba Lily, mientras alisaba un camino para que pudieran pasar las hormigas. No se trataba de inventar nada sino de alisar un terreno que llevaba muchos años arrugado, de recuperar algo que había visto. Porque entre tantos tumbos y asperezas de la vida cotidiana, entre todo aquel jaleo de niños y de invitados, no dejaba de estar latente esa sensación de algo que se reiteraba sin cesar, de algo cayendo en el mismo sitio donde ya antes había caído, provocando así como una especie de eco que repercute en el aire y lo deja plagado de vibraciones.

Pero acordándose de cómo paseaban juntos del brazo, ella con su chal verde y él con la corbata colgando suelta, de cómo llegaban hasta el invernadero, pensó Lily que sería un error intentar simplificar las relaciones que habían existido entre ellos. Ni ella con su viveza y sus arrebatos impulsivos, ni él con sus baches de melancolía ofrecían la imagen de una felicidad rutinaria. Desde luego que no. Muchas mañanas, a hora temprana, se oía un portazo en el dormitorio. Otras se levantaba él de la mesa con aire de intemperancia. Y hasta podía tirar un plato por la ventana. Y en esos momentos toda la casa parecía, toda portazos y cortinas zarandeadas, agitarse a merced de un viento que soplaba por todas partes y obligaba a la gente a escaparse a toda prisa para refugiarse en sus cascarones y poner en orden sus efectos. En una de esas, se había encontrado con Paul Rayley en las escaleras, y se morían de risa, como dos niños, porque el señor Ramsay se había encontrado una tijereta pataleando en la leche de su desayuno, y plato y taza habían salido volando por la ventana a la terraza. «¡Una tijereta en su desayuno!», había exclamado Prue consternada. Cualquier otra persona podía encontrarse hasta un ciempiés. Pero él había levantado en torno suyo tan sagradas barreras y habitaba su recinto acotado con porte tan majestuoso, que una tijereta en su vaso de leche se volvía un monstruo.

Pero a la señora Ramsay la agobiaban, la intimidaban un poco aquellos platos volando por las ventanas y aquellos portazos. Y a veces se instalaba entre los dos aquel silencio prolongado y rígido, dentro del cual ella tomaba una actitud mitad quejosa mitad resentida que a Lily le fastidiaba mucho, por aquella incapacidad que se le traslucía de hacer frente a la tormenta con ecuanimidad o de reírse un poco, como hacían los demás; aunque tal vez en el fondo de ese hastío se ocultaba alguna otra cosa. Se quedaba como rumiando aquello en silencio. Y al cabo de un rato, él venía a rondar sigilosamente el sitio donde ella estuviera, a deambular por delante de la ventana donde se hubiera sentado a escribir cartas o a hablar con alguien, porque procuraba fingirse ocupada cuando lo sentía pasar, evitarle, hacer como que no lo veía. Y él, para intentar ganársela de nuevo, se mostraba considerado y afable, suave como una seda. Pero ella podía aún resistirse y adoptar por breves momentos cierto aire altivo que convenía a su belleza, pero del que generalmente no hacía gala; podía volver la cabeza hacia otro lado, mirar de aquella manera por encima del hombro y escudarse en la compañía de cualquier Minta, Paul o William Bankes, de los que siempre podía echar mano. Apartado del grupo exactamente igual que un lobo famélico (Lily se levantó de la hierba y se quedó mirando hacia los escalones y la ventana donde le había visto), el señor Ramsay acababa por llamarla, solo una vez al principio, enteramente como un lobo aullando en la nieve, y ella podía aún rechazarlo; pero él insistía, y debía de haber algo en el tono con que ella le oía pronunciar su nombre por segunda vez, algo que la conmovía, porque de repente los dejaba a todos plantados y se iba con él, iban a pasear juntos por entre los perales, las coles y las frambuesas. Seguro que entonces mediaría una explicación. ¿Pero en qué términos, con qué palabras? Y era tal la dignidad que presidía sus relaciones que, cuando se iban, tanto Paul, como Minta, como ella, se ponían a coger flores o a jugar a la pelota o a charlar de lo que fuera para disimular su curiosidad, hasta que llegaba la hora de la cena, y allí estaban los dos otra vez, como siempre, él en una de las cabeceras de la mesa y ella en la otra.

Se ponían a hablar con sus hijos, a reírse como si nada. «¿Por qué no os dedicáis alguno a la botánica? Con tantas piernas y brazos que están de más, ¿por qué no?». Y todo era como siempre, a no ser por una especie de vibración que se establecía entre ellos, como el filo de una espada por el aire, como si la consabida visión de sus hijos agrupados allí frente a sus platos de sopa hubiera sufrido cierta renovación después de aquella hora de paseo entre los perales y las coles. A Lily le parecía que la señora Ramsay se fijaba con especial intensidad en Prue, sentada entre sus hermanos y sus hermanas y tan pendiente siempre de que todo marchara bien que daba la impresión de que ni dar conversación podía. ¡Cómo debía deplorar que su padre se hubiera encontrado una tijereta en la leche! ¡Qué pálida se había puesto cuando tiró el plato por la ventana! Qué agobiada debía sentirse bajo el paso de aquellos silencios que a veces se daba entre sus padres! Y por eso su madre luego quería subsanar aquello de alguna manera, asegurarle que todo iba bien, insuflarle la confianza de que también ella, el día menos pensado, disfrutaría de una felicidad semejante. Pero la había disfrutado durante menos de un año.

«Se le cayó al suelo el cesto con todas las flores», pensó Lily, volviendo a situarse con los ojos entornados frente a su cuarto intacto, con todas sus potencias en trance, superficialmente entumecidas, pero agitándose a toda velocidad dentro de su ser.

Se le cayó el cesto al suelo y todas las flores se le desparramaron por la hierba, y entonces ella, sin preguntar nada ni emitir una queja —¿no era maestra en el arte de obedecer?—, echó a andar con desgana e incertidumbre y se fue. Se alejó por campos y valles, blanca, coronada de flores, y así es como a Lily le hubiera gustado pintarla. Era un paisaje austero, de colinas rocosas, saturado de humedad, y allá abajo resonaban contra las piedras las olas enronquecidas. Se habían ido, tres de ellos se habían ido para siempre, la señora Ramsay al frente, andando más deprisa, como si esperase encontrarse con alguien al volver la esquina.

De repente, la ventana que Lily estaba mirando se puso blanca, como si una tela ligera se agitase detrás de ella. Por fin ya había bajado alguien al salón, alguien que tal vez se disponía a sentarse en la butaca. «Por el amor de Dios —imploró— que se quede ahí sentado el que sea y no se empeñe en salir a darme conversación.» Afortunadamente, quien fuera permanecía sentado allí dentro, y por capricho del azar proyectaba sobre los escalones de fuera una extraña sombra de forma triangular, que alteraba un poco la composición del cuadro, pero era sugerente. Podía servir. Volvía a sentirse inspirada. «Hay que seguir mirando fijamente, sin consentir que se afloje ni por un momento la intensidad de la emoción ni la decisión de mantenerme en ella, de no dejarme embaucar. Hay que coger la escena, afianzarla como con tornillos y no permitir que nada venga a estropearla. «Lo que se necesita —pensaba Lily, mientras mojaba el pincel concienzudamente— es mantenerse en el nivel de las experiencias ordinarias, sentir simplemente que esto es una silla y aquello una mesa, pero también al mismo tiempo que es un milagro, un éxtasis.» Seguramente el problema se acabaría resolviendo. Ah, ¿pero qué pasaba ahora? Una oleada de blanco se extendía por detrás de la ventana, sin duda algún volante zarandeado por el aire dentro de la habitación. El corazón le dio un vuelco, era un sobresalto que se apoderaba de ella infligiéndole su tortura.

«¡Señora Ramsay, señora Ramsay!», exclamó, al tiempo que sentía cómo el espanto de antes volvía a hacer su aparición, aquel desear y desear sin conseguir. ¿Podría seguirlo aguantando? Y se quedó quieta, como repitiendo el estribillo de que todo eso formaba parte de la experiencia ordinaria, que estaba al mismo nivel de una mesa o una silla. La señora Ramsay —dando prueba con ello de su maravillosa bondad para con Lily— había venido a sentarse en la silla aquella como la cosa más natural del mundo; movía levemente sus agujas de hacer punto de acá para allá y, mientras iba tejiendo un calcetín marrón rojizo, proyectaba su sombra sobre los escalones. Estaba sentada allí.

Y colmada así su mente por lo que estaba pensando y por lo que estaba viendo, como si a duras penas fuera capaz de abandonar su caballete pero se sintiera impulsada a compartir todo aquello con alguien, Lily cruzó con su pincel en ristre por delante del señor Carmichael y fue hasta el extremo del prado. ¿Dónde estaría ahora el barco? ¿Dónde estaba el señor Ramsay? Sentía que lo necesitaba.

12

El señor Ramsay estaba a punto de acabar el libro. Una de sus manos acechaba la página, como dispuesta para darle la vuelta a toda prisa en cuanto la terminara. Estaba sentado con la cabeza descubierta y el viento le alborotaba el pelo, absolutamente expuesto a todo. Tenía un aspecto muy envejecido. James, volviendo unas veces la cabeza hacia el Faro y otras hacia las anchas olas que se perseguían y se perdían en la inmensidad, pensaba que parecía una piedra muy vieja depositada en la arena, como si se hubiera convertido físicamente en aquello que estaba siempre detrás de todo lo que ambos pensaban, en aquella soledad que representaba para ambos la sola noción verdadera entre todas las cosas.

Leía muy aprisa, como si sintiera una vehemente impaciencia por llegar al final. Realmente ahora ya estaban muy cerca del Faro. Surgía allí desnudo y erguido, deslumbradoramente blanco y negro, y se podían ver las olas que rompían contra él, astillándose en cristales que se hacían añicos por encima de las rocas, cuyas rayas y quebraduras eran ya bien apreciables. También podían distinguirse claramente las ventanas, había un toque de blanco en una de ellas, y encima de la roca un pequeño penacho verde. Un hombre había salido, los miró a través de un catalejo y luego se volvió a meter. Así que aquello era el Faro —se decía James—, ese Faro que durante años había visto con la bahía por medio, una torre adusta encima de una roca pelada. No estaba mal; le parecía simbolizar cierta oscura noción que tenía sobre su propio carácter. Las señoras de cierta edad —recordó, volviendo con la imaginación al jardín de su casa— hacían grupos en el prado, arrastrando sus sillas. La vieja señora Beckwith, por ejemplo, siempre estaba diciendo que era bonito, que era encantador, que debía ser un orgullo y una felicidad estar allí, pero a la hora de la verdad no es más que eso, concluyó James, mirando el Faro erguido sobre la roca. Y pensó que su padre, que seguía leyendo ávidamente con las piernas estrechamente cruzadas, compartía aquel punto de vista. «Se avecina una galerna, nos iremos a pique», empezó a recitar para sí mismo, pero a media voz, exactamente igual que hacía su padre.

Daba la impresión de que hacía siglos que nadie pronunciaba una palabra. Cam se estaba cansando de mirar al mar. Pasaban flotando trocitos de corcho negros, los peces del fondo del barco ya se habían muerto. Su padre seguía leyendo, y ella y James mirándole, jurándose que harían frente a la tiranía hasta la muerte, pero él seguía leyendo sin darse la menor cuenta de lo que ellos pensaban. Esa es su forma de escapar, pensó Cam. Sí, manteniendo con firmeza el librito moteado abierto delante de su amplia frente y su gran nariz, así se escapaba. Era inútil intentar alargarle la mano, desplegaba las alas como un pájaro y volaba a posarse lejos, fuera del alcance de cualquiera, sobre un solitario muñón de árbol. Los ojos de Cam se perdían en la inmensidad del mar. La isla se había vuelto tan pequeña que ya ni siquiera parecía una hoja. Parecía la punta de una roca que cualquier ola grande podía cubrir. Y sin embargo, a pesar de su insignificancia, estaba llena de senderos, de terracitas, de dormitorios y de mil objetos heterogéneos. Pero, de la misma manera que cuando estamos a punto de dormirnos las cosas se simplifican tanto que solo uno de sus múltiples detalles tiene el poder de destacarse entre los demás, así también ahora Cam, mirando amodorrada hacia la isla, tenía la impresión de que todos aquellos senderos y terrazas y dormitorios se iban desdibujando y desvaneciendo, y que no quedaba más que un incensario azul pálido balanceándose rítmicamente de acá para allá dentro de su cabeza. Había un jardín colgante; había una vaguada llena de pájaros y de flores y de antílopes... Se estaba quedando dormida.

—Vamos —dijo de repente el señor Ramsay, cerrando su libro.

¿Vamos adónde? ¿Hacia qué extraordinaria aventura? Se despertó sobresaltada. ¿A desembarcar dónde, a trepar por dónde? ¿Adónde los conducía? Porque, después de aquel silencio inmenso, las palabras sobrecogían. Pero qué bobada. Que tenía hambre y que se había hecho la hora de comer, fue lo que dijo.

—Y además, mirad, ahí está el Faro. Ya casi estamos llegando.

—Nos ha traído muy bien —dijo Macalister en tono de alabanza, refiriéndose a James—. Maneja el timón con mucha seguridad.

«Pero mi padre nunca me hace un elogio», se dijo James torvamente.

El señor Ramsay abrió los paquetes y se puso a repartir bocadillos entre todos. Tenía ahora un aspecto muy feliz, comiendo pan y queso con aquellos pescadores. Le hubiera gustado vivir en una casita modesta y vagabundear por el puerto y escupir al suelo, como la gente aquella, pensaba James mientras le veía cortar el queso con su navaja en rodajas finas y amarillas.

«Qué bien, así tiene que ser», pensaba Cam, pelando un huevo duro. Era una sensación parecida a la que experimentaba cuando estaba en el despacho de su padre con todos aquellos señores que leían *The Times*. «Ahora puedo seguir pensando en lo que me dé la gana —pensaba—, y no me caeré por ningún precipicio ni me ahogaré, porque está él ahí mirándome, velando por mí.»

Y al mismo tiempo sentía la excitación de ir navegando tan velozmente por entre las rocas; era como si estuvieran haciendo dos cosas a la vez, almorzando allí bajo el sol, y tratando al mismo tiempo de capear un temporal espantoso sobrevenido tras un naufragio. ¿Cuánto les duraría el agua?, ¿cuánto las demás provisiones? Se hacía estas preguntas contándose un cuento y sabiendo, al mismo tiempo, que no era verdad.

El señor Ramsay le estaba diciendo a Macalister que ellos ya habían vivido bastante, pero que a los chicos todavía les quedaban muchas cosas sorprendentes por ver. Macalister dijo que había cumplido setenta y cinco años en marzo; el señor Ramsay tenía setenta y uno. Macalister dijo que a él nunca le había visto un médico y que conservaba toda la dentadura. Y Cam se imaginaba que su padre estaba pensando: «De esa manera es como me gustaría a mí que vivieran mis hijos», porque se opuso a que tirara al mar un trozo de bocadillo y le dijo, seguramente pensando en los pescadores y en sus vicisitudes, que lo que no quisiera lo volviera a meter en el paquete. No había que desperdiciar nada. Se lo dijo de una forma tan sensata, tan como si nada de lo que ocurriera en el mundo escapara a su consideración, que Cam volvió a meter enseguida el bocadillo en el paquete, y entonces él le dio del suyo un trozo de bizcocho con nueces, con un ademán tan cortés que a ella le pareció un caballero español ofreciéndole a una dama una flor por la reja. Pero al mismo tiempo iba vestido tan pobremente, tenía un aspecto tan sencillo comiendo su pan y su queso; y no dejaba por eso de estar al frente de aquella importante expedición en la cual, según creía Cam, corrían el peligro de morir ahogados.

—Aquí fue donde se hundió —dijo inopinadamente el chico de Macalister.

—Sí, aquí, en este mismo sitio por donde pasamos ahora —aseveró el viejo—, perecieron tres hombres ahogados.

Los había visto él con sus propios ojos agarrándose al mástil. Y Cam y su hermano, al advertir que el señor Ramsay echaba una mirada al punto aquel, tuvieron miedo de que se pusiera a recitar:

Pero yo, bajo un mar alborotado...

Y si lo hacía no lo iban a poder soportar, se pondrían a gritar, sería imposible aguantar otro de aquellos estallidos de la pasión que le hervía por dentro. Pero, con gran sorpresa por su parte, lo único que dijo fue: «¡Ah, ya!», como si estuviera pensando: «¿Y a qué viene hacer tanta alharaca por una cosa así?». Era natural que los hombres perecieran en los temporales, una cosa que entraba dentro de lo normal, y las profundidades de este mar sobre el que diseminaba ahora las migajas del bocadillo que había recogido en el papel no eran más que agua, al fin y al cabo. Luego, después de encender su pipa, sacó el reloj y lo consultó atentamente. Tal vez estuviera haciendo algún cálculo matemático. Al fin dijo, con acento triunfal:

—¡Lo has hecho muy bien!

Porque realmente James había llevado a cabo la maniobra como un marinero nato.

«¿Y ahora qué? —pareció decirle Cam a su hermano, dirigiéndole una mirada silenciosa—. Al final lo has conseguido.» Porque sabía que aquello era lo que James estaba deseando oír de sus labios y sabía también que, ahora que lo había logrado, le gustaba tanto que no era capaz de mirarla a ella ni a su padre ni a nadie. Seguía sentado muy tieso con las manos en el timón, con el entrecejo levemente fruncido y aquel aire más bien adusto. Se sentía tan complacido que no estaba dispuesto a concederle a nadie ni una migaja de su placer. Su padre le había hecho un elogio. «Quieres darles a todos la impresión de que te trae sin cuidado —pensaba Cam—. Pero, por fin, lo has conseguido.»

Habían dado un viraje y navegaban ahora rápidamente; cabalgaban sobre grandes olas ondulantes que los lanzaban de una a otra, cadenciosamente, vigorosamente, bordeando el arrecife. A la izquierda había una hilera de rocas color marrón reflejadas en las aguas que se volvían poco a poco más someras y verdosas, y contra una de ellas, la más grande, venía a romper incesantemente una ola que se precipitaba luego en una pequeña columna de gotas salpicantes como la lluvia. Se oía el chasquido del agua y aquella especie de parloteo de las gotas al caer, el rumor fresco y susurrante de las olas rompiendo, retozando y batiendo contra las rocas, como si fueran criaturas salvajes, agitándose y derramándose, y siempre igual.

Ahora se veía a dos hombres que habían salido del Faro y los miraban llegar, como preparándose a recibirlos.

El señor Ramsay se abrochó la chaqueta y se arremangó los pantalones. Cogió el paquete más grande, el que Nancy había preparado, y permaneció sentado con él sobre las rodillas. Así, completamente listo para desembarcar, se quedó con la cabeza vuelta hacia la isla. Tal vez con sus ojos de miope pudiera percibir con cierta claridad como la punta en forma de hoja se había reducido y estaba rematada ahora por una especie de plato de oro. «¿Qué es lo que estará viendo?», se preguntaba Cam. Para ella todo aparecía borroso. ¿Y en qué estaría pensando, qué buscaría con aquella mirada tan fija, tan penetrante, tan silenciosa? Los dos le miraban sentado allí con la cabeza descubierta y el paquete sobre las rodillas, sin apartar los ojos de aquella endeble forma azul, que parecía el humo de algo que se había consumido. «¿Qué necesitas? —hubieran querido preguntarle los dos—. Pídenos lo que sea y te lo daremos», hubieran querido decirle. Pero no les pidió nada. Siguió sentado mirando hacia la isla, y puede que estuviera pensando: «Perecimos, solos todos nosotros», o tal vez: «Lo he conseguido, ya he llegado»; pero no dijo nada.

Se puso el sombrero.

—Coged esos paquetes —dijo, indicando con la cabeza las cosas que Nancy había preparado para que llevaran al Faro—. Los paquetes para los torreros —añadió.

Luego se levantó y se quedó de pie en la proa del barco, tan alto y erguido, lo más del mundo. Y James imaginó que estaría pensando: «Dios no existe». Y Cam pensó que parecía que se iba a lanzar al espacio. Y los dos se estaban poniendo de pie para seguirle cuando él, ágil como un chico joven, saltó a las rocas con su paquete.

13

«Ha debido lograrlo», se dijo Lily Briscoe, sintiéndose de repente totalmente agotada. Porque el Faro, esfumado en niebla azul, se había hecho casi imperceptible, y el esfuerzo de mirarlo y el esfuerzo de imaginarse al señor Ramsay desembarcando allí habían sometido a su cuerpo y a su alma a la máxima tensión. Pero sentía un gran alivio. Era como si todo lo que había querido darle, cuando se despidió de ella por la mañana, se lo estuviera dando por fin.

«Ha desembarcado —dijo en voz alta—. Se acabó.» Y en aquel momento el viejo señor Carmichael se incorporó y se acercó a ella resoplando un poco, con aquel aire de antiguo dios pagano, con la pelambrera enmarañada y llena de briznas de hierba, con su tridente en la mano, aunque se trataba en realidad de una novela francesa. Se detuvo junto a ella en el límite del prado, haciendo oscilar un poco el bulto de su cuerpo, y poniéndose la mano en los ojos a guisa de pantalla, dijo: «Han debido desembarcar». Y ella sintió que no se había equivocado. No habían necesitado decirse nada. Habían estado los dos pendientes de lo mismo y la respuesta de él se había producido sin necesidad de hacerle ninguna pregunta. Se quedó allí con las manos extendidas sobre todas las flaquezas y tribulaciones de la humanidad, considerando con tolerancia y compasión el destino último de todo.

Y cuando le vio dejar caer lentamente la mano, se dijo que estaba poniendo el broche de oro, porque le pareció que estaba dejando caer desde la altura una corona de violetas y asfódelos que, planeando despacio, venían al final a posarse sobre la tierra.

A toda prisa, como si hubiera algo allí detrás que la reclamara, volvió a su lienzo. Sí, allí estaba el cuadro, con sus verdes y sus azules, con aquellas líneas que lo recorrían y cruzándose, con todos sus conatos de llegar a algo. Pensó que acabaría colgado en una buhardilla, que lo romperían. «¿Pero eso qué más da?», se dijo, volviendo a esgrimir el pincel. Miró hacia los escalones; estaban vacíos. Miró al cuadro; estaba borroso.

Con una repentina intensidad, como si en el espacio de un segundo acabara de verlo todo claro, trazó una línea justo en el centro. Ya estaba, lo había terminado. Y, dejando caer el pincel en un gesto de extrema fatiga, reflexionó: «Bueno, ya está, he tenido mi visión».